LE CRAQUANT DE LA NOUGATINE

Portraitiste tout en délicatesse et fine analyste du couple sur lequel elle pose un regard aussi tendre qu'acéré, Laure Manel rencontre un immense succès depuis son premier roman, *La Délicatesse du homard*. Suivront *La Mélancolie du kangourou*, *L'Ivresse des libellules*, *L'Embarras du choix*, *Histoire d'@*, *Le Sourire des fées*, *Le Craquant de la nougatine*, *La (Toute) Dernière Fois…* et *Les Dominos de la vie*. Après avoir été enseignante, elle se consacre aujourd'hui entièrement à l'écriture.

Paru au Livre de Poche :

La Délicatesse du homard

L'Embarras du choix

Histoire d'@

L'Ivresse des libellules

La Mélancolie du kangourou

Le Sourire des fées

La (Toute) Dernière Fois…

LAURE MANEL

Le Craquant de la nougatine

MICHEL LAFON

ISBN : 978-2-253-26258-9 – 1re publication LGF

Aux amoureux
Aux malheureux
Aux rencontres qui sauvent

Pourtant, ce n'est pas du tout pareil,
un regret et un remords, c'est même si différent
que dans cette différence, on peut loger une vie ratée.

Philippe BESSON, *Dîner à Montréal*

1

Parfois, vous vous croyez au fond du trou.

Parfois, c'est simplement une vue de l'esprit, un peu brouillée, un jour pessimiste. Parfois, vous l'êtes vraiment. Objectivement, et tous les jours.

Regardez, moi, par exemple. Jusqu'à ce matin, je me voyais au fond d'un puits sans lumière, privé du moindre horizon, les yeux levés vers le haut à contempler la sinistre balade des nuages de tous les gris et un coin de ciel bleu de temps en temps, à me prendre des trombes d'eau sur le nez le plus souvent. La vue d'en bas, croyez-moi, n'avait rien d'enviable. Comme ma vie. Comme ma vie jusqu'à ce matin.

Évidemment, il y a toujours plus malheureux que soi. Mais en toute objectivité, si on devait classer les gens dans seulement deux catégories, j'intégrerais « les pas heureux » sans avoir à argumenter. Une phrase, et l'affaire est conclue. Pas besoin de grand oral devant un jury ni d'entretien d'embauche. Ma *situation* m'ouvre grand la porte sur le monde des coincés, comme moi, au fond d'un puits. Encore que pour certains, le puits soit plutôt une sorte de désert, une nappe de pétrole glissante ou même un manège à sensations trop fortes.

Et puis, ce matin, ma route a croisé un soleil.

Un soleil prénommé Alba.

2

Une véritable apparition.

Moi, je n'ai jamais cru au coup de foudre. D'ailleurs, je ne crois pas que c'en soit un. C'est autre chose… Quelque chose d'assez indéfinissable. Je n'ai trouvé que ce mot : *apparition…*

Une apparition rousse, avec un joli nez. Légèrement retroussé. Et des yeux noisette. Dans un manteau de velours noir, très élégant. Et un sourire qui balaie tout sur son passage. Un sourire qui fissure et fait exploser le puits au fond duquel j'étais retranché. Je me suis retrouvé projeté à l'air libre. J'ai pris une grande inspiration, digne de celle du nouveau-né.

Soudain, j'ai vu l'horizon.

Je ne vais pas vous dire que tout s'est éclairé d'un coup… Ma vue est encore confuse, brumeuse, floue… Mais je garde imprimées sur la rétine des taches de rousseur qui pétillent autour de moi.

Vous allez dire que je m'emballe… que je me crois dans un film. Catapulté dans une comédie romantique. Vous allez dire que je me la raconte un peu. Qu'il délire, le mec.

Vous allez dire que j'exagère. Que ce n'est pas une

femme, certes très jolie, qui peut avoir cet effet-là… Qu'on ne peut pas se considérer comme malheureux-au-fond-d'un-puits et s'en extirper simplement par la grâce d'un sourire, si beau soit-il. Et vous aurez raison.

Je tempère donc mon propos : lorsque j'ai rencontré Alba, j'ai pris un rayon de soleil dans la tronche. Le premier sur mon visage blafard à faire peur depuis trop longtemps. Éblouissement, vitamine D… et l'envie de rester au soleil.

3

Alba… un prénom digne d'une déesse romaine.

J'ignore quelles raisons, quelles réflexions, quelles projections ont présidé au choix de ses parents. Était-elle née à l'aube, avec une peau d'albâtre, avait-elle des origines écossaises ? Peu importe. Alba aurait-elle pu s'appeler autrement que Alba ? Qui mieux qu'elle aurait pu porter ce prénom, sincèrement ? J'imagine votre air dubitatif, je devine votre moue. C'est que vous ne l'avez jamais vue. Son prénom n'a d'égal que son élégance divine.

Et pourtant, la première fois que je l'ai vue, Alba ne m'est évidemment pas apparue dans l'insolente nudité de la Vénus de Milo. Non, elle était emmitouflée dans un manteau de velours, de velours noir… rappelez-vous… Ses cheveux s'échappaient d'un bonnet de laine turquoise et ses pieds se complaisaient dans des bottes fourrées. Je dois le souligner : ce n'est pas à la vue d'une silhouette avantageuse que j'ai ressenti ce coup au cœur, elle était *emmitouflée* ! Il n'empêche… J'ai immédiatement été saisi par son allure, son port de tête altier. Et, surtout, sa frimousse adorable.

Nous étions dans le bus. Oui, j'en conviens : il y a

plus romantique pour une rencontre. D'autant que c'est moi qui l'avais *rencontrée* plutôt qu'elle… Il me semble que, durant tout le trajet, elle ne m'a même pas remarqué. Voyez, je peux être parfaitement humble et objectif. Elle regardait tantôt le paysage, tantôt un paquet de feuilles posé sur ses genoux sur lequel elle reportait son attention un temps sur deux. Lorsqu'elle s'est levée pour descendre dans le centre-ville, mon cerveau m'a intimé de la suivre. Pas joli, joli, je vous l'accorde. On ne fait pas ça quand on est un gentleman. Mais la laisser partir, c'était retomber dans mon puits. Je ne pouvais pas en rester là. J'étais mû par une sorte de nécessité vitale. Il fallait que j'en sache plus. Son nom, sa vie, son métier, ses habitudes, ses passions, le lieu où elle vivait, si elle était mariée… Peut-être pas tout ni dans cet ordre, ni si vite, non. Mais enfin, voilà : il fallait que j'arrive à lui parler. Sous peine de m'en vouloir toute ma vie.

Je me permets une parenthèse d'importance : je suis tout sauf un dragueur. Je ne sais pas m'y prendre de toute façon. Et je respecte trop les femmes pour les interpeller façon « gros lourd ». Nous les hommes, nous nous devons d'être subtils en la matière, non ? Sincèrement, il y avait bien longtemps que je n'avais eu l'occasion de tenter quoi que ce soit auprès d'une personne de l'autre sexe. Disons bien dix-neuf ans… La dernière fois, c'était Florence. D'ailleurs, tout bien réfléchi, c'est elle qui m'avait dragué. Et sans subtilité, croyez-moi. Elle avait complètement désarçonné le garçon timide que j'étais.

Je l'ai donc suivie. Dans la foule, dans la rue piétonne, à quelques mètres, l'air de rien. Elle n'a pas tardé à entrer dans une brasserie. Son absence d'hésitation m'a fait craindre le pire. Et si elle retrouvait un homme pour le déjeuner ? Elle avait forcément rendez-vous ici, peut-être même ses habitudes. J'ai levé le nez, enfin, pour m'apercevoir que j'étais planté devant le resto d'un ami. Une raison d'entrer toute trouvée.

Gilles m'a accueilli avec de grands gestes. « Ça fait une paye ! » s'est-il exclamé, l'air réjoui. Il m'a installé à une petite table, tout en me demandant quel bon vent m'amenait. Je n'ai pas parlé d'une tempête rousse qui démolit les murs d'un puits. J'ai simplement répondu, en plaisantant : « Je viens épier la concurrence. » Il a ri, s'est excusé de la modestie de ses plats au regard des miens. Il a qualifié son resto de simple « cantine », fréquentée par une clientèle de fidèles appréciant son rapport qualité-prix et ses délicieuses frites belges maison. Sur quoi, il est parti prendre la commande de la table au fond à droite, où se trouvait mon inconnue… et deux hommes.

J'ai eu du mal à finir mon assiette. Non pas que le magret de canard n'ait pas été délicieux. J'étais juste trop nerveux. Je ne voulais pas partir sans lui avoir parlé. Mais comment l'aborder ? Je me suis fait des films d'approche pendant tout le repas, j'ai échafaudé des scénarios tous plus niais et idiots les uns que les autres. Pour rien. Je n'ai pas osé. Je les entendais rire. J'avais envie de me glisser jusqu'à eux tel l'homme invisible. J'ai tout de suite aimé son rire. Un rire clair, franc et vif, spontané, comme elle – de ce que je me plaisais à imaginer. Je tentais d'identifier sa voix au milieu du brouhaha où rivalisaient trop de cordes vocales. Impossible.

Le petit trio est passé près de moi. Elle m'a frôlé… Ils ont payé l'un après l'autre. Je me suis dit avec soulagement qu'aucun des deux types ne devait être son homme, puisqu'elle avait réglé sa part. Et ils sont partis, criant depuis la porte à Gilles derrière son comptoir un enthousiaste « À demain ». Ainsi donc, ce sont des habitués ! Imaginez ma joie, moi qui craignais de ne jamais la revoir… Dans mon élan, j'ai demandé sans filtre à mon confrère de qui il s'agissait.

« Ils travaillent au studio à côté. Ils viennent presque tous les jours. »

Et j'ai osé un : « La fille, elle me dit quelque chose… Tu la connais ? »

« Pas plus que ça », a-t-il déclaré.

C'est alors qu'il a ajouté cette phrase renversante :

« Elle s'appelle Alba. »

4

Alba, Alba, Alba…

Quand je suis rentré chez moi, j'ignorais si elle tenait plus du soleil ou de la tempête, et quel pourrait être son rôle dans ma vie. Tout en sachant qu'elle *devrait* n'en avoir aucun. Sincèrement, j'avais l'impression d'être redescendu sur terre… voire au fond de mon puits. Retour à la réalité. Un peu comme si cela n'était pas arrivé (où *cela* désigne de toute façon une rencontre à sens unique). Un peu comme si Alba n'existait pas.

J'ai retrouvé l'appartement. Curieusement, il n'avait pas changé. Semblait toujours aussi vide. Tout en étant plein… Plein de bazar, de livres épars, de jouets égarés, de papiers étalés, plein de trop-pleins accumulés, pas triés, pas rangés, pas jetés… Il n'avait pas changé. Il était toujours le résultat brut de l'absence de Florence.

Ma mère me rabâche que je vis dans un foutoir… que je devrais avoir un peu honte. Je rétorque invariablement que ça met de la vie. Et elle ne trouve jamais à répondre quoi que ce soit. Elle m'a simplement incité à engager une femme de ménage, m'en a trouvé une *très bien…* et je me suis conduit en fils obéissant. Natacha pourrait remporter la Palme d'or pour son talent à réussir – haut la main – sa mission de nettoyer l'appartement sans que j'aie à tout ranger auparavant (je range quand même *a minima* : en général, je ramasse ce qui traîne par terre et le pose sur ce qui me tombe sous la main, sans ordre ni logique). Elle doit avoir un don pour slalomer entre les éléments de mon décor, toujours avec respect et discrétion. Je ne sais pas si c'est sa façon à elle de compatir à ma *situation.*

J'ai passé l'après-midi à *bouiner.* Spéciale dédicace à ma grand-mère Colette, qui m'accusait à tout bout de champ d'être passé maître en la matière. Mais, après tout, j'en ai le droit. Je suis plutôt de ceux qui vivent à cent à l'heure, de ceux qui ont beaucoup à gérer. On était lundi. Jour de repos. En outre, j'étais préoccupé. L'ersatz de rencontre avec Alba me perturbait au plus haut point. Je me reprochais de laisser déferler sur moi une vague rousse aux reflets turquoise. J'aurais dû lutter contre et faire barrage, peut-être. Je tentais de m'autoconseiller. Voire de me sermonner. Alors que, bon, je n'étais coupable de rien, finalement… J'étais simplement un homme troublé par une femme, pris de l'envie démesurée et tout à fait irraisonnable de la revoir.

À 16 h 30, je suis sorti brutalement de ma torpeur oisive. Il était plus que temps de partir pour l'école.

5

Joies de la paternité.

J'ignore pourquoi les enfants parlent autant après une journée d'école. Les miens, en tout cas. Médaille d'or et d'argent de l'enthousiasme ! On dirait des oiseaux. Ils piaillent. Intarissables. Chaque soir, dès réception, j'ai droit au récit de A à Z de leurs aventures scolaires, avec force détails absolument inintéressants – de mon point de vue du moins – agrémentés de leurs tics de langage qui certains jours me hérissent les poils (les « en fait » et les « tu vois ? » qui reviennent à chaque phrase, par exemple… et même plusieurs fois : « En fait, tu sais quoi… eh bien en fait, tu vois… »). Cela commence dans la voiture, cela continue dans l'ascenseur, puis à table dans la cuisine, au goûter. Cela reviendra au dîner. Même au moment des devoirs, Ally peut s'interrompre pour me raconter la dernière bêtise de Jody ou de Carla. Je sais tout ! Jusqu'à la couleur des chaussettes de la maîtresse. J'espère que, elle, ne sait pas tout… J'imagine bien mon Léo raconter que je me suis levé de mauvaise humeur ou que je dors tout nu. Je suis sûr que les enseignants en connaissent un rayon sur la vie des familles qui fréquentent l'école. On ne peut que saluer la spontanéité sans filtre de nos chères têtes blondes…

N'empêche… Je les adore, mes têtes blondes à moi, mes amours. Ils sont ma raison de me lever le matin. Et bien plus… Quand je dis *ma raison de me lever le matin*, je ne fais pas spécialement référence à leur manie de sauter sur mon lit pour m'en déloger.

Ally, sept ans, et Léo, cinq ans, respectivement en CE1 avec Mme Duchêne et en grande section avec Mme Alonce, sont les piliers de mon existence, le ciel bleu au-dessus de ma tête, les deux étoiles de mes nuits noires. C'est grâce à eux que je tiens debout. Même si leur fatigue est invisible le soir, même s'ils parlent souvent trop, se disputent de temps en temps et rient trop fort, même si l'heure du coucher se négocie en amont et dévie de l'axe pour cause de rituels à rallonge, je me réjouis de leur présence à chaque instant.

Sans eux, j'aurais sombré.

6

Quelques jours après la *rencontre*.

Oserais-je avouer que mes nuits ressemblent à mes jours tant mon esprit bouillonne ? J'oscille entre raison et passion, entre résignation et révolte, entre sagesse et folie. Entre soumission à la morale et désir de liberté. Entre envie de la revoir et… envie de la revoir (mais de ces envies qu'on doit combattre).

Le résultat se compte en biscuits et entremets. Car parmi mes défauts qui peuvent devenir des qualités, je suis un insomniaque productif. Et cela se passe aux fourneaux. Quand, à force de cogiter, je ne parviens pas à dormir, je me lève et je cuisine. Avant, je suspectais ma femme de se réjouir de me sentir quitter notre lit à 3 heures du matin… Aujourd'hui, je marque des points avec mes enfants au petit déjeuner. Ces matins-là, je leur offre un buffet digne d'un hôtel quatre-étoiles. Ils adorent. D'autant plus qu'il en reste pour le goûter. Et parfois assez pour une petite distribution de douceurs à la récré – ce qui me vaut une cote élevée auprès de leurs copains… et de toutes les maîtresses de l'école.

Cela fait donc plusieurs jours que la cuisine ressemble à une devanture de pâtisserie. Jusqu'à l'indigestion visuelle. Il est vraiment temps que je retrouve le sommeil. Pour cela, rien de plus simple : il faut prendre une décision, choisir, trancher. Ma réponse est toute trouvée : je vais la revoir. Je vais *chercher* à la revoir. Je n'imagine pas en rester là. C'est impossible, c'est trop violent. Je dois (même si je ne *dois* pas) la revoir. J'en ai besoin. Un besoin viscéral, un besoin qui m'habite en permanence et qui, au fond de moi, m'a déjà changé. Même Thomas s'en est aperçu. Il me demande « Ça va ? » bien plus que d'ordinaire. J'ai même droit à des : « Tu es sûr que ça va ? » Autant vous dire qu'à lui, on ne la fait pas et qu'il est au maximum du doute (et encore, je ne vous mime pas son regard dubitatif). Il *sait*. Enfin, vous m'avez compris : il a flairé quelque chose… Peut-être à mon air ailleurs, à mon manque manifeste de concentration, à mon silence anormal dans la cuisine. Il me sent préoccupé. Mais il ne me pose pas plus de questions. C'est bien du Thomas : toujours là, prêt à servir d'épaule ou d'oreille, mais capable d'attendre très longtemps que les mots viennent. Il a la patience que je n'ai pas.

La revoir, donc… Mais de quelle manière discrète et subtile, et dans quel but ? C'est là que mon cerveau fume pour mieux abdiquer. Je sèche totalement sur cette question. Entre la réalité et la fiction (je suis très doué pour me raconter des histoires), entre possible et fantasme, entre sens du devoir et envie, entre le bien et le mal… Je suis perdu.

Je n'arrête pas de penser à Florence.

7

Gilles m'est apparu tel un sauveur.

C'était la solution la plus évidente. Tellement évidente que je me suis demandé pourquoi je n'y avais pas pensé tout de suite. Mais bon. Difficile dans ma situation de toquer à sa porte pour lui demander le numéro de cette fille croisée il y a quelques jours dans son restaurant – numéro qu'il n'a d'ailleurs sans doute pas. Je suis depuis plusieurs années celui que sa femme a laissé, celui qui en bave, celui qui est malheureux. Et, non que je me complaise dans ce rôle (il me colle bien trop à la peau et au cœur), je ne peux décemment pas manifester la moindre once d'intérêt pour une autre femme. Les gens ne comprendraient pas que je renonce au malheur.

Si je veux retrouver Alba, il faut que j'agisse seul. Que ce soit entre elle et moi.

De toute façon, j'ignore au fond ce que je veux à moyen terme et ce dont je suis capable. Le départ de Florence a été tellement traumatisant. À l'heure qu'il est, je n'en suis toujours pas remis. Et pour cause…

8

J'ai décidé d'entrer en action.

Au lieu de passer mes commandes auprès des fournisseurs ce matin, au bureau, je me suis livré à quelques recherches sur Internet. L'avantage non négligeable d'être son propre patron : je n'allais pas m'engueuler moi-même.

Gilles m'avait parlé d'un studio, pas loin de sa brasserie. Alors, j'ai tapé dans Google Maps : « Studio », et regardé aux alentours. J'ignorais à quoi m'attendre. S'agirait-il d'un studio de danse ? De musique ? Alba jouait-elle dans un groupe et enregistrait-elle un album avec les deux types de l'autre jour ? Je l'imaginais déjà, une guitare électrique à la main, ses cheveux roux collés par la transpiration sur ses joues roses, chantant d'une voix rocailleuse, plutôt étonnante. Étrangement, je ne l'imaginais pas dans la posture droite d'une joueuse de violoncelle ou de piano. De fait, j'avais tout faux : le studio en question était minuscule et entièrement dédié à l'enregistrement de voix. En cliquant, j'ai accédé au site et découvert un monde qui m'était parfaitement étranger : celui de la voix off. Vous savez, toutes ces voix qui font partie de notre environnement sonore et auxquelles on ne prête pas toujours attention ! Ces voix sans visage. Elles en ont pourtant bien un caché derrière un micro. Alba travaillait là, apparemment. En tant que voix ou en tant que technicienne ? Si seulement j'avais son nom de famille...

Comme je suis joueur et comme si j'avais du temps à tuer, j'ai tenté une nouvelle recherche : « Voix off Alba », en comptant sur la rareté du prénom.

Bingo ! Dès la première page des résultats, j'ai trouvé un site recensant un panel très large de voix off françaises duquel émergeait une page au nom d'Alba Grangier. Le cœur espérant, j'ai cliqué sur le lien et suis tombé en amour devant la photo d'Alba, de *mon* Alba. Celle du bus, de la brasserie, celle au bonnet turquoise, celle qui hante mes jours et mes nuits. Une vague de chaleur m'est montée au visage.

Je ne disposais pas d'assez de temps pour poursuivre mes recherches, mais j'avais trouvé.

En sortant de mon bureau, j'ai failli sauter au cou de Thomas. Il m'a regardé bizarrement, et je suis retourné à mes commandes... pour les passer, cette fois.

9

Le service du midi m'a paru anormalement long.

Comme si les gens mangeaient au ralenti, comme si le coup de feu tenait plus du lancer de poids…

J'ai quitté le restaurant dès que j'ai pu et suis rentré à l'appartement en moins de cinq minutes. Je ne disposais que d'une heure pour compléter mes recherches, avant de récupérer les enfants à l'école. Timing serré. Pas de temps à perdre.

Je retourne sur le site de ce matin pour étudier la page consacrée à Alba. Et je découvre un autre monde. Un monde insoupçonné. Celui de la voix off, de toutes ses utilisations et de toutes ses richesses. Je découvre que derrière ces voix se cachent de vrais comédiens. Je découvre une sorte de CV d'Alba. Et surtout je découvre sa voix. *Ses* voix, devrais-je dire. À ma grande stupéfaction, je trouve 42 enregistrements disponibles en MP3, classés en diverses catégories (voix off publicité, *voice over*, narration documentaire, billboard, bande-annonce, signature, livre audio…). Je constate, troublé, que mon idiot de cœur bat plus fort. Pour chaque enregistrement, des indications sont apportées sur le style de voix.

Je clique d'abord sur une publicité pour des céréales allégées, où il est écrit « joué, malin, souriant ». Et j'écoute… J'écoute la voix d'Alba, toutes les voix d'Alba. Et au milieu des shampooings, des voitures, des croquettes pour chats, des opticiens, des lessives, des robots ménagers, je l'entends douce, feutrée, rassurante, autoritaire, drôle, souriante, dynamique, sérieuse, chuchotant, enfantine, fluette, au bord des larmes, sensuelle, au bout du rouleau… Je découvre une Alba multi-voix, multi-facettes, à la recherche de son vrai timbre. Et il m'apparaît cette chose incroyable : je l'ai sans doute déjà entendue à la radio ou à la télévision sans le savoir. Je quitte le chapitre « voix off publicité » pour la découvrir plus sérieuse, plus posée, dans des documentaires et des reportages. Je la trouve très professionnelle. Émouvante aussi. Une larme me monte bêtement aux yeux. L'instant d'après, je suis près d'éclater de rire quand je l'entends dire, d'une voix de bébé, apparemment pour une poupée : « Prends-moi dans tes bras ! » Son talent s'étend à tous les registres.

Au bout de mon heure impartie, j'en arrive à une conclusion qui ne m'étonne même pas : Alba est une femme d'exception.

Je ne peux pas passer à côté. Je dois la retrouver.

10

Nous sommes dans la cuisine après l'école.

Je regarde Ally et Léo engloutir mes macarons et mes verrines de mousse au chocolat blanc – mes dernières productions nocturnes – et je pense à Alba. Avant d'éteindre l'ordinateur tout à l'heure, quelque chose a alerté mes pupilles : en haut de la fiche d'Alba, un numéro de téléphone et un lien « contact » menant jusqu'à un formulaire… Depuis je ne pense qu'à ça. Je suis en mesure de la joindre !

Pourtant, je patauge dans l'indécision la plus complète. Une nouvelle fois, je me dis qu'il ne faudrait pas… Une nouvelle fois, je me sens pencher du côté obscur de mon âme.

Admettons que je la contacte… sur quel motif ? Quelle raison pourrais-je invoquer ? Je ne peux décemment pas lui écrire pour lui dire qu'on s'est croisés, que depuis je ne pense qu'à elle et que j'aimerais la revoir. Procédé radical à coup sûr pour l'effrayer et la faire fuir… Et puis, ça n'est pas moi. Je ne voudrais surtout pas qu'elle me prenne pour un de ces types qui tentent leur chance sur les réseaux sociaux en mode « Salut, ça va, ma belle ? Nous pourrions faire connaissance… » (Je vous épargne les fautes d'orthographe possibles, même dans ce format si court.)

Je me sens coincé. C'est ce que je me dis pendant les devoirs d'Ally, à peu près au moment où elle me reproche de ne pas bien l'écouter parce qu'elle s'est trompée dans sa lecture et que je n'ai pas relevé. Elle s'est rendu compte toute seule que la phrase ne voulait rien dire. À croire qu'Ally devient autonome et moi inutile… Un peu confus, j'ai repris le fil de l'histoire en tâchant de me concentrer un minimum.

En toile de fond de cette journée, la conviction que si je ne revois pas Alba, je vais devenir fou.

11

La nuit porte conseil, dit-on.

La mienne m'a conduit à enfourner toutes sortes de tartelettes aux fruits. Nouvelle nuit de frénésie culinaire. Armé de mon rouleau à pâtisserie et de ma poche à douille, je virevoltais dans tous les sens. Si quelqu'un m'avait surpris en pleine action, il m'aurait pris pour un cinglé. Remarquez, au fond, ce n'est pas plus mal. Ces dernières années, j'avais un peu perdu la foi. Un cuisinier qui ne cuisine pas, ça fait toujours tache dans une cuisine. C'est pour cela que le chef que je suis migre souvent vers la salle pour laisser à son second le loisir de mener la brigade. Pendant les congés de Thomas, je dirige. Mais, globalement, je passe moins de temps en cuisine, et moins de temps au restaurant, même, de manière générale. Et pour cause.

En tournant dans mon lit, en épluchant mes pommes, en pressant mes oranges, en montant les œufs en neige pour ma meringue, je me suis vu écrire toutes sortes de messages pour Alba, je me suis vu retourner *Chez Gilles*, je me suis vu attendre *ma* comédienne en bas du studio, je me suis vu lui envoyer des fleurs… Je vous l'ai déjà dit : j'ai une vraie capacité à me faire des films. Mais à chaque fois, je me disais : « Non… C'est *too much*… Elle va te prendre pour un malade… » En conclusion, à l'heure d'emmener mes loustics à l'école, je n'avais abouti à rien. J'en étais toujours au point zéro.

Je suis passé à la boulangerie chercher ma commande de baguettes quotidienne et je me suis rendu au restaurant, où Thomas gérait déjà les livraisons. Il avait sa tête des mauvais jours. Les yeux mal ouverts, le visage fermé. Je parierais sur une énième engueulade avec Cathy, sa femme. L'avantage, c'est que, contrairement à moi, cuisiner lui redonne vite le sourire. Dans une heure, il irait mieux. Surtout quand il apprendrait que dès le lendemain, je remettrais sur l'ardoise sa souris d'agneau confite aux épices.

12

Votre nom : Romain Piveteau
Votre mail : romain.piveteau@latoqueromaine.fr
Message :
Madame Grangier,
Alba,

J'ai longtemps hésité à vous écrire et je me suis surtout longuement interrogé sur la manière d'entrer en contact avec vous. J'ai tergiversé, pesé le pour et le contre, pour arriver à ceci : ce message quelque peu hors sujet et un brin audacieux. Je vous le jure : je n'ai jamais fait cela de ma vie. Je ne suis pas un de ces dragueurs comme il y en a tant. Simplement, je suis guidé par une sorte de nécessité vitale et la peur d'avoir des regrets. Qui ne tente rien…

Je ne vous écris pas pour vos talents vocaux, bien qu'indéniables, je n'ai pas de contrat à vous proposer.

Il se trouve simplement que j'ai eu la chance de vous voir il y a de cela quelques jours, et que depuis c'est comme si vous étiez restée gravée sur ma rétine. Vraiment, je n'ai jamais rien dit d'aussi idiot. Vous allez me prendre pour un fou… mais je ne le suis pas.

J'aimerais vous revoir. Pour le simple plaisir d'échan-

ger avec vous. Pour savoir, aussi, si je ne me suis pas trompé.

C'est très étrange à dire ainsi, mais en toute sincérité : vous avez mis un peu de soleil dans ma vie.

Pardonnez-moi ce message que vous trouverez sans doute mièvre et ridicule. Vous avez mon mail. Peut-être pourrions-nous échanger, tout simplement ?

Dans l'espoir d'une réponse,

Bien à vous,

Romain

13

Comme tous les matins, j'épluche mes mails, j'écoute les messages sur mon répondeur. Au début, je n'y vois rien que de très classique : deux mails d'un producteur, un d'un directeur de théâtre, un autre de mon agent, quelques mails de remerciements et des spams, bien sûr. Au milieu de tout cela, venu du formulaire de contact de la plateforme de voix off, émerge un mail incongru. D'un certain Romain Piveteau. Que je relis trois fois de suite pour bien comprendre le message et mon propre ressenti. La première fois, j'ai été surprise ; la deuxième, j'ai éprouvé une forme de rejet face à cette tentative de drague plutôt facile ; la troisième, une espèce de curiosité envers le caractère vaguement désespéré de l'homme en question qui semble se mettre à nu (ou à genoux) devant moi, avec une sincérité désarmante.

Des messages de ce genre, j'en reçois de temps en temps. Mais jamais d'un type qui m'a croisée dans la rue et a mené sa propre enquête ! Je commence à m'alarmer. Moi qui suis plutôt friande de polars, qui aime me faire peur avec des faits divers sordides et des crimes non résolus, il ne m'en faut pas beaucoup plus. Je suis certes fan des émissions sur les affaires criminelles en général et des séries sur des cold cases tout particulièrement, en revanche, je n'en veux pas dans ma vie ! Et ce gars, là, qui s'est livré à ses petites recherches, qui habite peut-être la même ville que moi, qui semble faire une fixette sur ma personne, il ne me dit rien qui vaille. Il pourrait être le genre de mec pas net, voire carrément déséquilibré. Je réprime un frisson juste au moment où mon portable se met à entonner *Born to Be Alive.* C'est Leïla.

— Coucou, toi. Bien dormi ?

Je sais qu'elle n'a sans doute même pas encore quitté son lit.

— C'est dur, ce matin, se plaint-elle d'une voix ensommeillée.

Comme à peu près tous les matins. Surtout les lendemains de soirée où elle cumule représentation, after et after d'after... Leïla et moi jouons dans la même troupe de théâtre, mais nous n'avons pas les mêmes journées. Je me lève tôt. Elle, non, sauf exception. À peu près tous les matins, elle m'appelle. C'est une habitude, presque un réflexe. Elle me téléphone même si elle n'a rien à me dire. Et je lui réponds, invariablement, même si je n'ai rien à lui raconter. Encore que... ce matin... Je lui rends compte du fameux mail. Elle rit :

— Le pauvre, il n'a aucune chance !

Elle ne croit pas si bien dire. Je suis plutôt du genre « méfiance, on se barricade » avec les hommes. Je tiens cela de ma mère. Enfin pas que.

14

Comment vous résumer ma journée ?

En un mot, j'hésite entre *horrible* et *épuisante*. J'ai passé des heures à me fustiger d'avoir écrit ce mail, à regretter, à vouloir remonter le temps, à me sermonner d'être incapable d'assumer mon acte… et à me demander à peu près toutes les dix minutes : « Est-ce qu'elle l'a ouvert ? Est-ce qu'elle l'a lu ? » Et aussi, évidemment, à rafraîchir ma boîte de réception au cas où, par miracle (un miracle extraordinaire, vous voyez le niveau du truc), elle m'aurait répondu. Déjà ! Le mec qui ne doute de rien. Comme si elle n'attendait que ça : me répondre, me (re)voir, me rencontrer… Alors que selon toute vraisemblance, il n'y a aucune chance pour qu'elle soit pressée de me contacter… et une chance infime pour qu'elle m'écrive tout court. Alors… Franchement, je me fatigue.

Je me prépare donc à devoir patienter des jours… peut-être en vain. Je m'attends à une déception. Une déception forte et idiote à la fois, car la vraie question est : comment ai-je pu fonder quelque espoir de *quelque chose* avec elle ? Il faut être réaliste, mon vieux (oui, de temps en temps je me sermonne à coups de

« mon vieux » alors que je n'ai *que* quarante-deux ans). Une femme comme elle ne peut pas vouloir d'un type comme toi… et ça tombe bien ! Puisqu'il n'y a rien à espérer dans ta situation. Si elle te répondait, si elle était d'accord pour te rencontrer, si tu lui plaisais (par un miracle du même acabit), tu serais dans la merde ! Tu irais droit dans le mur. Et tu n'en as pas le droit.

15

Ce soir, c'est relâche. J'avoue que je suis bien heureuse de passer une petite soirée tranquille chez moi. Je vais me réchauffer une soupe en brique et je vais la boire emmitouflée dans mon plaid, sur mon canapé, en lisant la suite du roman que j'enregistre demain. On s'approche de la fin. La tension monte, le suspense s'amplifie. L'auteur a tellement brouillé les pistes que les lecteurs vont halluciner quand ils comprendront qui est le coupable. Je le sais, car j'ai déjà lu le roman deux fois avant le début de l'enregistrement. Je réalise toujours deux lectures : une première pour m'imprégner de l'histoire et des personnages, l'autre plus technique, où je travaille sur le texte, où je réfléchis aux voix que je vais attribuer à chacun. Ce roman me plaît beaucoup, je suis ravie de le défendre en donnant le meilleur.

Je m'installe donc sur mon canapé avec le roman et ma soupe. Je lis à voix haute, je reprends mes notes. Mais j'ai du mal à me concentrer. Très étrangement, je repense au mail reçu ce matin. Il me trotte dans la tête malgré moi, j'y ai vaguement pensé dans la journée.

Ma méfiance initiale s'est finalement muée en véritable curiosité. Peut-être à cause de la tournure des phrases et de l'orthographe irréprochable. Est-ce que les tueurs en série et autres psychopathes ont vraiment une telle approche ? Possible... Je crois néanmoins que le roman que j'enregistre en ce moment me monte à la tête.

Je reprends mon téléphone, relis le mail en prêtant plus d'attention à l'en-tête. J'ai son nom, son prénom... et une adresse liée à une entreprise : La Toque romaine. Intriguée, je décide de mener mon enquête, moi aussi. Après tout, je lui rends la pareille.

Je tape sur Google Maps : « La Toque romaine ». Je trouve immédiatement le nom d'un restaurant en bordure de centre-ville. Tiens, tiens... Je migre vers Tripadvisor, qui m'indique que l'établissement dispose d'une jolie cote. Les photos des plats donnent envie. La plupart des commentaires sont enthousiastes, voire élogieux... excepté quelques-uns, déçus, pour ne pas dire virulents... peut-être rédigés par des amis de la concurrence ou d'éternels râleurs insatisfaits comme il en existe partout. Rien de bien étonnant.

Romain de *La Toque romaine*... Hasard ou coïncidence ? Je poursuis mon voyage sur la toile en cliquant sur le lien correspondant au site du restaurant. Une très jolie photo de la salle me saute aux yeux sur la page d'accueil, accompagnée, dans un médaillon, de celle du chef Romain Piveteau. Je me livre à une étude approfondie de l'homme en question. Souriant, l'air sympathique, il me semble bien loin de l'idée que je me fais d'un serial killer. Les cheveux blond foncé, un peu longs sur le dessus, la barbe bien taillée, le regard franc, il ne manque pas de charme. Et il a l'air normal.

Je suis contente de pouvoir mettre à présent un visage sur des mots. Et rassurée.

Pour le reste… je ne vois pas trop où cela me mène.

16

Rien… sans surprise.

Ça fait dix jours maintenant que j'ai envoyé mon mail. J'ai laissé passer ce qui me semble être un laps de temps raisonnable. Non ? Donc, voilà. Elle a vraisemblablement lu ma prose. Elle l'a sans doute trouvée insipide ou stupide, ou les deux. Ou effrayante. Ou les trois à la fois. Mais de toute évidence, elle n'a pas été emballée. Elle n'a pas jugé utile de me répondre. À quoi bon… Je n'en valais pas la peine. C'est ainsi.

J'essaie de me faire à cette idée. Ma déception est à la mesure de mon fol espoir. Ma résignation est affaire de raison. Je me répète, façon Coué : « C'est mieux comme ça, c'est mieux comme ça. » Je tente l'autosuggestion. Pas vraiment efficace. Pourtant, c'est la vérité : par rapport à ma vie, c'est mieux ainsi. Si elle m'avait répondu, si on s'était revus, un mot serait venu s'ajouter à mon quotidien : *complication*. C'est évident : faire entrer une femme dans ma vie, ce serait aller au-devant de problèmes, de tracas, de difficultés. Qui voudrait de ça, franchement ? Qui, de sain d'esprit, j'entends ?

C'est ce que je me disais, hier, lorsqu'on a fêté

l'anniversaire de Léo avec mes parents et ma sœur. Je les regardais comme un spectateur et je pensais : « Tout est bien, comme ça, tout est bien. » Le bonheur de Léo avait de quoi réjouir la famille au complet. Les regards brillaient, les sourires éclairaient les visages. Ce n'est pas si souvent, autant le souligner. C'est typiquement le genre de moment suspendu où on oublie…

Après le départ de mes parents, les enfants sont allés jouer sur la terrasse avec la nouvelle voiture téléguidée de Léo, et Faustine en a profité pour prendre des nouvelles de mon moral du moment.

— Comment ça va, toi ? m'a-t-elle demandé de sa voix douce couplée à son regard spécial je-me-fais-du-souci-pour-toi.

— Ça va, l'ai-je rassurée avec toute la conviction possible.

— Tu avais l'air ailleurs, par moments… et tu as perdu du poids, non, depuis la dernière fois ?

Je me suis regardé pour vérifier.

— Je n'en sais rien. Tu n'ignores pas que je ne suis pas un adepte de la balance.

— Fais gaffe quand même. Tu as besoin d'énergie au quotidien, avec tout ce que tu dois gérer.

J'ai eu envie de rétorquer un « Sans blague ? » un peu mordant. Mais ma sœur ne mérite pas ça. Elle n'est qu'empathie. Notre situation l'inquiète beaucoup. Elle craint que je craque. Une fois, je lui avais dit, à titre de promesse : « Je suis comme le roseau de La Fontaine, je plie, mais je ne romprai pas. » Et c'est vrai : je courbe parfois le dos mais je tiens bon.

17

On dit toujours que pour un premier rendez-vous, il vaut mieux choisir un endroit public. De préférence avec du monde. Avec la certitude que si l'on crie, on sera entendu. L'idée de me rendre chez un inconnu me donne des frissons. Je ne me verrais pas toquer à la porte et pénétrer dans un lieu privé qui pourrait devenir un piège. C'est tout moi ça : un brin froussarde. Pour autant, je n'admire pas celles qui osent. Je ne les trouve pas seulement téméraires, je les trouve inconscientes. Elles aiment le risque. Et quand certaines de mes amies m'affirment : « Mais c'est bon, j'ai discuté avec lui pendant des heures avant, il a l'air clean », je me dis qu'elles sont naïves, qu'un jour elles auront un problème.

C'est pour cette raison que j'ai franchi les portes de *La Toque romaine* avec une satisfaction certaine. Ou comment voir quelqu'un l'air de rien tout en le découvrant dans son environnement. En toute sécurité. Et avec la certitude de pouvoir en sortir dès lors que je l'aurai décidé, sans obligation de donner suite.

Leïla était ravie lorsque je lui ai dit : « Je te paie le resto. » Je lui ai expliqué que j'avais déniché une adresse prometteuse sur Tripadvisor, et que je serais enchantée de la tester avec elle.

Nous sommes entrées. Je n'en menais pas large. J'étais à la fois contente de ma surprise et un peu stressée. Nous avons été accueillies par une serveuse qui nous a installées à une table, dans un coin. J'ai choisi, sciemment, le fauteuil qui faisait face à toute la salle, orienté vers la cuisine. Il ne pourrait pas me louper. Si tant est qu'il parvienne à s'en extraire.

— Tu as l'air nerveuse, a remarqué Leïla.

Elle me connaît par cœur. Et puis, j'ai beau être comédienne, dans la vie je ne sais pas jouer. Parce que je ne suis qu'un paquet d'émotions et de contradictions.

— Tu te rappelles, l'homme qui m'a écrit un mail ?

— Oui, m'a répondu mon amie d'un air qui signifie « Je ne vois pas le rapport ». Tu lui as répondu, finalement ?

J'ai fait non de la tête.

— En revanche, il se trouve que c'est son restaurant. Je me suis dit que ce serait peut-être sympa de tenter de le voir… Mais à vrai dire, je n'assume qu'à moitié d'être là.

Leïla m'a regardée avec de grands yeux et s'est mise à rire.

— « Une adresse prometteuse », qu'elle disait ! La bonne blague. Tu m'étonnes… Je ne t'aurais pas crue capable d'expérimenter ce genre de plan. Mais c'est marrant. Je suis bien contente d'être aux premières loges.

La serveuse revenait juste à ce moment-là pour nous proposer un apéritif et nous expliquer le principe : pas de carte, tout est écrit sur les murs, les plats, les vins, les autres boissons. Nous avons commandé deux pressions.

— Ton chef, s'il est en cuisine, tu ne risques pas de le voir ! s'est esclaffée Leïla.

— Certes. Bon, qu'est-ce que tu prends ? Après tout, nous ne sommes pas venues que pour lui. Nous allons d'abord en profiter pour passer une soirée autour d'un bon repas. Pour le reste, on verra bien.

18

Je me couche et je me demande si j'ai rêvé.

Tout à l'heure, en plein service, alors que j'ajustais l'assaisonnement d'une sauce, Mariam ne s'est pas contentée d'attraper trois assiettes sur le passe-plat. Elle m'a lancé :

— Chef, il y a des clientes qui voudraient vous dire un petit mot à la 10.

Ce n'est pas à ce moment-là que j'ai été surpris. Tous les soirs, ou presque, j'entends cette phrase et, je l'avoue, je ne boude pas mon plaisir. En général, c'est bon signe. On veut me remercier, me féliciter, m'exprimer son ressenti. Je dis *me*, mais c'est pour toute l'équipe, et bien sûr je relaie à la brigade. La satisfaction du travail bien accompli, c'est autant de carburant pour la fois suivante. Contenter les papilles de nos clients, leur donner du plaisir et l'envie de revenir, tel est notre objectif constant.

Je suis sorti de la cuisine, plein d'un candide allant. Le pas énergique, le sourire conquérant, le menton peut-être légèrement relevé. Naïf que j'étais… Car mon assurance n'a pas tardé à vaciller. Dès que j'ai posé les yeux vers la table 10, je l'ai vue. J'ai cru à une hallucination. Après l'épisode 1, « Apparition », j'étais projeté dans l'épisode 2 : « Hallucination ». En quelques pas, sous ses yeux redoutables, j'ai eu le temps de lancer mon cœur à cent à l'heure, d'avoir les mains moites, de me liquéfier. De me sentir ridicule, aussi. Tellement décontenancé !

J'arrivais déjà à leur table. J'ai tenté un « Bonsoir » souriant, le plus chaleureux et le plus naturel possible. Je voulais paraître sûr de moi. Mais j'étais vraiment trop anéanti par cette divine surprise.

Alba m'a gratifié d'un « Bonsoir » assez semblable au mien en termes d'équilibre fragile entre assurance et stress. Elle n'était peut-être pas moins gênée que moi. Cela m'a rassuré.

Son amie a rapidement mis fin (ou presque) au léger malaise entre nous :

— Merci, c'était hyper bon ! On s'est régalées.

— C'est moi qui vous remercie, ai-je dit en m'inclinant d'un air touché.

J'aurais voulu me rappeler leurs choix de plats. Les épater un peu façon « le chef sait exactement ce que chacun a mangé à toutes les tables ». Mais je séchais complètement. Brouillard cérébral majeur. On aurait dit qu'Alba voulait me venir en aide :

— Le foie gras forestier était à tomber. Et la caille aussi. Vraiment.

C'était la première fois que j'entendais la *vraie* voix d'Alba, et qui s'adressait à moi ! Pour me parler de *ma* cuisine. J'étais aux anges. Je ne savais même plus quoi dire, comment on articule un son. Je devais sourire bêtement. Je me suis incliné en guise de merci, version muette. Et c'est alors que j'ai fini par oser… mais tout aussi bêtement :

— J'imagine que ce n'est pas un hasard si…

— Non, en effet. Mais je ne savais pas quoi répondre, et puis j'avais envie de savoir à qui j'avais affaire. Alors, j'ai mené ma petite enquête. Comme vous !

Elle ne m'a pas lancé de clin d'œil, mais c'était tout comme. Elle me taquinait ! Ce n'était pas désagréable, loin de là. Mais ça m'a perturbé plus encore. J'étais sûr de bafouiller lamentablement si j'ouvrais la bouche.

— Nous n'allons pas vous accaparer plus longtemps, mais nous tenions… Enfin je tenais à ne pas partir sans vous avoir vu. Et puis c'était délicieux. Donc merci.

— Ça aurait été quand même dommage de vous rater ! a assuré son amie, tout sourire, un peu taquine elle aussi.

— Merci. Je suis très touché. Je ne pensais pas que vous… donneriez suite.

Alba a souri. Simplement. D'un sourire franc, mais qui ne voulait rien dire d'autre que « C'était sympa de vous voir, de bien manger, de mettre une tête sur un nom, sur un mail audacieux ». Ce n'était pas un sourire qui signifiait « Je suis prête à vous revoir », non.

Je les ai saluées toutes les deux et suis retourné à la cuisine. Nerveux, content, mais déboussolé.

19

— Il est trop mignon ! s'est exclamée Leïla en sortant du restaurant.

Parfois, quand elle parle, elle a quinze ans. Même si les jeunes aujourd'hui utiliseraient plus certainement l'expression qui a remplacé « *so cute* ». Je n'ai pas surenchéri… Je ne souhaitais pas spécialement ajouter que je l'avais trouvé charmant. Et touchant. « Mignon », c'est un peu les deux à la fois, Leïla n'a peut-être pas tort.

Il était gêné. Plus que moi j'ai l'impression. Ma surprise l'a certainement décontenancé.

Un partout, la balle au centre.

Et maintenant ?

J'ai vu à quoi il ressemble. Il a l'air normal et équilibré. Je l'ai trouvé agréable à regarder et je serais assez curieuse d'en savoir plus à son sujet. De là à le revoir ?

Leïla me pose la question, justement. Un « Je n'en sais rien » me sort spontanément de la bouche. C'est la vérité. D'un côté, je suis tentée de le revoir, de l'autre, je me trouve de bonnes raisons pour que ça n'arrive jamais. Ma méfiance naturelle envers les hommes reprend le dessus. Ma formule « À quoi bon ? » se rappelle à moi. Mes dernières expériences amoureuses ont toutes été plus ratées les unes que les autres. Je suis devenue une célibataire convaincue, et franchement désabusée. Qui ne croit plus en l'amour, qui croit encore moins au couple. Qui fuit tout ce qui pourrait y ressembler. Pour arrêter de souffrir et d'y laisser des plumes, j'ai trouvé dans le célibat longue durée LA solution. Je m'épanouis ailleurs. Dans le travail, surtout. Et avec mes amis. Leïla et moi, pour ça, on s'est bien trouvées : elle ne pense qu'à sa carrière. Les hommes, c'est secondaire. On a même évoqué l'éventualité d'une colocation, mais on s'est raisonnées : nous n'avons pas le même rythme de vie, et cela pourrait être difficile à supporter.

Nous sommes donc rentrées, chacune chez soi.

Je me suis mise au lit en repensant à la soirée. À Romain. Je me répétais : « Attends de voir, laisse passer un peu de temps, tu verras bien. »

20

Elle voulait me voir, elle m'a vu.

Et après ?

Depuis sa venue, je suis dans une totale expectative, oscillant entre immobilisme oisif et agitation vaine. Aucune nouvelle. Évidemment, avec mon goût éhonté pour le pessimisme, j'en ai conclu que je ne lui avais pas plu. Que j'étais moins intéressant que mon foie gras (dit comme ça, c'est bizarre, mais vous voyez l'idée). Elle a sans doute raison : le mieux chez moi, c'est ma cuisine. On me l'a déjà dit. A priori, je suis un mec sympa, cool, bien qu'un peu triste. Et pour cause. Je fus drôle. Dixit Faustine et Thomas. Voilà mon portrait en quelques coups de crayon. On me résume à pas grand-chose. « Tu es un bon père », ajoute ma sœur les jours où je doute de tout. Voilà, je me présente : Romain Piveteau, quarante-deux ans, Niçois d'origine qui-a-gardé-des-O-un-peu-ouverts, restaurateur sympa, père solo qui-fait-ce-qu'il-peut, ex-drôle. Ça tient en peu de mots. Il n'y a pas de quoi charmer une comédienne aux allures de déesse romaine.

Quand j'y pense… Alba, déesse romaine… ça aurait pu être un signe pour un Romain comme moi…

Il paraît que les couples se fondent toujours sur une espèce de légende originelle, elle-même construite sur des *signes* qui font dire : « C'était évident. » L'évidence qui me frappe, là, tout de suite, c'est que cette histoire que j'ai brodée dans ma tête est vouée à finir aux oubliettes… au fond du puits.

Parfois, dans un élan intense d'optimisme forcené, je me dis que c'est peut-être elle qui attend un signe, un geste de ma part. Un peu sur le mode « Tu as fait le premier pas, j'ai fait le deuxième… Maintenant c'est ton tour. » Je ne sais pas… C'est peut-être puéril de penser comme ça. On a passé l'âge, non ? À quarante ans (elle ne les a sans doute pas encore), on assume, on dit ce qu'on a à dire. On se jette à l'eau. On ne passe pas à côté d'une histoire sous prétexte que c'est à l'autre de se mouiller un peu. Non ?

Néanmoins, admettons : et si je gâchais ma chance en ne tentant rien ? Ce serait idiot. Mais si je tentais, elle me trouverait peut-être lourd ou indélicat, elle pourrait l'interpréter comme un début de harcèlement… Néanmoins, je pourrais la rassurer sur ce point. Facile, je n'ai qu'à lui écrire un deuxième et dernier mail. Histoire de lever tout malentendu. Et de ne pas passer à côté d'un conte de fées légendaire à cause d'un quiproquo.

Alors, oui, je vais lui écrire.

Au moins, je n'aurai pas de regret.

21

J'ignore si je suis surprise ou non, lorsque je découvre un deuxième mail de Romain Piveteau. Je ne l'imaginais pas spécialement en rester là, mais il ne m'a pas paru débordant d'assurance non plus, alors… M'écrire a même dû lui coûter un peu. La preuve :

Alba,

J'ai longtemps hésité à vous écrire. Je crains trop votre jugement. Je ne voudrais pas que vous vous mépreniez… Mais voilà : vous m'avez fait la surprise et l'honneur de venir dîner dans mon restaurant. Pour me voir. J'ignore ce que vous avez pensé de moi, et honnêtement j'ai peur de le savoir.

Je vous écris donc simplement pour vous dire ceci : j'aimerais beaucoup vous revoir, vous rencontrer vraiment. Au cas où vous en doutiez, je souhaitais me montrer clair.

Si cette envie n'était pas partagée, n'ayez crainte. Je ne vous importunerai plus. C'est promis.

Bien à vous,

Romain

Un post-scriptum se chargeait de me livrer son numéro de téléphone.

Son mail m'a fait sourire. Je l'imaginais tel que je l'avais vu, avec sa tunique et sa toque sur la tête, me déclamant ces mots. Je trouve cet homme touchant. Si peu sûr de lui. Si différent de bien d'autres, égocentriques, prétentieux, fiers, condescendants, supérieurs. Il semble être un homme que l'on peut croire, à qui l'on peut faire confiance, sur lequel on peut s'appuyer, fiable et sûr. Rassurant. Un homme contre lequel il pourrait être bon de se blottir sans crainte.

22

Scène ordinaire d'un quotidien banal.

Je jouais avec Ally et Léo à SOS Ouistiti, ce jeu de société qui consiste à enlever des tiges de couleur sans faire tomber les petits singes. Une partie endiablée. Mon téléphone a émis la sonnerie d'un SMS. J'en ai presque sursauté. Comme à chaque fois depuis que j'ai envoyé mon mail à Alba. Je me suis forcé à ne pas me lever et quitter le jeu, me convainquant : « De toute façon, ce n'est pas elle. » Jusqu'à la fin de la partie, qui m'a paru comme tournée au ralenti, je me suis empêché, contenu, vissé sur ma chaise. J'ai rêvé d'un bras à ressort à la Inspecteur Gadget (comprenne qui pourra, question de génération) pour attraper sans avoir à me lever ce foutu téléphone qui a pris l'habitude de ne sonner que pour de mauvaises raisons. J'ai poursuivi le jeu tant bien que mal, la tête ailleurs. Ce que n'a pas manqué de me faire remarquer Ally. Si j'avais regardé l'écran, j'aurais su que ce n'était pas Alba, j'aurais pu reprendre le cours de la partie en étant concentré et appliqué. Et j'aurais peut-être gagné. Au lieu de quoi…

Mais ma déception n'a pas duré : c'était un SMS

d'Alba ! Le premier de beaucoup d'autres ? Ou l'unique, qui tomberait comme un couperet ? Je l'ai ouvert, le cœur battant. Il disait : *Bonjour Romain. J'ai bien reçu votre mail (comme vous pouvez le constater). Que diriez-vous de nous revoir pour discuter autour d'un café ? Simplement pour faire plus ample connaissance. Alba*

Inutile de vous préciser ma joie immense. Si j'avais été seul, si mes enfants n'avaient pas les yeux sur moi en permanence, si j'avais pu la laisser éclater, je me serais sans doute lancé dans une chorégraphie de haute volée (vous voyez Hugh Grant, dans *Love Actually* ? Le même). J'ai contenu ma joie, je me suis obligé au calme apparent. Mais je bouillais. Il me semblait que toutes les cellules de mon corps frétillaient dans une sorte de salsa intérieure. J'ai failli lui répondre en bredouillant (oui, on peut bredouiller même par écrit).

Au bout de trois messages, nous étions convenus de l'adresse, du jour et de l'heure de cette troisième rencontre. La vraie, cette fois. Volontaire et partagée des deux côtés.

Quatre jours à attendre… Une éternité !

23

Quatre jours avant notre rendez-vous. Je ne peux pas dire que je déborde d'impatience. Je me sens plutôt pleine de curiosité. Je sais que je serai contente de le revoir. Je n'ai pas d'attentes particulières, sinon celle de passer un agréable moment en compagnie de quelqu'un d'intéressant. Il me paraît intéressant. Son statut de restaurateur, de chef, de chef d'entreprise (je crois), m'impressionne d'une certaine manière. Il faut dire que je suis une piètre cuisinière. Tout mon entourage en sait quelque chose ! Mon manque de talent aux fourneaux, couplé à mon manque d'envie et à ma maladresse légendaire, me réduit au quotidien à l'utilisation intensive de plats cuisinés en tous genres et de combines faciles… Un bon plat de pâtes avec du gruyère râpé dessus et une sauce tomate en tube, ça me va très bien. Quand je reçois, ce qui est rare, je fais appel aux talents d'un maître des surgelés. Sans honte. J'assume complètement. J'adore manger, j'adore découvrir de nouvelles saveurs, mais chez les autres ou au restaurant.

Imaginons quelques secondes que Romain et moi entamions une relation… Je suis déjà effrayée à l'idée de cuisiner un jour pour lui. J'aurais honte ! C'est le genre de situation que j'éviterai le plus longtemps possible.

« Tu sais, si tu veux le faire fuir, tu n'as qu'à l'inviter à dîner chez toi. » Phrase de Leïla. Elle me l'avait déjà servie sur un plateau, mais là, avec un restaurateur, sa sentence n'a jamais été plus à propos. Elle n'a pas manqué de me la rappeler lorsque je lui ai annoncé que j'avais accepté de revoir Romain. Toute cette histoire semble beaucoup l'amuser.

Au moins, je l'ai divertie quelques minutes. Elle n'avait pas le moral hier soir, avant la représentation. Encore des castings ratés, des castings pour rien. Je lui rétorque toujours que c'est faux, que ça l'entraîne, que ça la forme, que cela doit lui permettre de ne pas perdre le cap et donnera d'autant plus de saveur à son succès futur. Succès que je lui souhaite et auquel je crois. Leïla veut percer dans le cinéma. C'est son obsession. Elle n'en démord pas. Elle est venue au théâtre comme bien d'autres comédiens, mais par défaut. Depuis qu'elle est petite, elle ne rêve que de ça. Je ne la connaissais pas encore, mais à présent je sais tout d'elle et je connais bien sa famille. À huit ans, elle ne voulait pas devenir coiffeuse ou maîtresse ou chanteuse… Elle disait déjà haut et fort : « Je veux faire du cinéma. » Ses parents ont bien tenté de l'en dissuader, arguant du fait qu'ils auraient besoin d'elle au restaurant et mettant en avant que ses origines marocaines seraient un handicap dans ce milieu fermé et bourgeois. Cela aurait été bien mal la connaître que de croire que Leïla puisse renoncer pour si peu. Aujourd'hui, elle les aide au service tous les midis *Au*

Ryad. Le reste du temps, elle jongle entre les répétitions, les représentations, les auditions, les castings et les soirées qu'elle voit avant tout comme une façon de rencontrer des gens… et un jour, peut-être, la bonne personne qui la fera entrer dans ce monde si particulier. Le mercredi après-midi, elle donne même des cours de théâtre aux enfants. Elle vit à cent à l'heure, oubliant sa fatigue, s'accrochant à son rêve de gloire, s'imaginant sur grand écran, et un jour en tête d'affiche.

Nous sommes toutes les deux comédiennes, mais pas vraiment de la même façon.

24

L'éternité s'achève enfin.

Il est 16 heures. Le père indigne que je suis a prévenu les enfants et l'école que ce soir ils allaient à la garderie. Cas de force majeure. J'arrive à l'heure dite au café prévu. J'y entre nerveusement, cherchant des yeux Alba qui m'attend déjà, au fond, sur une banquette en velours.

Elle a attaché ses cheveux en un chignon un peu flou. Je la trouve très jolie ainsi. Je veux dire *encore plus jolie* si tant est que ce soit possible. Elle me regarde m'avancer et je sens à nouveau ses yeux qui scrutent mon humble personne. Elle se lève pour m'accueillir et me faire la bise, avec plus de chaleur que de réserve. Ça me plaît.

Je retire mon manteau et m'assois. Je suis gêné. Elle m'impressionne. Je ne me rappelle pas avoir jamais éprouvé ça face à une femme, cette impression d'être petit, insignifiant. J'ignore si cela vient du fait qu'elle est une comédienne talentueuse – forcément, à mes yeux – ou si cela vient de ce que je ne devrais pas me trouver là, devant elle, dans cette position d'homme-en-phase-de-séduction. Elle me sourit avec bienveillance, comme si elle voulait me dire : « Détendez-vous. » Et j'essaie. Mais c'est difficile. Un trop-plein de pensées contradictoires se presse dans mon cerveau. J'aimerais tout simplement profiter du moment présent. Comme s'il n'y avait aucun problème, aucun enjeu, aucun avenir, aucune question à se poser. Comme si nous étions seuls au monde, dans une bulle, hors du temps.

« Profite… me dis-je. Tu ne fais rien de mal. »

Je tente de me rassurer, sous les yeux vaguement interrogatifs d'Alba.

— Qu'aimeriez-vous boire ? m'interroge-t-elle, sans doute pour briser la glace.

— La même chose que vous.

Ce n'est pourtant pas faute qu'on m'ait reproché de recourir trop souvent à cette formule creuse qui exprime, au mieux, une gentillesse fade, au pire un manque flagrant de personnalité.

— J'allais prendre le smoothie vert ! s'esclaffe-t-elle.

J'attrape la carte et me mets en quête de la composition de ladite boisson. Concombre, céleri branche, citron vert, persil. Je réprime un rictus de dégoût. Un café aurait mieux fait l'affaire, vous imaginez bien, mais je me voyais mal revenir sur ma commande. Quitte à manquer de personnalité, autant passer pour quelqu'un de parole, peut-être même pour quelqu'un qui aime le risque.

— C'est parfait, je vais prendre la même chose que toi, dis-je d'un air si convaincu que le tutoiement m'a échappé.

Je rougis, ça la fait sourire. Elle semble détendue.

Nullement vexée de cette marque de familiarité. Nous passons commande, et je lui demande, comme ça, de but en blanc – genre, je persiste et signe :

— Parle-moi de toi.

25

Même si, en un sens, il a choisi la facilité en m'invitant à parler la première, j'apprécie l'attention. Je ne compte plus le nombre d'hommes qui ne savent parler que d'eux, qui ne savent pas écouter l'autre, qui ne s'intéressent finalement qu'à eux-mêmes. En outre, loin de me laisser ramer dans un long monologue duquel il aurait pu s'évader ni vu ni connu en pensées annexes, il rebondit sur mes mots par des questions, des remarques, des signes d'intérêt, ou de surprise. Et des sourires. Bref, il interagit avec moi.

Il veut savoir qui je suis. Réellement. Et cela me va droit au cœur.

Nous parlons de mon métier de comédienne. J'ignore pourquoi, en tout cas dans notre pays, les gens ont tendance à se définir par rapport à leur profession. C'est vrai que ce premier rendez-vous tenait plus de la rencontre entre une comédienne et un restaurateur qui évoquaient leur quotidien de travail que de celle d'un homme et d'une femme cherchant à se séduire. En même temps, cela promettait d'être intéressant. Nous vivons chacun d'un métier-passion qu'il nous tient à cœur de partager.

Je lui raconte donc mon quotidien de comédienne, mes multiples activités. Il me dit avoir été surpris et épaté par ma capacité à jouer toutes les voix. Toutes, pas vraiment… J'ai un timbre assez haut, je suis rapidement limitée dans le registre grave. Nous parlons de ce métier méconnu de voix off. J'évoque les pubs que j'ai enregistrées et qui passent actuellement à la radio ou à la télé. « Je vais beaucoup plus la regarder », m'avoue-t-il en riant. Il me dit que lui n'est pas un adepte du petit écran, qu'il a légué sa place et la télécommande à ses enfants, lesquels sont de fervents amateurs de dessins animés. J'évoque immédiatement mon envie de plaquer ma voix sur des personnages de films d'animation. Je n'ose pas rebondir sur ses enfants. Je reviens au premier sujet.

Je lui apprends que je joue au théâtre le soir, tout près d'ici, en ce moment. Avec mon amie Leïla, celle qui m'a accompagnée au restaurant. Il me demande le sujet de la pièce, si je n'ai pas trop le trac, si c'est difficile d'apprendre son texte, si je n'ai pas peur du trou de mémoire… si ça m'est déjà arrivé. Tout ça, oui, bien sûr, évidemment.

— J'enregistre des livres audio, aussi. Tu « lis », dans ce format ?

— Je lis surtout des livres de cuisine, confie-t-il. En ce moment, je me passionne pour les chroniques d'Escoffier.

J'ignore totalement qui est ce monsieur.

— C'était « le pape de la cuisine moderne », lance-t-il avec emphase en mimant les guillemets.

— Ah bon ? Je croyais que c'était Bernard Loiseau ou Paul Bocuse… Ils sont tout de même à l'origine du personnage de Gusteau, dans *Ratatouille* – tu noteras au passage ma grande culture gastronomique et cinéphile !

Il rit et ajoute, un brin triomphal :

— Gusteau qui avait pour prénom Auguste, en hommage à Auguste… Escoffier !

— Et Robuchon, alors, il est hors jeu pour le titre ?

Nous rions ensemble de bon cœur. Je reprends mon sérieux et lui demande de préciser en quoi cet Escoffier était plus le pape de la cuisine moderne que les deux autres, et nous glissons tout naturellement vers le sujet de la cuisine. Son sujet, donc.

26

La parole change de camp.

— Auguste Escoffier est né en 1846, de mémoire, donc il avait de l'avance sur ceux que tu as cités. On lui doit plusieurs ouvrages, mais surtout sa formidable expérience. Il a été l'ambassadeur de la gastronomie française à travers le monde. On dit qu'il est à l'origine de la cuisine moderne car c'est lui qui a inventé le principe de l'organisation en brigade et qui a « lancé la mode » des menus plus simples. Comme tu sais, avant, il y avait trois entrées, cinq plats et quinze desserts... Et il a aussi créé des recettes plus légères...

— Plus légères ? La cuisine française traditionnelle est quand même à base de beurre et de sucre !

Il y a de l'ironie et de la drôlerie dans son ton. Elle m'amuse, elle a raison, aussi. Même si ça change un peu, désormais :

— Certains chefs pâtissiers, de plus en plus nombreux aujourd'hui, cherchent à limiter le sucre. Leurs desserts n'en sont pas moins bons.

— Tu prêches une convaincue.

Elle me demande comment j'en suis venu à la cuisine. Je lui raconte ma grand-mère paternelle, ses ragoûts, ses purées, son saumon au beurre blanc, ses soufflés au Grand Marnier, ses tartes amandines… Je lui raconte les heures qu'elle passait dans la cuisine, ses livres de recettes défraîchis, le rôle qu'elle m'avait attribué de commis de cuisine dans notre brigade à deux têtes… Elle en avait assez que je la regarde les bras ballants. Un jour, elle m'a mis un tablier, un économe dans les mains, et m'a ordonné d'éplucher les légumes. J'y ai pris goût. Parallèlement, à cette époque, mes parents tenaient une boutique de traiteur. Nous habitions au-dessus. Je faisais mes devoirs sur la table de l'arrière-boutique, plus concerné par ce qui se passait en cuisine que par mes tables de multiplication.

Lorsqu'il a fallu décider de mon orientation, j'ai opté pour un CAP cuisine. Ça me paraissait logique. J'avais déjà acquis des bases, on me disait que je me débrouillais bien. J'ai poursuivi mes études, bac pro, BTS… parce que très tôt j'ai eu en tête d'avoir mon propre restaurant. Je voulais être chef. Pas rester commis de cuisine. J'ai travaillé dans de beaux établissements, j'ai été second de cuisine dans un deux-étoiles parisien notamment. *La Toque romaine*, c'est l'aboutissement logique de mon parcours. J'ai fait le choix d'un restaurant bistronomique.

— Bistronomique ?

Alba me regarde avec des yeux écarquillés. De très jolis yeux écarquillés noisette.

— C'est ainsi qu'on désigne un établissement à mi-chemin entre bistrot et restaurant gastronomique. En clair, dans un cadre décontracté, on s'efforce de proposer une cuisine maison moderne, à base de produits frais, de saison, évidemment, avec certaines caractéristiques de la cuisine gastronomique… mais sans le coût rédhibitoire et le côté parfois guindé. Et, forcément, sans viser une étoile au Michelin. Comme tu as pu le voir, notre carte se compose de quelques entrées, quelques plats et quelques desserts, mais elle change souvent. Chaque jour, nous sommes susceptibles d'enlever ou d'ajouter un plat… selon ce qu'on aura trouvé au marché le matin, par exemple. Je mise autant que possible sur les circuits courts pour m'approvisionner. J'aime favoriser les producteurs d'à côté. En plus de soutenir l'économie locale, c'est une façon de réduire notre empreinte carbone.

— C'est bien.

— C'est juste normal. Nous devons tous être concernés par l'écologie et le réchauffement climatique. Les gens – mes clients – y sont de plus en plus sensibles. On leur envoie un signal positif en affichant nos fournisseurs locaux. Ils apprécient de pouvoir se régaler au restaurant sans culpabiliser de faire venir du bœuf d'Europe de l'Est ! Sans compter que, tout à fait entre nous et sans vouloir jouer au Français chauvin, nos viandes sont vraiment les meilleures.

Je me rends compte que j'ai été bavard. Emporté par mon sujet, et surtout enfin détendu en présence d'Alba, le temps a filé à toute vitesse !

27

Il a subitement regardé sa montre et s'est exclamé avec un soupçon de stress :

— 18 h 45 ! Je suis désolé, je vais devoir y aller…

— Pas de problème, je comprends.

Il se levait déjà. Visiblement plus soucieux de ce qu'il devait faire ensuite que de mettre fin à notre premier rendez-vous de façon presque désinvolte. Un voile de déception m'a étreinte. Nous nous sommes dirigés vers le comptoir, où il a réglé nos consommations. Puis nous sommes sortis. C'est alors qu'il a passé subrepticement sa main dans mon dos et m'a rassurée en une phrase :

— Excuse-moi, Alba, de partir ainsi. Je dois aller chercher mes enfants à la garderie, elle ferme dans dix minutes. Je vais devoir courir. J'ai passé un très agréable moment en ta compagnie…

— Moi aussi.

— À bientôt ?

— À bientôt, oui. Avec plaisir.

J'ai répondu cela en commençant à partir, mais le regard encore sur lui… Grave erreur. Grand moment de solitude en vue. Ma chaussure a trébuché sur un pavé, et je me suis étalée de tout mon long. Honte devant la foule. Honte, surtout, devant cet homme qui me plaît et à qui j'aimerais plaire... Patatras. Ou comment se saboter et ne plus ressembler à rien. Séduction zéro assurée, les mains au sol, le sac à main à deux mètres, les genoux en vrac, le collant troué. Comme une gamine dans une cour d'école. C'est tout moi, ça. Jamais à l'abri d'une maladresse, d'une gaffe, d'une déconfiture. Romain a accouru. Sans sourire, les yeux inquiets. Il m'a aidée à me relever, a ramassé mon sac.

— Ça va ? Tu ne t'es pas fait mal ? m'a-t-il demandé, plein de sollicitude.

— Ça va. Tout va bien. Ne perds pas de temps, tu étais pressé...

— Tu es sûre ?

J'ai acquiescé, en lui signifiant d'un geste « Vas-y, file, tu vas être en retard. » Il a appuyé sa bouche sur ma joue avec une spontanéité déconcertante et s'est mis à courir pour rattraper les précieuses secondes perdues.

Je l'ai suivi du regard jusqu'à ce qu'il tourne à l'angle de la rue. Puis j'ai souri.

Je suis rentrée chez moi prendre une douche avant de gagner le théâtre où nous allions jouer *Cinémassacre* ce soir encore. J'avais le cœur léger, une impression de bien-être général, assez rare chez moi.

C'était paradoxalement une rencontre comme une autre et différente des autres. Étrange ressenti. Je n'étais sûre de rien, hormis d'une évidence : j'avais très envie de le revoir. Et vite. Je brûlais de le connaître davantage, de tout savoir de lui. Je sentais déjà ce truc assez inexplicable qui fait que lorsque quelqu'un entre dans votre vie, il se niche au fond de votre esprit, il est en vous, il est toujours un peu là, quelque part. Il n'y était pas il y a dix jours, il y a trois heures, il y était à présent.

Je n'ai aucune certitude, bien sûr. À part celle de lui avoir fourni, pour ce premier rendez-vous, un souvenir mémorable en m'affalant par terre.

28

Cette chute !

Le genre de chute qui peut donner à certains une irrépressible et coupable envie de rire. Pas à moi. La pauvre… J'ai lu dans ses yeux tant de gêne et de honte. Il faut dire que pour un premier rendez-vous, elle a fait fort. Je m'en souviendrai ! Maintenant, je l'avoue, un sourire m'échappe malgré moi. Elle a beaucoup moins de classe au sol, ma déesse romaine tombée de son piédestal.

J'ai foncé à l'école et suis arrivé, suant et haletant, avec cinq minutes de retard à la porte de l'accueil périscolaire où je me suis confondu en excuses. Ally et Léo étaient contents, eux. Ils avaient pu jouer plus longtemps. Nous sommes rentrés tranquillement. Devoirs, bain, dîner, pyjama, lecture du soir et câlin. Le petit rituel du début de semaine. Le lundi, le restaurant est fermé toute la journée. Le mardi soir et le mercredi soir, c'est Thomas qui officie seul. Le jeudi soir, c'est moi. Le vendredi et le samedi soir, c'est nous deux, en général. Sauf événement dans le week-end. Les jeudis et vendredis soir, mes enfants sont gardés à l'appartement par Camille, une étudiante en sciences économiques. Le week-end, mes parents prennent le relais, chez eux. J'ai parfois l'impression de ne pas beaucoup être avec mes enfants… C'est l'inconvénient bien connu du métier : la vie de famille en prend un coup. On vit à contretemps. C'est d'ailleurs le discours récurrent de Cathy, la femme de Thomas, leur sujet de dispute numéro un. Peu présent à la maison, absent des fêtes de famille le week-end… il faut prendre rendez-vous avec lui pour lui parler. J'avoue que je n'ai plus ce problème…

Une fois les enfants au lit, je me suis enfin posé dans mon fauteuil favori. J'ai repris mon livre d'Escoffier. J'ai souri de mon exaltation de tout à l'heure. Je suis un passionné de cuisine. C'est ainsi. Mais j'ai aussi aimé écouter Alba parler de son métier, riche et pas banal. Avec le recul, je trouve que nous avons déjà des points communs. Nous avons en tout cas le même goût pour le beau, le bon, le bien exécuté et le souhait de donner – très modestement – du bonheur aux gens.

J'interromps ma lecture subitement : l'envie d'envoyer un message à Alba me taraude depuis plusieurs minutes. Je sais qu'elle est sur scène ce soir. D'ailleurs j'aimerais beaucoup la voir jouer. Je me promets de me rendre au théâtre le plus vite possible. Elle ne verra pas mon SMS tout de suite, mais je suppose qu'elle sera heureuse de le découvrir plus tard.

Chère Alba, je te le redis : je suis ravi et heureux de notre re-rencontre tout à l'heure. J'espère que tes genoux ne sont pas trop douloureux. J'espère aussi que tu as bien joué, que tu es contente de toi. Je t'embrasse. Romain

Tout simple. Pas *trop*. Même si je meurs d'envie de

la revoir au plus vite, je n'ai pas jugé utile de le mentionner. Je suis persuadé qu'elle le sait déjà. Et j'ose espérer au fond de moi qu'elle le souhaite tout autant.

29

J'ai complètement survolé *Cinémassacre*. J'ai joué comme je n'aime pas, en mode automatique. Sans être vraiment là. Il faut dire qu'à force, je connais les sketches et les répliques par cœur. J'espère que Boris Vian ne s'est pas retourné dans sa tombe. Qu'il veut bien pardonner mon manque de concentration, mon esprit ailleurs. Leïla a cherché à me rassurer, ça ne s'est pas vu, m'a-t-elle confirmé plus tard. Sur son insistance, je lui ai quand même raconté l'événement du jour, notre rendez-vous, notre discussion, ma chute finale. Elle a explosé de rire. « Au moins, c'est toi ! Il t'a vue telle que tu es », a-t-elle conclu. Elle n'a peut-être pas tort. Je suis une calamité. Autant qu'il le sache.

Dans les loges, je me suis changée, j'ai récupéré mes affaires. Mon téléphone indiquait plusieurs messages en attente de lecture. Dont un de Romain. Que j'ai lu en priorité. Auquel j'ai souri. Ce qu'on peut avoir l'air idiot face à son smartphone... J'hésitais à lui répondre. D'une part, il était tard, d'autre part, je me disais que, peut-être, il valait mieux se laisser désirer en créant un peu d'attente. Montrer qu'on n'est pas facile, qu'on ne nous aura pas avec trois messages si charmants soient-ils, qu'on a du recul et de la jugeote… qu'on en a vu d'autres, qu'on est mesurée, tempérée, qu'on a la tête sur les épaules et qu'on ne va pas tomber dans des filets trop voyants. Oui, bien sûr que j'ai envie et hâte de le revoir. Pour autant, est-il utile de le préciser, et tout de suite ? Je décide que non. Faire mijoter un homme, c'est une technique imparable. Le cuisinier doit en savoir quelque chose. De toute façon, il dort peut-être à cette heure.

Je rentre comme je suis arrivée. Le cœur léger. J'en profite pour me demander où j'ai caché ma méfiance naturelle. Comment est-il possible que je me sente si sereine à l'aube d'une potentielle histoire ? Je sais déjà que cet état pourrait être temporaire. Un coup de fil de ma mère, par exemple, et tout pourrait s'effondrer très vite. Elle a le don de me mettre les nerfs en pelote. De me montrer le monde (et les hommes surtout) avec son filtre gris anthracite. De me rappeler qu'il ne faut se réjouir de rien, et surtout pas trop vite. J'ai longtemps guetté le jour où elle serait heureuse pour moi, je me suis résignée, ça n'arrivera jamais. Depuis, je vais mieux. Cela n'a pas été sans quelques séances de psy. N'empêche, elle a plutôt réussi son entreprise de sabotage : au fond de moi, une petite voix me souffle de ne pas trop m'emballer avec Romain. Comme avec les autres. Raison de plus, donc, pour aborder ce début de quelque chose avec recul et réserve. Ce qui signifie aussi attendre demain pour répondre.

30

Elle ne m'a pas écrit.

Il est 8 heures. À plusieurs reprises, j'ai regardé mon téléphone dans la nuit. Pour vérifier. Rien. J'ai failli me lever pour confectionner des macarons. J'aurais dû, car au lieu de ça, je me suis trituré les méninges. Est-ce que je lui ai déplu ? Je n'en ai pas eu l'impression sur le moment. Est-ce que j'en ai trop fait avec mon message ? Je ne pense pas. Est-ce qu'elle a voulu éviter de me réveiller ? C'est une possibilité. Est-ce qu'elle a pour principe de ne pas répondre tout de suite aux SMS un peu trop enthousiastes, si elle les juge prématurés ? Ça ne m'étonnerait pas d'elle. Est-ce qu'elle a fait un malaise sur scène et se trouve à l'hôpital ? Toujours au top, niveau créativité scénaristique. Toutes ces questions, et bien d'autres, ont tourbillonné dans ma tête toute la nuit. Vous voyez le tableau. Vous pouvez même imaginer ma tête au réveil. C'est bien celle-ci, en pire – ajoutez les cheveux hirsutes.

Ally et Léo, quant à eux, *pétaient la forme*, si vous me passez l'expression. Forcément, c'est toujours quand on est un zombie que les enfants se révèlent de petits monstres sonores montés sur ressorts. Je leur ai dit : « Papa est fatigué. » Avec les sous-titres, ça donne : « Je vous en supplie, arrêtez de vous agiter, asseyez-vous, occupez-vous de vos tartines et jouez au roi du silence. » Les sous-titres ont dû défiler trop vite… Pas vus, pas suivis… Ils n'ont pas obéi. Aucune pitié.

Je les ai déposés à l'école comme s'ils étaient deux fardeaux. Ça peut arriver à tous les parents, j'imagine, même aux meilleurs. Et j'ai pris la direction du restaurant.

Thomas était déjà là. On a fait le point et ajusté la carte, puis on s'est mis aux préparatifs avec le reste de la brigade, la découpe des légumes, la confection des sauces, la cuisson de l'hornado de chancho… Ça m'a changé les idées. Un peu. Le silence d'Alba m'étreignait de plus en plus. Je me houspillais : « Pauvre type. Tu croyais quoi ? »

Et puis le SMS tant attendu est arrivé. Boum dans le cœur, feu d'artifice dans le cerveau, la fête en Technicolor. Soulagement intense. Je me suis senti hyper léger, genre confetti jeté en l'air.

Coucou Romain. Tu finis à quelle heure ?

Vous noterez qu'il ne me faut pas grand-chose. « Dis seulement une parole et je serai guéri » me vient à l'esprit. C'est exactement ça. Excusez le détour religieux, mais ces quelques mots résonnent comme une vérité supérieure. Je m'effraie quelque peu moi-même : serais-je déjà accro ? Je prêche pour me raisonner à coups de mantra : « Ressaisis-toi, Romain, ressaisis-toi. »

31

Il m'a répondu : *À 15 h 30.* J'aurai terminé l'enregistrement des deux nouvelles pubs. Timing parfait.

Lorsqu'il sort de *La Toque romaine*, je l'attends depuis quelques minutes. Il ouvre de grands yeux ébahis. Et son sourire, sa façon de passer sa main sur mes épaules veulent sans doute dire beaucoup.

— J'adore ce genre de surprise ! s'exclame-t-il.

— Tu ne t'en es pas douté avec mon message de tout à l'heure ?

— Non. Tu aurais pu avoir simplement envie de me téléphoner.

Nous commençons à marcher, un peu au hasard. Tout près l'un de l'autre. Avec une envie commune et naturelle de ce simple contact, de ne pas laisser une quelconque distance entre nous. Étrange entre deux personnes qui se connaissent si peu. D'autant plus étrange pour moi qui d'ordinaire suis peu encline au rapprochement. Y aurait-il une sorte d'évidence muette entre nous ?

Nous nous installons dans un café. Sans mots. Nous nous buvons des yeux. Je crois même qu'ils se posent sur nos bouches respectives. Il a de jolies lèvres, charnues, juste comme j'aime. Le serveur nous apporte la carte, dont Romain se saisit en plaisantant: « Va-t-on trouver un formidable smoothie vert… ou même rouge ? » Je ris. Je me sens bien.

Mais cela ne dure pas. Car je la vois tout à coup. Brillante, trop significative. À son doigt. Elle me glace instantanément. Les yeux sur la carte, Romain n'a aucunement conscience de ma découverte ni de mon effroi. Je suis sonnée.

Il ne l'avait pas hier, j'en suis certaine. Pourquoi ? Parce que hier était un rendez-vous prévu et aujourd'hui je l'ai pris par surprise ? Romain serait marié ? Et sans honte aucune ? Ma déception creuse loin en moi. Je n'avais pas imaginé cette situation. Du peu que je le connais, je ne l'aurais pas cru capable de cela. Je repense à son premier mail, à nos entrevues… Je trouve que ça ne colle pas. Mais, après tout, il y a des hommes mariés que rien n'arrête… Pourquoi aurait-il été une exception ?

Je me giflerais, là, tout de suite. Encore une déconvenue. Encore un homme pas fiable. Pourtant, il me semblait différent des autres… Ma mère a raison : tous les mêmes.

J'ai envie de fuir.

Il lève les yeux de la carte. Me sourit. Ne me déglace pas. Et pourtant il y a tant dans ce sourire… Je ne comprends pas.

Il me propose le cocktail sans alcool le plus improbable qui soit. Mais je ne parviens plus à rire. Je voudrais pouvoir être capable de lui parler de son alliance. Mais je ne peux pas. Je voudrais qu'il devine, qu'il m'explique, sans que j'aie à quémander une explication, à l'interroger.

Je ne peux pas rester là. Lui parler, comme si de rien n'était. À l'intérieur de moi, il n'y a plus ni l'envie de discuter avec lui, ni celle de lui prendre la main ou de l'embrasser. Il n'y a plus rien. Sauf l'envie de quitter les lieux et de ne plus le revoir.

32

Elle a pris la poudre d'escampette.

Alors que je venais de lui demander ce qu'elle voulait prendre. Et que je m'attendais à un jus de fruits, un café ou un smoothie. Elle a choisi de prendre la fuite.

La seconde d'avant ou presque, elle a soudain bafouillé une phrase du type : « Je suis désolée, je dois partir, j'avais complètement oublié… » Elle s'est levée aussitôt, a enfilé son manteau, a vaguement répondu « Oui » quand je lui ai lancé un « On s'appelle ? », et s'est évaporée. Comme ça. En trois secondes.

Je n'ai rien compris. La tempête Alba a traversé le café. Allait-elle dévaster mon cœur ? Franchement, dans sa façon de partir, j'ai senti le vent tourner en ma défaveur. Mauvaises prévisions météo pour les prochains jours. Aucune certitude de la revoir.

Je reste hébété sur mon siège. Le serveur vient prendre ma commande. Je dis : « Deux cafés. » Comme si elle allait revenir. Peut-être pour forcer le destin, et lui dire : « Eh oh, toi là-bas, le destin, tu n'as pas compris que, elle et moi, c'est une évidence et que rien ne saura se dresser contre ça ? »

Je regarde mon alliance. Dubitatif mais pas trop. Ou pas trop longtemps. Elle l'a vue, voilà l'explication. Forcément, avec sa surprise surprenante, je n'ai pas eu le temps de la retirer. Je soupire en moi-même, soudain étreint par une grande lassitude. Je pense à Florence. Je me demande si j'ai le droit, quatre ans après.

J'avale les deux cafés brûlants et je quitte les lieux, endolori.

Je vais pouvoir récupérer Ally et Léo sans qu'ils passent par la case garderie. Je me demande ce qu'on pourrait faire, tous les trois, ce soir, qui nous change les idées… enfin, *me* change les idées.

Je me sens vide. J'ai tout foiré avec Alba. Je ne sais même plus si je dois lui écrire ou l'appeler. Je suppose qu'elle attend une explication. Logique. Normal. Elle doit s'imaginer que j'ai une petite femme qui m'attend bien sagement à la maison. Elle a tort. Et pour cause…

Si je ne dis rien, notre début d'histoire restera à ce stade, c'est certain. Je lui dois une explication. Mais aurai-je la force de la lui donner sans m'effondrer ?

33

Deux jours de silence. J'ai eu le temps d'aller à Paris passer des castings voix. J'ai eu le temps de jouer au théâtre deux fois, de commencer l'enregistrement d'un nouveau livre audio, de me prendre la tête au téléphone avec ma mère, et de m'interroger surtout.

Je me demande encore si j'ai rêvé, si la sincérité de Romain était feinte. Si oui, il devrait postuler pour devenir comédien.

Deux jours de silence, c'est peu. Mais beaucoup, eu égard à ce qui était en train de se jouer entre nous et à ce dernier rendez-vous avorté. Je ne peux pas croire qu'il soit naïf ou stupide, et qu'il n'ait pas compris. C'est d'autant plus déstabilisant qu'il attende ainsi un geste de ma part ou d'avoir le courage de m'appeler. Ou bien il a renoncé. Parce que sa vérité n'est pas bonne à dire, parce qu'il sait que je ne serai jamais sa maîtresse. Que l'histoire qu'on a peut-être chacun inventée de son côté ne commencera jamais. Que cela ne devait pas arriver.

Je crois beaucoup à cela. Ce qui doit arriver arrive. Parfois, dans les ratés de la vie, les coups durs, on ne décode pas le message, on ne donne pas de sens. Et puis un jour, avec le recul, on parvient à voir un peu de lumière dans le noir, on sait pourquoi on devait traverser cette épreuve, on apprend, on grandit. Il y a toujours quelque chose à en retirer. Ce sont aussi les expériences, toutes nos expériences qui nous façonnent et finalement nous aident… au moins à y voir plus clair, en nous, en les autres, en l'existence.

Là, maintenant, que pourrais-je retenir de bien de ces quelques jours où mon chemin a croisé celui de Romain ? Il me semble surtout avoir appris que j'ai accordé ma confiance un peu vite, que je n'aurais pas dû baisser la garde. Une nouvelle leçon à retenir. Qui ressemble à s'y méprendre à des leçons déjà apprises. Pourquoi toujours les mêmes erreurs, les mêmes schémas ? Et alors me revient l'idée prégnante, envahissante, que jamais je ne trouverai chaussure à mon pied.

34

J'aurais dû lui écrire ou l'appeler le soir même.

Résultat, une semaine s'est écoulée. Et mon courage a rendu l'âme. Plus le temps passe, plus je ressasse. Plus j'hésite. Pas tant sur le fait de dire… plutôt sur le comment.

Elle doit s'imaginer que j'ai des choses à cacher que je n'assume pas, ou bien que tout à coup elle m'indiffère. Ce qui m'est le plus douloureux, c'est qu'elle puisse me croire volage. Pire, qu'elle puisse penser que, puisque je n'avais pas pu l'avoir, j'étais passé à la suivante… J'ai peur de son jugement erroné, que sa considération pour moi soit réduite à néant. Mais, bizarrement, j'ai la même force motrice qu'un prisonnier les mains liées, boulet au pied.

C'est moi le boulet.

Je m'en veux et j'ai le moral dans les chaussettes. J'ai même la vague impression d'être retombé au fond de mon puits. Ces quelques jours *avec* Alba ont ensoleillé mon quotidien, mais c'est fini.

Thomas et Faustine ont, l'un comme l'autre, constaté que j'avais replongé. Ils ont cherché à comprendre. Que pouvais-je bien leur dire ? J'ai cru à une histoire à laquelle je n'ai pas vraiment droit, et je n'ai que ce que je mérite ?

J'ai failli me résigner. Abandonner *l'idée* d'Alba. La reléguer au rang des souvenirs à oublier, ou des regrets. Et puis, non. Je me suis dit que je ne pouvais pas m'incliner devant ce coup du sort, que je devais relever la tête. Tout faire pour nous donner une chance… *me* donner la chance de vivre une histoire à quatre mains.

J'ai décroché mon téléphone sitôt cette évidence apparue. Je ne devais plus reculer. Je n'étais pas certain qu'elle me réponde. J'avais raison. Je ne me suis pas démonté : j'ai laissé un message sur son répondeur. Le premier, finalement.

« Alba, c'est Romain. Désolé de t'avoir laissée sans nouvelles. Il faut que je te parle. Tu dois te douter du pourquoi… Je te dois une explication. Rappelle-moi s'il te plaît. C'est important. Je t'embrasse. »

Il était 21 heures. Peut-être était-elle sur scène.

J'ai attendu. Assez longtemps. Jusqu'à l'heure où j'ai supposé qu'elle avait fini de jouer, qu'elle avait pris connaissance de mon message, qu'elle pouvait m'appeler.

Mais, rien. Peut-être ne pouvait-elle pas s'isoler pour passer un appel plutôt personnel, voire fatidique ? Peut-être qu'elle ne voulait simplement plus entendre parler de moi.

Je me suis couché, la mort dans l'âme.

*

Je me lève groggy ce matin. Je ressemble à un automate barbu et très chevelu. Je procède aux obligations habituelles qui concernent essentiellement les enfants, puis je prends le chemin du restaurant.

C'est le moment que choisit Alba pour m'appeler. Lorsque je découvre son nom sur mon téléphone, mon cœur amorce une accélération de folie.

Après les politesses d'usage, elle enclenche la seconde :

— Donc, tu as une explication à me fournir sur la présence d'une alliance à ton doigt qui ne s'y trouvait pas le jour d'avant ?

Dans le genre direct, elle n'y va pas par quatre chemins. Moi non plus.

— Je suis veuf, Alba.

C'est sorti tout seul.

35

Veuf. Si je m'y attendais… Je n'avais tout simplement pas envisagé cette hypothèse. Je m'étais rangée à la possibilité la plus banale et la plus évidente : il devait être séparé ou divorcé. Depuis quelques jours, je le croyais marié. Il n'était rien de tout ça. Il était veuf.

Quand il m'a dit cette phrase abrupte, j'ai frissonné. Je n'ai pas posé plus de questions, même si je brûlais d'en savoir plus. Notre curiosité est toujours éveillée par ces situations peu enviables… qui nous effraient mais qui nous fascinent un peu. Une sorte de curiosité morbide qui nous interroge. Depuis quand ? Comment ? Pourquoi ? Et les enfants… ?

Je suis restée muette quelques microsecondes, j'ai dû bafouiller quelque chose comme : « Oh… Je suis désolée. »

Il a balbutié quelques mots, signifiant que maintenant, c'était à moi de voir. Que de toute façon, il n'avait pas une vie facile. Qu'il n'avait pas de rêves à vendre. Que jusqu'à notre rencontre, son existence était triste comme la nuit. Une nuit noire où brillent néanmoins ses deux enfants-étoiles.

Et il a raccroché. Me laissant hébétée, en proie à un vide soudain.

Je ne savais plus que penser, que vouloir. J'avais trouvé un homme charmant, mais « à problèmes ». J'en avais rencontré d'autres, dans d'autres situations… problématiques autrement. Tous m'avaient conduite à l'échec. Vers un moi qui allait moins bien, quand il n'était pas à reconstruire. Ça n'augurait rien de bon, je le savais. Je n'avais pas envie d'y laisser encore des plumes. Moi je rêvais d'une belle histoire, de légèreté. D'un amour vrai, pur, infini. C'était ça ou rien, je me l'étais promis. D'où mon célibat longue durée.

Si nous entamions une relation amoureuse, Romain et moi, aurions-nous droit à l'insouciance ?

Avant de décider de ce que je voulais après cet aveu, je voulais d'abord savoir. Depuis quand ? Comment ? Pourquoi ? Et tes enfants… ?

36

Elle veut en savoir plus.

Me revoir pour me poser des questions. Elle a besoin de réponses. Dixit son SMS.

De ces réponses dépend notre avenir, c'est évident. Je me sens coincé. J'aimerais être parfaitement honnête, lui avouer la vérité. Mais je crains trop de la faire fuir. Or, je ne peux pas reculer ou me soustraire à sa volonté. Je sais bien que je vais devoir adoucir certains contours. Sinon, elle se dira : « Non merci, pas pour moi. » Les débuts d'une relation sont toujours fragiles. À l'heure actuelle, elle ne tient pas à moi. Elle n'a pas fondé autant que moi d'attentes sur une histoire entre nous. Alors qu'elle représente déjà beaucoup pour moi. Elle m'a sorti la tête de l'eau. Elle m'a donné l'espoir d'un bonheur auquel je ne croyais plus. Et je devrais y renoncer ? Je ne peux pas… J'ai saisi cette chance de vivre une histoire d'amour, je ne veux pas la perdre.

Alba et moi, j'y crois. Vraiment.

*

Elle m'a retrouvé dans un café près de son studio. J'étais nerveux. Elle l'a senti tout de suite, m'a lancé son sourire-ultra-empathique. Il m'aurait presque rassuré.

Cette fois, pas de smoothie, pas de blague. « Deux cafés, s'il vous plaît », a-t-elle commandé avant de se tourner vers moi et de dire qu'elle était encore désolée… que ça lui ressemblait bien, ce genre de gaffe.

Puis elle a cherché à savoir. Ses questions me mettaient mal à l'aise pour de multiples raisons. La principale : de mes réponses dépendrait sa décision. En gros : est-ce que ça vaut le coup de continuer ? Est-ce que ce n'est pas aller au-devant de problèmes, ne serait-ce que vis-à-vis des enfants ? Quelle place pouvait-elle espérer auprès d'eux ? Et sur cette question, j'aurais tendance à dire : aucune. Ils ne sont pas prêts. Il est encore bien trop tôt pour eux comme pour moi pour imaginer leur présenter une autre femme, et la faire entrer dans ma vie, dans la leur. Mais je n'ai pas pu être aussi *couperet.*

Alors, j'ai pesé mes mots, j'ai dit, j'ai tu, j'ai choisi de mettre en lumière certains points et d'en laisser d'autres dans l'ombre. Ou dans le flou. Pour qu'elle sache l'essentiel : depuis quatre ans… un accident… une chute dans l'escalier… absurdité… enfants choqués… famille meurtrie… cocon familial à trois têtes… beaucoup de responsabilités. Chagrin, deuil, protection.

Elle me regardait, peinée. Sans pitié dans les yeux, heureusement. Il s'est ensuivi un long silence. J'imagine qu'elle se projetait déjà, ou pas, dans un avenir avec moi. Mais en avait-elle vraiment envie de toute façon ? Quel lien avait-on su créer en si peu de temps ? Quel lien qui vaille la peine d'essayer ?

— Je me dois d'ajouter quelque chose d'important : depuis le départ de Florence, je n'ai jamais eu d'autre femme. Ni même éprouvé une quelconque envie de vivre quoi que ce soit avec quelqu'un. Jusqu'à toi… Et, pour tout te dire, j'ai peur.

37

Après quoi il m'a dit en substance : « Je comprendrais parfaitement que tu préfères en rester là. Par rapport à ma situation ou parce que tu sentirais trop de poids… Si tu ne partageais pas mes sentiments naissants ou mon envie de continuer, par exemple. Je suis sincère, j'attends la même sincérité en retour. Je préfère tout arrêter maintenant, avant de m'attacher en vain. Rien n'est jamais gagné ou acquis en amour, et d'ailleurs je n'ai rien d'autre à promettre que mon souhait de vivre une belle histoire… Maintenant, c'est à toi de voir si tu partages cette envie, ou pas. Si oui, j'aimerais qu'on reprenne simplement là où on en était, que l'on continue d'apprendre à se connaître, sans se précipiter. »

Des mots forts, touchants. Je lui ai pris les mains sur la table. Elles étaient froides. Je les ai serrées en appuyant mon geste d'un sourire que je voulais réconfortant. Ma façon à moi de lui dire : « Message reçu… Je crois que je n'ai pas envie d'en rester là. »

Je devais retourner au studio pour l'enregistrement de la suite du livre.

— On se revoit vite. Je t'appelle.

Je l'ai embrassé sur la joue de manière un peu appuyée, non loin de sa bouche. Une bise qui tenait d'une possible promesse. Et je suis partie.

*

Pendant quatre heures, j'ai dû me concentrer sur ma lecture à haute voix. Adrien, l'ingé son du studio, m'a beaucoup reprise. « Tu n'es pas dedans. » Je n'étais pas dedans, en effet. J'étais à côté de la plaque, à côté du texte, j'avais du mal à prendre les bonnes intonations, je trébuchais sur des mots simples… Pas dans mes habitudes. Il s'est montré patient, j'ai persévéré. À la fin de la journée, à force de couper et de recommencer, nous avions pris du retard sur le planning, Adrien m'a quand même rassurée, le résultat devrait être « plutôt correct ». Il m'a demandé de me reposer, de me vider la tête et de revenir en pleine forme demain.

Je suis rentrée chez moi, fatiguée, vidée. Heureusement, pas de *Cinémassacre* ce soir… ni rien d'autre, d'ailleurs… Pour le coup, j'aurais été assurée du massacre…

Je me suis posée dans mon canapé. J'avais besoin de décompresser, mais surtout de réfléchir. De penser à tout ce qui s'était dit, d'intégrer tous les éléments… de procéder à une sorte de synthèse.

Tout cela m'apparaissait d'une manière très rationnelle, presque mathématique. D'un côté, Romain, sa situation, son envie de vivre quelque chose avec moi, et de l'autre côté, moi, mes principes, ma peur des hommes, ma peur de souffrir… qu'il semblait partager. Romain et moi étions chacun sur le plateau d'une balance dangereusement proche de l'équilibre. De quel côté allait-elle pencher ? Vers Romain ou vers ma protection ? Je me demandais ce qui était le mieux pour moi. J'étais polluée par mes questions, mes affirmations, mes hypothèses, mes doutes…

J'ai secoué la tête, comme pour chasser de mon esprit toutes ces pensées parasites qui m'ankylosaient. Tout pouvait être plus simple. À condition de le vouloir. À condition de cesser de voir des problèmes, des obstacles partout. Et si j'osais me laisser porter par le meilleur ? Et si j'osais avancer en écoutant mon cœur ?

38

Attente…

J'ai passé la journée dans une sorte de brume moite, entre cécité et désir ardent. Je ne savais plus rien de l'avenir. J'avais néanmoins une certitude inébranlable : je voulais Alba. Je voulais la voir, la revoir, passer du temps avec elle, la regarder, l'écouter, respirer ses cheveux, l'embrasser… Je n'osais espérer plus, et pourtant mon corps frémissait à l'idée de rencontrer un jour sa peau et son corps dénudé.

Pris dans ces vertiges, la tête me tourne. Je n'ai pas éprouvé ça depuis une éternité. L'ai-je déjà éprouvé, d'ailleurs ? Tout me paraît loin, relégué dans un passé dissous et informe. Il me semble parfois que ce que j'ai vécu appartient au domaine des rêves. J'ai pourtant deux enfants bien vivants, preuve de mon existence passée.

Je m'interroge. Est-ce de l'amour ? Ce que j'éprouve pour Alba a-t-il seulement un nom ? N'est-ce qu'une envie, un désir, une lubie ? La simple conséquence d'une apparition divine dans mon morne quotidien ? La chance de vivre tout à coup *autre chose* saisie au vol, un peu insensée ? La tentation d'un interdit ?

Parfois il me semble que je ne sais rien.

Mais j'éprouve… et c'est délicieusement nouveau. Et excitant. Je sens mon cœur battre alors que je le croyais endormi. Mon esprit est obsédé par Alba alors qu'il ne pensait que gestion du quotidien, soucis divers et restaurant. Mon corps s'électrise sitôt en présence de ma comédienne, lui qui tenait des vieux volcans éteints. Il n'y a qu'à voir l'effet que m'a procuré son simple baiser tout à l'heure…

Pour toutes ces raisons, je m'enflamme à l'idée d'une possible histoire avec elle, et je brûle dans l'attente de sa décision. J'oscille d'avance entre folle joie et terrible déception – je ne trouve pas le mot assez fort pour exprimer ce que j'éprouverais alors, mais je m'imagine tout à coup ermite dans mon appartement, loque humaine se laissant mourir, c'est vous dire.

Alba… je suis à ta merci.

39

Après bien des atermoiements, après avoir assisté au combat de mon cœur contre mon esprit, je suis parvenue à une conclusion simple et nette : je ne veux pas que Romain sorte de ma vie.

Je me sens bien avec lui. Je le trouve intéressant. Plutôt rassurant. Ses mots respirent la sincérité. Et il m'attire. Je ressens ce besoin étrange de me tenir près de lui, ce désir de me rapprocher.

Sa situation particulière constitue un bémol non négligeable, mais en quoi serait-elle un frein ? Une sorte de force supérieure me pousse vers lui. Une forme d'évidence. Comme si je devais vivre cette histoire. Quoi qu'il en soit, quoi qu'il en coûte.

*

Nous nous sommes donné rendez-vous en fin d'après-midi. Nous n'avions pas beaucoup de temps, entre la fin de mon enregistrement et le début de son service. Mais l'avantage, c'est que le vendredi, une baby-sitter récupère ses enfants à l'école.

Cette fois, pas de café. Nous marchons dans les allées du parc du château. Le temps est froid et sec comme je l'aime en décembre. Une légère bise agite les feuilles sur le sol. Nous discutons au rythme tranquille de nos pas. Timides et gauches comme deux adolescents qui n'ont jamais embrassé de leur vie. À moins que nous souhaitions tous les deux prendre le temps, ne rien précipiter, savourer ces moments qui précèdent celui qui change tout, dans ce subtil jeu de la séduction. Nous savons bien que, si nous sommes ici tous les deux, cela veut dire beaucoup… Cela signifie : « Oui, j'ai envie d'essayer avec toi. J'ai envie de rendre cette histoire d'amour possible, de me laisser aller à être heureux… d'être prêt à souffrir un jour, peut-être, car aimer c'est prendre un risque, mais qu'il est doux de le prendre avec toi. » Il y a tous ces mots dans les regards et les sourires qu'on échange.

Je n'ai plus vraiment peur.

40

Avant de la quitter vendredi soir, j'ai dit à Alba :

— J'ai très envie de cuisiner pour toi.

Du grand art, en termes de déclaration, non ? Alors que, logiquement, j'aurais dû dire : « J'ai très envie de t'embrasser » – ce qui est la stricte vérité, soit dit en passant. Ça m'est sorti tout seul. Ma propre spontanéité m'a amusé. Mais ça n'était rien, comparé à la sienne, puisqu'elle m'a répondu de but en blanc :

— Moi, pas du tout !

J'ai éclaté de rire. Elle aussi. Elle m'a avoué être « une calamité » en cuisine.

— Seulement en cuisine ? j'ai demandé, pour la taquiner. Parce que…

Elle a feint de s'offusquer. Nous nous sommes quittés en riant.

*

Elle va arriver d'une minute à l'autre. Il est 19 heures. Je m'affaire pour mettre un point final à mes préparations.

Je contemple le tout, assez fier de moi. J'ai envie de

l'épater. J'espère qu'elle ne déteste pas les topinambours.

On sonne. Je jette un dernier coup d'œil à notre *table*. Originale, mais parfaite. J'ouvre grand la porte et je l'accueille, tout sourire :

— Bienvenue à mon unique cliente !

Elle rit, un peu gênée, mais visiblement curieuse de la suite. Ce n'est pas tous les jours qu'elle dispose d'un restaurant privatisé pour elle toute seule. Les tables sont dressées, mais personne n'est assis sur les fauteuils. Le bar comme les luminaires sont éteints. Le restaurant semble dormir. Seule la cuisine est éclairée et nous permet de nous voir et de nous diriger. Ambiance particulière, pour une soirée spéciale.

— Après vous, très chère, lui dis-je en m'inclinant et en lui indiquant la direction à prendre.

Je lui explique que j'ai préféré garder le restaurant dans le noir, afin de ne pas tenter de potentiels clients en ce dimanche soir.

Alba entre dans la cuisine et émet un « Oh » émerveillé.

— C'est grand ! s'exclame-t-elle en balayant la pièce des yeux. Et cette table ! Quelle jolie surprise !

41

La cuisine brille comme un sou neuf. Le décor est tel que je l'imaginais, mais plus vaste, plus impressionnant. Et surtout, au centre, trône une table improvisée à même le plan de travail. NOTRE table, que Romain a pris soin de dresser avec goût, avec de beaux verres et de jolies assiettes… et des bougies. Je suis touchée de cette attention. Un chef va cuisiner rien que pour moi, dans sa cuisine… et ce chef n'est pas n'importe qui. C'est l'homme qui occupe mon esprit depuis plusieurs semaines. C'est l'homme qui me charme presque malgré lui.

— Je t'en prie, me dit-il pour que je m'installe sur l'une des deux chaises hautes qu'il a apportées de la salle.

Je m'assieds et attends la suite.

— Au risque de vous décevoir, ce sera un menu unique, ce soir, dit-il en prenant une voix on ne peut plus solennelle.

— Me décevoir ?! Tu plaisantes, c'est magique !

Je dois avoir l'air émerveillé d'une gamine devant un carrousel la veille de Noël. Il sourit, l'air content de lui. Attrape une bouteille de champagne, me sert. Nous trinquons.

— À nous ! dis-je.

— À ce dîner… Le prochain, c'est chez toi !

Il éclate de rire, moi aussi, mais jaune.

— Picard cuisine très bien, je rétorque en riant, de l'air de celle qui assume parfaitement ses incapacités.

Il rit encore. Il doit penser que j'exagère. Il verra bien… peut-être, un jour.

Romain va chercher quelques mises en bouche et s'assoit enfin. Je me régale de ses verrines et petits feuilletés. Un silence dont on ne sait s'il est dû à la dégustation ou à la gêne de ce premier dîner en tête à tête s'incruste entre nous quelques instants.

J'ai chaud tout à coup. L'émotion, une forme de trac différente de ce que je ressens avant de monter sur scène. Ou bien déjà l'effet de l'alcool.

Je sens entre nous une attirance mutuelle. Sans doute depuis le début, mais qui s'amplifie. Ici, dans ce tête-à-tête loin des regards, je suis comme une jeune fille timide. C'est la première fois que nous sommes seuls. La tentation d'aller plus loin se fait sentir. J'imagine qu'il y pense aussi. Saurons-nous attendre encore un peu ou finirons-nous la soirée enlacés ?

Je lui demande de me parler de ses enfants. Il sourit. Et ses yeux brillent un peu plus fort. Il ne m'en dit pas grand-chose, finalement, mais j'apprends leur prénom, leur âge, leur niveau de classe, leurs loisirs et quelques éléments de leur caractère. Cela tient en quelques mots. Il n'agit pas comme certaines personnes, qui dégainent leur smartphone pour montrer à quel point leurs enfants sont des merveilles. Par pudeur. Ou pour me les cacher, je ne sais pas.

Romain se lève, va chercher les assiettes de l'entrée qu'il pose sur la table. Un tartare de poisson, visiblement. Joliment dressé, agrémenté de petites surprises. J'attaque le contenu, les papilles prêtes à la découverte.

— Tu aimes ? demande-t-il, les yeux gourmands.

— Oh que oui !

Je suis conquise. Pas loin de penser que ses talents culinaires ne me le rendent que plus séduisant et plus attirant. Au fond, il me joue en quelque sorte ce soir une partition de parade amoureuse. Il m'en met plein la vue, il veut me conquérir. Et tout à coup, une étrange pensée, un peu honteuse, me traverse : s'il fait l'amour comme il cuisine…

42

Elle me regarde et j'ai une envie folle de l'embrasser.

Bizarrement, on ne parle pas beaucoup. Nous sommes pourtant loin d'avoir épuisé tous les sujets de conversation possibles. Elle a attaqué celui des enfants. J'ai écourté. Comme si ce pan de ma vie devait lui rester étranger. Comme s'il n'appartiendrait jamais qu'à moi. Comme si je ne souhaitais pas provoquer chez elle une sorte d'attachement qui n'avait pas lieu d'être. Les garder à distance, les laisser dans le flou, existants mais non tangibles.

Elle n'a pas d'enfants. N'a jamais été mariée. Elle a eu plusieurs relations longues… dont deux avec vie commune. Ça n'a pas marché. Elle a juste dit ça comme ça. Sans plus d'explications. J'ai senti qu'elle ne voulait pas développer. Je demande quand même :

— Tu aimerais avoir des enfants ?

— Je ne sais pas. Je voudrais surtout trouver le bon père, avant !

Elle rit. Je m'abstiens de rétorquer : « Ce ne sera pas moi. » Elle enchaîne sur son âge, trente-six ans, sur la fameuse horloge biologique. Elle dit qu'elle pourrait vivre sans enfants. Qu'elle ne s'impose rien, qu'elle verra bien si la vie lui donne l'occasion de devenir mère.

Le sujet me met mal à l'aise. Comme les assiettes sont finies – elle a littéralement dévoré mon tartare –, je me lève pour les débarrasser. C'est le moment où je dois dresser en direct, sous ses yeux, le plat suivant : un magret de canard aux légumes croquants. Elle me regarde officier avec beaucoup d'attention.

— Tu vas me donner une note à la fin ?

— Certainement ! Et gare à toi si tu passes sous la barre de la note éliminatoire !

Je la regarde, amusé.

— Et quelle est cette note ?

— 8

— Sur 20 ?

— Non. Sur 10 !

J'éclate de rire en râlant, genre mauvais joueur :

— Mais 8, c'est bien au-dessus de la moyenne !

— Tout à fait. Mais c'est le jeu. Si tu as moins de 8, c'est notre dernier rendez-vous. Non, parce que moi, je vise l'excellence !

Elle joue bien, ma comédienne. Il me semble qu'avec elle je ne m'ennuierai jamais.

Je procède aux finitions de mon dressage, armé d'une pince, pour placer avec une précision d'orfèvre mes chips de vitelotte et de patate douce. Alba applaudit.

— Alors, tu me donnes quelle note ?

— Eh bien… Le visuel est proche de la perfection, mais il faut déguster, maintenant ! Si c'est mauvais, nous pourrions tomber en dessous du 8 fatidique !

Je me croirais propulsé dans une émission culinaire. Sauf que je n'ai pas de concurrent. Alba joue au juge gastronomique avec un grand sérieux et un air énigmatique.

— Je ferai pareil, chez toi, tu verras ! dis-je pour me venger d'avance.

Elle me regarde, ébahie et effrayée à la fois.

— Ah ça, non ! De toute façon, je te mets un 10… Tu vois, je suis gentille.

Je place ma main sur mon cœur en signe de gratitude, et lui lance :

— Je ne sais pas comment te remercier.

— Un baiser là pourrait faire l'affaire. Je suis une juge très arrangeante et assez peu exigeante, finalement. Et d'une simplicité à corrompre déconcertante. Non ?

Elle me montre sa joue avec son index. J'aurais préféré sa bouche.

43

Je n'ai pas osé lui désigner ma bouche. Il approche son visage du mien et je frissonne, il dépose un chaste baiser sur ma joue. Exactement à l'endroit montré du doigt. Obéissant et sage. Trop, peut-être. Je ne le connais pas encore assez pour aller plus avant dans ce mode joueur.

— C'était trop court. Ça avait un goût de trop peu, risqué-je tout de même pour le titiller.

Romain réitère son baiser. Le même, au même endroit. Très sérieusement. Il recommence plusieurs fois, termine par un baiser plus long et plus appuyé. Avec mon index, je montre ma pommette, mon front, mon nez, mon menton, ma joue, encore, mais tout près de ma bouche. Il s'exécute de bonne grâce. Avec application. J'ai une envie folle qu'il précède ma dernière demande, qu'il n'attende pas mon autorisation pour m'embrasser à pleine bouche. Mais il s'arrête brusquement et lance, taquin :

— Ça va refroidir.

En parlant du magret. Il a raison. Je le regarde en haussant un sourcil circonspect. Il préfère manger chaud que m'embrasser ? Non, bien sûr. Je sais qu'il joue. Il joue avec ma frustration et mon désir. Avec les siens aussi, j'imagine. Nous nous bravons du regard, d'une certaine manière, pendant que nous finissons nos assiettes.

— J'ai une idée ! s'exclame-t-il alors.

Je le regarde, interrogative.

— Je veux te mettre au défi ! Après tout, il n'y a pas de raison…

Romain se lève, sort de la cuisine et revient, un papier à la main. Il me donne le document. Ce sont les plats à la carte de son restaurant.

— Tu ne vas pas me faire cuisiner ?

Mon air vaguement décomposé l'amuse beaucoup.

— Nooon ! m'assure-t-il.

Je ne comprends pas.

— Chacun son domaine, ce soir. J'ai très envie que tu lises ma carte comme dans tes pubs…

— Ah oui ?

Je suis surprise, mais trouve l'idée amusante. Je me racle la gorge et me lève pour mieux déclamer mon texte. J'en fais volontairement un peu trop.

— Lis-moi la carte comme un journaliste ! m'ordonne-t-il.

Je m'exécute en prenant une voix on ne peut plus sérieuse et neutre.

— C'était trop facile, dit-il. Mais on va dire que c'était l'échauffement.

Le jeu continue. Je lis la carte fatiguée, amusée, en colère, comme dans un rêve, suspicieuse, sévère, enfantine, folle à lier, au bord des larmes, en présidente de la République, en maîtresse d'école, en personne âgée… Romain est un public enthousiaste à lui tout seul. Il l'ignore sans doute, mais c'est un exercice classique en cours de théâtre. En plus d'être un pan important de mon métier au quotidien.

— Un petit dernier, pour finir… Sensuelle !

Je suis persuadée qu'il avait prévu cette dernière demande, que le jeu même n'avait peut-être eu pour but que d'arriver à ce moment du challenge. Je le regarde, amusée, prête à relever le défi haut la main. Et j'attaque les entrées, en susurrant, d'une voix grave et très chaude, l'œil sur lui un temps sur deux, le regard provoquant à souhait : « Terrine de volaille aux raisins, tartare de saumon à l'avocat… »

44

J'ai de plus en plus chaud.

Tout à coup, la cuisine est une étuve. Je sens le rouge me monter aux joues, les frissons me chatouiller le cuir chevelu, la transpiration perler. Et mon souffle devenir plus court. Alba va me rendre fou. C'est peut-être ce qu'elle souhaite au fond. Après tout, je l'ai bien cherché… Ma dernière demande ne tenait pas du hasard. Je voulais la provoquer un peu. Je deviens l'arroseur arrosé : le plus gêné, c'est moi.

Je déglutis avec peine. Alors qu'Alba arrive à la liste des desserts, je ne sais pas comment ne pas l'interrompre, résister à l'envie de lui sauter dessus. Pardonnez-moi cette expression un brin triviale, mais elle est à la mesure de l'état dans lequel elle me met… Et ce regard… Je voudrais m'emparer de sa bouche passionnément, lui rendre la fièvre qu'elle vient de m'inoculer.

« Tarte Tatin revisitée ». Alba passe ostensiblement sa langue sur ses lèvres. Elle joue la tentatrice à la perfection. Je crois qu'elle se laisse complètement déborder par son rôle. Je ne sais plus où je suis.

— Et voilà ! s'exclame-t-elle, satisfaite et redevenue normale, une fois la liste des desserts terminés.

Elle me fait soudain penser à Meg Ryan dans *Quand Harry rencontre Sally*, dans la scène culte du restaurant, celle où elle démontre à son ami qu'une femme peut feindre l'orgasme avec un tel brio que son amant n'y voit que du feu. Alba a la même tête, le même sourire. Fière d'avoir relevé le défi, elle est redevenue l'Alba d'avant. Je ne peux plus l'interrompre par un baiser. Je me trouve bête, j'ai raté le coche.

— Alors, tu me donnes combien ?

— Tu veux que je te paie pour ta prestation ?

Elle me regarde, éberluée. Je comprends ma méprise. Je vous l'ai dit, elle m'a complètement retourné. Il faut que j'atterrisse.

— Comme note !

— Je te donne 11.

— Sur 20 ? s'offusque-t-elle.

— Non, sur 10, dis-je très sérieusement.

— Ah ! Tu as été subjugué par mon talent ?

Elle joue la femme prétentieuse pour me taquiner.

— Tout à fait… Je t'ai attribué un point bonus pour ta prestation sensuelle. Très convaincante, à vrai dire.

— Ah, ah ! Dois-je comprendre que ma lecture ne t'a pas laissé de marbre ?

— J'ai failli ne pas te laisser finir.

On se regarde un instant.

On sait.

45

Nos yeux ne se lâchent plus, dans une joute silencieuse où la provocation le dispute à la séduction. C'est à qui rompra le charme. C'est à qui osera le premier. La bataille est acharnée. Je souris, il garde un sérieux infaillible. Je navigue entre l'envie de l'embrasser et celle de le taquiner un peu plus en l'incitant à reprendre les assiettes pour préparer le dessert. Pour jouer encore, accroître l'impatience et le désir, la frustration.

— Qu'as-tu prévu pour le dessert ?

— C'est une surprise. Tu n'as pas à poser de question.

Son ton sérieux, presque sévère, m'invite à le titiller :

— Si j'étais un dessert…

— Tu te portes candidate pour être mon dessert de ce soir ? me coupe-t-il, les yeux malicieux.

— Mmmh, c'est à voir. Non, mais… si j'étais un dessert, je serais quoi ?

— Ah ! Un peu plus et je croyais que tu me faisais une proposition indécente… Attends que je réfléchisse. Mmm, tu serais… Mmm, pas facile. Tu serais… un dessert gourmand, et craquant… Un saint-honoré à ma façon ! Plein de crème et de nougatine… Un saint-honoré revisité, avec un peu d'épices, pour le mystère, l'exotisme et la chaleur.

46

Elle semble ravie.

Je craignais un peu qu'elle puisse s'offusquer d'être associée à un gros gâteau très calorique. Mais elle a bien compris où je voulais en venir et conclut :

— Alors, c'est ainsi que tu me vois : gourmande, craquante et mystérieuse ?

— Oui, tout ça, et bien plus. À croquer.

Elle arque un sourcil – j'adore quand elle fait ça.

— Tu n'oserais pas, assène-t-elle.

— Te croquer ?

Elle opine. Décidément, c'est le soir des défis. Elle continue de me provoquer. Cette fois, pas question de reculer. Je me lève et me plante face à elle. Elle me sourit. D'un sourire satisfait, d'un sourire qui invite. Sa bouche me semble déjà délicieuse. Je ne la quitte pas des yeux en approchant mon visage du sien. Nos lèvres ne sont plus qu'à quelques centimètres. Je m'avance encore un peu, marque une pause, puis recule. Elle aime jouer avec la frustration… moi aussi. Je réitère ce petit jeu, son sourire s'élargit. Tandis que je m'approche une nouvelle fois, encore plus près pour reculer ensuite, elle ne m'en laisse pas le temps.

Sa bouche attrape la mienne. Elle m'a eu. Mais quelle douce façon d'être pris au piège. Ce baiser est d'une gourmandise exquise. Tendre et fougueux à la fois, long, délicieux, qui se renouvelle, qui en veut d'autres ensuite, qui ne veut pas que ça s'arrête. Un baiser entrecoupé de sourires. Un baiser comme je n'en ai pas connu depuis une éternité.

47

Il embrasse divinement bien. Au moins aussi bien qu'il cuisine… Je ne sais pas combien de temps nous restons ainsi, bouche contre bouche. Jusqu'à perdre haleine, en tout cas. Quand nos lèvres se détachent enfin, c'est pour se sourire encore. Nous sommes heureux. Aucun doute là-dessus. Cette soirée dans cette cuisine argentée possède un goût de magie. Je m'en souviendrai longtemps.

Il est déjà tard. Nous n'avons plus vraiment faim, mais Romain s'est donné du mal pour réaliser une « tarte à l'orange meringuée et son granité au Cointreau ». Elle est délicieuse. Encore meilleure entrecoupée de quelques baisers.

— Il est plus de minuit, remarque Romain. Tu devrais rentrer… Tu te lèves tôt, je crois.

J'acquiesce, mais rechigne à lui laisser toute la vaisselle, la cuisine à ranger seul.

— Demain, c'est mon jour de repos, me rappelle-t-il. Je peux me coucher tard. En plus, j'aurai droit à une grasse matinée, pour une fois. Mes parents emmènent les enfants à l'école. Alors que toi, tu es attendue à Paris à 8 heures…

— Tu me chasses ?

— Oh que non… Ou juste de ma cuisine, ce soir. Mais tu restes un peu avec moi…

Il me montre sa bouche, son cœur, sa tête. Je lui souris. Nous nous embrassons encore. Puis je pars à regret.

*

Aujourd'hui, j'ai pris le RER pour Paris. J'avais rendez-vous pour caler les détails d'une lecture théâtrale qui doit avoir lieu dans une quinzaine de jours. Dommage que cela tombe sur son jour de repos. Nous aurions pu nous voir.

Toute la journée, Romain et moi avons échangé des messages. Nous nous sommes appelés aussi. Cette évidence entre nous est si étrange. Nous sommes sur la même longueur d'onde. Tout est simple et naturel. Avec lui, il n'y a pas de questions existentielles, pas de peur de décevoir. Il suffit d'être soi-même. Nous aimons nous taquiner, et j'adore ça. C'est léger, sans prise de tête.

Je suis déjà en train de tomber amoureuse. Je constate cela avec stupeur mais sans m'en effrayer. Bizarre, me connaissant. J'ai un ballon gonflé à l'hélium dans le cœur. C'est là, je le sens, en moi. Accompagné d'une autre évidence : Romain me manque. Déjà !

J'ai une envie vertigineuse de le retrouver, de me blottir dans ses bras, de l'embrasser.

48

Je ne sentais pas la fatigue, hier soir.

Il était pourtant plus d'une heure du matin lorsque j'ai rejoint mon appartement. Visiblement, mon cerveau désirait se montrer généreux en production d'endorphines. D'ailleurs, mon corps ne touchait plus terre sur le trajet. Vous avez déjà ressenti ça ? Quand vous vous sentez si léger que vous pourriez vous envoler. Je vous vois, là, vous vous dites : il nage en plein délire, le cuistot. Je vous le concède. Au moins un peu. C'est l'un des effets secondaires de l'amour, non ? Je vous souhaite de l'avoir vécu.

Toujours est-il que je n'avais pas du tout envie de dormir en rentrant. J'avais envie de prolonger cette soirée en compagnie d'Alba. Même sans elle à mes côtés. Et sans échanger de messages. Mais avec elle quand même – trop fort, le type.

Je me suis installé dans mon fauteuil, j'ai jeté une œillade à Escoffier de l'air de dire « J'ai mieux à faire », j'ai pris mon smartphone pour retrouver le site avec le catalogue des voix off. Je me suis tout naturellement retrouvé sur la page d'Alba. J'ai regardé sa photo professionnelle et je me suis souvenu de l'émotion que j'avais ressentie la première fois que je l'avais vue. Le noir et blanc lui va très bien aussi.

Je me suis mis à cliquer sur ses voix de publicité. Pour avoir le plaisir de l'entendre… Ça m'a rappelé la scène dans ma cuisine, quelques petites heures plus tôt. Ça m'a rappelé la première fois que je l'avais écoutée. Et j'ai le même sourire, sans doute (encore plus) niais, en travers du visage. Parfois, je me dis que je suis tombé amoureux d'elle simplement en l'écoutant dans mon salon… Alba et ses voix… Alba et ses facettes. Alba et son sourcil arqué que je n'entends pas mais que je visualise si bien, si charmant, si *elle*. Je n'ai pas résisté, c'était trop tentant : j'ai cliqué sur l'intitulé « sensuelle ». Et, croyez-moi ou pas, je suis monté en température rien qu'en écoutant les vertus d'une glace… Comme tout à l'heure, quand elle susurrait « tarte Tatin » d'une façon affolante. Incroyable, l'effet d'une voix, quand même. Je n'avais jamais imaginé que *tarte Tatin* puisse être aussi sexy.

Elle est douée, elle est vraiment douée.

*

Après une nuit passablement agitée, j'ai émergé vers 10 heures. L'insomnie n'a pas eu ses effets habituels. J'ai eu plaisir à penser à Alba en attendant que le sommeil veuille bien revenir. J'ai repensé à notre soirée, pas peu fier de ce dîner. J'ai repensé à notre début d'histoire. Je me disais : « Tu voulais Alba… tu l'as, ta déesse ! »… Et je me demandais : « Et maintenant ? Que va-t-il se passer ? » Il m'est arrivé d'ajouter aussi un « T'es dans de beaux draps, mon vieux », sitôt rabroué par la volonté assumée de vivre cette histoire.

Ce lendemain de premier baiser, bercé par des messages et des appels, l'heure est à la réjouissance. Après tout, ce n'est pas si souvent.

49

Mardi. Je n'ai pas eu une minute à moi. Première répétition pour la nouvelle pièce le matin. Début de l'enregistrement d'un nouveau livre audio l'après-midi. Cette fois, pas de roman. Il s'agit d'un livre plutôt pointu sur les stratégies du e-commerce. Assez barbant à lire et, j'imagine, assez barbant à écouter pour les non-initiés. Je n'aime pas spécialement lire à voix haute ce genre de textes. J'y suis hermétique, ils me laissent froide. Ils ne me procurent ni intérêt, ni amusement, ni émotion. Ils ne laissent aucune place à l'interprétation ou à toute forme de créativité. Il faut les dire d'une voix neutre, sans être soporifique, d'une voix de spécialiste sans se montrer pédant. J'adore mon travail de comédienne. Mais de toutes les tâches qu'il me permet de réaliser, je crois que la lecture des ouvrages professionnels ou didactiques est celle que j'aime le moins. Heureusement, le livre est court. La semaine prochaine, j'enchaîne sur une comédie. Et bientôt, je me frotterai à un exercice encore bien différent…

Je n'ai pas eu une minute à moi de toute la journée, donc. Et ce soir, nous jouons pour l'une des toutes dernières fois *Cinémassacre*. Je m'en réjouis. J'en suis au stade où je n'ai plus le même plaisir à jouer. Il y a toujours un moment, un basculement, dans la série des représentations d'une même pièce où notre intérêt s'émousse, où l'envie de passer à un autre projet devient un peu plus prégnante. Nous savons déjà que nous aurons d'autres occasions de jouer la pièce de Boris Vian, puisque plusieurs théâtres de province nous l'ont commandée pour l'année prochaine, mais pour ce qui se passe ici, la compagnie travaille déjà sur un nouveau projet : *La Mastication des morts*, de Patrick Kermann. Drôle de nom pour une pièce originale, dans laquelle le spectateur fait connaissance avec les morts du cimetière d'un village et parcourt son histoire à travers eux sur près d'un siècle. Il y a des textes drôles, d'autres forts, des textes crus, différents en longueur comme en contenu. Beaucoup de monologues. Je commence tout juste à apprendre mes rôles.

« Et tu t'y retrouves avec tout ce que tu lis, et ce que tu joues ? m'a demandé Romain au téléphone. — Oui », lui ai-je répondu. *Cinémassacre* passe à l'arrière-plan, la nouvelle pièce prend le dessus. Je connais par cœur le texte de Vian, même les répliques de mes collègues. Je peux le réciter au kilomètre. Mon esprit est totalement disponible pour le nouveau projet. Et puis, pour tout ce qui est pub, voix off, ou livres audio, il me suffit de lire, il n'y a pas d'effort de mémorisation. Seule l'interprétation compte.

Avec tout cela, je n'ai pas pu voir Romain. Il me tarde, pourtant.

50

Alba me manque.

Nous n'arrivons pas vraiment à nous voir. C'est fou. Entre ses contraintes professionnelles, les miennes et ma vie de père de famille, c'est compliqué. Nous ne sommes pas parvenus à faire coïncider nos emplois du temps cette semaine.

Je me rends compte de façon assez étonnante et brutale que je suis relativement coincé dans mon quotidien. Lorsque je ne travaille pas, je dois me montrer disponible pour mes obligations diverses, et surtout pour mes deux enfants. Comme tout le monde, finalement. Sauf que je suis seul pour tout gérer. Sauf que je travaille souvent le soir et le week-end. Et tous les midis, excepté le lundi. Dans mes *creux*, Alba travaille. Pas toujours, certes, mais cette semaine, particulièrement. Je me refuse à abandonner mes enfants les soirs où je ne suis pas au restaurant. Je ne peux pas les confier le dimanche entier à mes parents – ils pourraient avoir des doutes et (se) poser des questions. L'exception de la semaine dernière ne peut devenir la règle. Je ne peux pas non plus passer voir Alba chez elle après le service du jeudi ou du vendredi, et libérer la baby-sitter à une heure indue. Et pour quel motif ? Le restaurant sert dorénavant jusqu'à minuit ? Coincé, je vous dis.

Heureusement, nous avons fini par trouver une fenêtre de tir, une éclaircie : nous pourrons nous voir samedi après-midi de 15 h 30 à 18 h 30. Durant ce créneau, mes enfants sont déjà chez mes parents, moi pas encore revenu au restaurant, Alba pas encore au théâtre.

*

Lorsque je l'ai vue arriver juchée sur des talons plus hauts qu'à son habitude et emmitouflée dans un long manteau noir à la sobriété éclatante, je l'ai trouvée magnifique. D'une classe absolue. J'ai eu envie de courir vers elle, de la prendre par la taille, de la soulever du sol pour l'embrasser ensuite… Vous savez, comme dans les films. Mais je me suis refréné. Par pudeur et souci de discrétion. Je ne voudrais pas qu'elle me prenne pour un fou. Et je ne voudrais pas être surpris par quelqu'un que je connais. Je pourrais être affreusement gêné d'avoir à me justifier. Comment justifier *ça* ? J'y pense, et je me dis qu'il faudrait qu'on envisage de se cacher. Ce serait la solution. Du moins, la mienne. Parce que Alba… Que pourrait-elle penser du fait de nous voir toujours à huis clos ? Je ne peux pas lui imposer ça. Il est trop tard maintenant pour éviter de déclencher ces fameuses *complications* que je craignais, mais qui ne m'ont pas empêché de séduire Alba, de vouloir vivre une histoire avec elle, de désirer la voir souvent, même en plein air.

Advienne que pourra.

51

Romain s'est campé devant moi, les yeux brillants et le sourire aux lèvres. Il m'a embrassée avec chaleur. Mais pas avec la fièvre insatiable qui aurait pu compenser l'absence de baisers depuis six jours. Certes, nous sommes restés connectés grâce à nos téléphones, mais ça ne remplace pas… J'avais envie de sa présence physique, de ses bras, de sa bouche. De ses yeux sur moi. J'ai donc été légèrement frustrée par ce baiser trop court au goût d'avant-goût. Je le lui ai dit, alors que nous entamions une promenade dans l'allée principale, il a rétorqué gentiment qu'il n'était pas un as des grandes manifestations de tendresse en public. En toute franchise, cela m'étonne de lui. Je l'aurais cru plus libre, moins soucieux du regard des autres. J'ai décidé de le prendre avec humour.

— Alors, cachons-nous ! me suis-je exclamée en l'entraînant derrière une haie.

On aurait dit deux gosses, trop heureux d'échapper à la loi ou à la bienséance. Là, je me suis jetée littéralement sur lui. Loin de me repousser, il en redemandait. J'en étais sûre ! Au fond, il n'attendait que cela, lui aussi. Heureusement. Si au bout de plusieurs jours l'un sans l'autre, les jeunes amants ne se laissent pas guider par une ardeur certaine, alors où va-t-on… Le désir est venu s'immiscer entre nous. Nous avions le souffle court, les joues rougies lorsque nous sommes revenus sur l'allée en riant.

Avant de reprendre le chemin du restaurant pour lui et du théâtre pour moi, nous avons fait halte pour nous réchauffer dans un café, près du château.

J'ai vu la réaction de Romain lorsque j'ai retiré mon manteau et qu'il m'a découverte dans ma robe choisie sciemment pour lui. Je me suis assise face à lui. Les yeux rivés sur mon décolleté, il semblait perdu tout à coup. J'ai souri intérieurement. C'est fou ce qu'une paire de seins, même modestes, peut avoir comme effet sur un homme. À vrai dire, j'étais plutôt ravie. J'ai une envie folle de rendre Romain fou de désir, de laisser monter la flamme, retardant pour nous deux le moment d'y succomber.

Nous avons bavardé de nos semaines respectives. Je lui ai raconté comment j'avais failli m'endormir au micro pendant l'enregistrement du livre audio. Un peu d'exagération ne nuit pas à l'humour. Il m'a demandé si je m'entraînais en cuisine, pour le jour où je l'inviterais.

— Pas besoin, puisque je ne t'inviterai jamais ! ai-je protesté en riant.

— Je ne sais pas si tu auras vraiment le choix… étant donné que chez moi, il y a deux monstres que tu ne dois pas rencontrer…

Il a dit ça en plaisantant, mais j'ai senti le fond de vérité. Et puis, elle était toujours là, à son doigt. L'alliance…

— Tu la porteras encore longtemps ? ai-je osé lui demander en la désignant du menton.

Il a eu l'air surpris et s'est arrêté de boire son chocolat chaud, mais n'a pas su répondre.

— Quatre ans… C'est déjà beaucoup pour une fidélité post-mortem, non ?

Je me suis mordu la lèvre. J'étais peut-être allée trop loin. Ou trop vite.

52

Maladresse ou affront ?

Alba est du genre direct, je le savais déjà. Du genre maladroit, aussi. J'ignore si je suis choqué par ses mots ou si au fond je suis assez d'accord. Quatre ans, c'est long. Peut-être insensé. Mais c'est sa façon de dire ça comme ça… alors qu'elle n'a ni vécu ce que je vis, ni conscience de ce que la réalité revêt pour moi au quotidien. Je n'ai jamais envisagé de retirer mon alliance. Par fidélité, comme elle le dit ? Peut-être. Au moins pour la marque de notre engagement l'un envers l'autre. Florence était ma femme. Et dans un sens elle l'est toujours. Où qu'elle soit.

Je n'avais jamais rencontré une femme qui aurait pu me donner l'envie d'enlever mon alliance. Jusqu'à aujourd'hui. Mais entre *l'envie* et les convenances…

— Ça te dérange que je la porte toujours ?

Je pose une question à la réponse évidente, histoire de relancer la conversation.

— Disons que je m'interroge. J'imagine que lorsqu'on est prêt à se lancer dans une histoire d'amour, au bout de tout ce temps, on doit pouvoir enlever ce genre de marque « d'appartenance » à son ex… Pour moi, garder son alliance revient à ne pas vouloir couper le cordon avec le passé, avec l'amour d'avant. Et donc, peut-être, ne pas laisser totalement sa chance à ce qui peut naître. Tu comprends ce que je veux dire ? C'est comme si tu disais « oui » en pensant « pas vraiment ». En quelque sorte, tu m'envoies un message contradictoire qui signifie « Oui, je suis prêt à vivre quelque chose avec toi, mais ça ne remplacera jamais ce qui a été ou ça ne sera jamais aussi bien… » C'est comme si ta femme était un peu entre nous deux, l'air de rien… avec tout le respect que j'ai pour elle. Sans compter que, de mon côté, ça me donne l'impression d'être la maîtresse d'un homme marié. J'ai déjà donné, non merci.

Comment lui donner tort ?

— Je peux comprendre ton point de vue, j'ai bien entendu ce que tu viens de dire.

Ce sont les seuls mots qui me viennent.

Alba me sourit d'un air rassuré. Elle paraît soulagée d'avoir osé m'avouer ce qui, visiblement, la minait.

Dans mon esprit, les éléments se déchaînent.

53

Romain n'est pas quelqu'un de susceptible. D'autres que lui se seraient énervés ou justifiés avec véhémence, au moins. J'ai pu lui expliquer ce que je ressentais. Je ne sais pas pourquoi, j'imaginais peut-être que je le retrouverais aujourd'hui sans alliance à son doigt. Comme si la soirée de dimanche, nos baisers et nos messages avaient changé la donne. Pas COMME SI, PARCE QU'ils l'ont changée. Depuis, nous avons entamé une histoire. C'est toute la différence avec avant dimanche. Avant dimanche, nous apprenions à nous connaître. Depuis, nous sommes ensemble.

Et, oui, cette alliance me gêne. Quatre ans plus tard, et maintenant qu'il entame une vraie relation amoureuse, il me paraît logique de vouloir montrer à tous qu'il tourne la page.

Il ne la retire pas. Il y repensera après j'imagine. J'espère qu'il l'enlèvera. De lui-même. Pas pour me faire plaisir… Du moins pas seulement. Plutôt pour me prouver ses sentiments naissants. Son envie d'être complètement « avec moi » en quelque sorte. 100 % libre, 100 % disponible amoureusement parlant.

Je ne pense pas que ce soit un caprice. Je crois que

c'est légitime. Et puis, au bout de quatre ans, qui pourrait trouver cela choquant ?

Il est déjà près de 18 h 30. Nos moments ensemble passent toujours trop vite. Mais je dois partir pour le théâtre. Ce soir, c'est l'avant-dernière représentation.

Je me lève, j'enfile mon manteau et le referme. Romain s'en chagrine et tente de plaisanter d'un : « Je te préfère sans », doublé d'un clin d'œil un brin grivois. Il m'amuse. Mais je le sens quelque peu déstabilisé. Par le fait de m'imaginer me rendant au théâtre ainsi habillée ou pour cette histoire d'alliance ? Il ne me donnera aucun indice. Je le trouve simplement légèrement soucieux. Pas contrarié, mais préoccupé. Presque mystérieux.

Il se lève à son tour, me surprend en m'embrassant avec une fougue inattendue. Puis nous sortons. Nos chemins se séparent encore. J'aurais tant aimé poursuivre la soirée avec lui.

54

C'est l'effervescence.

Le samedi soir, le restaurant est toujours plein. Il y a deux services, il faut jongler avec les tables, débarrasser, nettoyer, remettre les couverts entre les deux… et puis toujours envoyer les plats nets, joliment dressés et à bonne température. Je suis en salle ce soir. Je vole d'un bout à l'autre du restaurant, je suis partout, à la limite de l'ubiquité. Entre l'accueil des clients, le placement et l'addition. Entre cuisine et tables, entre brigade et serveurs. Je veille. J'ai tout du chef d'orchestre. Et je n'ai pas le temps de penser. Je veux dire : de penser à autre chose. Penser à mon alliance, par exemple. Penser à Alba.

J'aperçois Mariam qui rit avec Justin dans le couloir, à l'abri des clients. Je m'approche et, au lieu de sermonner mes serveurs en mode relax, je leur dis :

— Dites-moi ce qui vous fait rire. Je veux rire aussi !

Ils se regardent, mi-fautifs mi-amusés. Ils savent que je peux être cool et avoir de l'humour… de temps en temps. Justin repart côté salle, et Mariam me raconte ce qui vient de lui arriver à la table 12.

Elle porte les deux assiettes, et annonce: «La bavette d'aloyau?» Pas de réponse spontanée. Elle répète, en plus clair: «C'est pour qui la bavette d'aloyau?», pour s'entendre répondre: «Ah non, moi j'ai pris la bavette saignante.» Elle pouffe de rire une nouvelle fois, je lui souris en levant un pouce, puis elle reprend le chemin de la cuisine. Les jeunes s'amusent d'un rien. Je ne suis pas particulièrement blasé, mais des anecdotes du même genre, des bien plus drôles même, j'en ai à la pelle.

C'est vrai qu'à l'image de cette histoire de bavette, on peut être consterné par le manque de culture culinaire de certains clients. Quand on vous demande si la pomme de terre au four est en *robe de chambre* ou une salade *moins froide* que la laitue iceberg, quand on s'offusque qu'il y ait des arêtes dans un bar *entier* ou qu'on trouve un tartare de bœuf *bon mais pas assez cuit*, les bras vous en tombent. Au même rayon, on a les adeptes des pléonasmes qui précisent par exemple vouloir un tajine *végétarien sans viande.*

Il y a aussi les clients que je pourrais qualifier de *compliqués*... *exigeants* ou *capricieux*, au choix. Ceux dont les commandes peuvent irriter quelque peu. Celle qui veut absolument un parfum de glace original, vous fait répéter trois fois votre liste et finit par se rabattre sur vanille-fraise (une valeur sûre, vous comprenez). Celui qui veut s'assurer que le poisson du jour n'a pas le goût de poisson. Celui qui trouve le thon (frais) beaucoup moins bon que celui en boîte chez lui... Ceux qui veulent une assiette personnalisée, genre salade Caesar-mais-sans-poulet-sans-parmesan-et-avec-la-sauce-à-part ou un tartare de bœuf... sans bœuf (autant demander une salade-frites). Celle qui trouve sa glace trop froide et propose qu'on la passe quelques secondes au micro-ondes (et attendre qu'elle fonde un peu, non ?).

Il y a les clients pétris de contradictions, à l'image de cette cliente qui exige qu'on enlève les trois grammes de sucre glace sur le dessus de son moelleux au chocolat parce qu'elle est au régime.

Il y a les clients sans gêne, comme ceux qui réservent pour huit et arrivent avec quatre enfants munis de leur boîte Happy Meal…

Il y a les radins. Ceux qui négocient le prix d'un vin soi-disant *un peu bouchonné*, ceux qui recomptent trois fois l'addition dans l'espoir de payer moins, ceux qui demandent un doggy bag pour rapporter chez eux trois quignons de pain entamés…

Et puis, il y a les blagueurs qui tentent d'échapper au règlement en demandant si on prend la carte Vitale ou proposent leurs services à la plonge si leur carte *ne passe pas.*

Je vous passe les râleurs et les bruyants qui se croient tout seuls. Heureusement, la plupart se comportent bien et sont agréables. En tout cas, les clients sont vraiment pleins de ressources. Le temps d'un service, il peut se passer plein de choses. J'ai assisté à des scènes… Parfois, c'est cocasse, parfois, émouvant ou… gênant… Les couples qui ne se parlent pas et ceux qui se disputent me mettent souvent mal à l'aise. Et puis, il y a les autres, les anonymes qui vont vivre un moment particulier : celui qui fait sa demande en mariage, ceux qui fêtent un anniversaire, celle qui pleure, celui qui fait un malaise… J'ai vu de tout. Ailleurs comme ici, dans mon propre restaurant. Le temps d'un dîner, nous sommes presque au spectacle. La vie des gens se joue aussi à table, sous nos yeux.

Je pense à Alba. Je l'imagine sur scène.

Je *veux* la voir sur scène.

55

Qu'il est bon de se prélasser sous sa couette le dimanche matin. De s'étirer comme un chat après une grasse matinée. D'enfiler son pyjama douillet et ses chaussons d'hiver. De se préparer un thé en regardant le monde au ralenti par la fenêtre. Et de se demander à quelle activité plaisante on va s'adonner après le petit déjeuner. Pas de contrainte avant la fin d'après-midi. Quartier libre. Horizon dégagé. Sentiment de sérénité.

La représentation s'est bien passée hier soir. Le public était ultra réceptif. Il nous a poussés à donner le meilleur de nous-mêmes. Personnellement, cela faisait un moment que je ne m'étais pas sentie aussi bien dans mes rôles, dans mes sketches. Leïla m'a trouvée « au top ». Jacques, le metteur en scène, nous a tous félicités. L'after a duré plus longtemps que d'habitude. L'ambiance était particulièrement festive. Il y en a qui ont un peu trop abusé du vin. J'imagine ce que ça va donner, ce soir, après la dernière. C'est toujours assez étrange, ce moment où une série de représentations s'arrête. Certains vont enchaîner sur la nouvelle pièce, d'autres ont de nouveaux projets… On va se séparer pour un temps, on se retrouvera après sans doute. On se recroisera au moins. À Avignon, par exemple.

Mes pensées glissent vers Romain. Il m'a envoyé un message à son réveil. Il doit déjà être à *La Toque romaine*. Je l'imagine dans la cuisine, avec sa brigade, à s'affairer dans les préparatifs du déjeuner dominical. Je repense à notre dîner de dimanche dernier. C'était si romantique. Une semaine, déjà. Elle m'a paru longue, presque interminable. Tout le contraire de notre entrevue d'hier, courte, bien trop courte.

J'ai tellement envie de voir Romain… Mais c'est impossible, le dimanche, il récupère ses enfants dès la fin du service. Nous nous verrons demain, en revanche. C'est son jour de congé. Et pour moi, ce sera une journée tranquille, avec pour seule contrainte l'obligation de continuer d'apprendre mon texte. Avec un peu de chance, je pourrai embaucher Romain pour m'aider. Cela pourrait être sympa de partager ça avec lui. Et amusant.

*

Ce soir, j'ai eu droit au genre de blagues qui peuvent arriver sans prévenir lors des dernières. Dans un de mes sketches, à un moment, je dois boire cul sec un verre de vodka. Bien sûr, c'est de l'eau. D'habitude. Ce soir, non. Surprise ! J'y suis allée de bon cœur. J'ai failli tout recracher. Difficile de faire comme si de rien n'était, de ne pas avoir les yeux écarquillés, de ne pas rire… J'étais censée être en colère, alors… J'ai bien vu dans l'œil de mes comparses un soupçon de malice qui n'avait rien à voir avec leur jeu. Ils étaient contents de leur coup. Moi, j'avais la gorge en feu.

Alors que nous saluions pour la énième fois le public, j'ai tout à coup entendu quelqu'un crier dans l'assistance : « Bravo, Alba ! » Ce n'est pas souvent que quelqu'un se permet de mettre à l'honneur un membre de la troupe en particulier. En général, on félicite l'ensemble. Je n'ai pas reconnu la voix, mais j'ai cherché le visage dans l'assemblée, et j'ai vu une main s'agiter. Romain. J'ai rougi instantanément, l'émotion m'est montée aux yeux. J'étais surprise et touchée à la fois. C'était fort. Il s'était arrangé pour se libérer à nouveau pour moi.

Après les rappels, nous sommes retournés dans les loges. J'aurais voulu aller trouver Romain. J'imaginais qu'il souhaitait me voir, j'étais impatiente de savoir ce qu'il avait pensé de la pièce. Mais j'allais être coincée. Difficile de décliner l'after, après une dernière représentation.

Nous sommes sortis dans la rue, riant et bruyants. Devant l'entrée des artistes se tenaient pour certains des amis ou de la famille. Et pour moi, Romain. Je me suis approchée de lui, à la fois heureuse et gênée. Je ne me voyais pas l'embrasser devant tout le monde. Il n'aurait peut-être pas assumé non plus. Alors je me suis tenue tout près de lui, incapable de ne pas le toucher.

Nous avons échangé quelques mots. Je lui ai dit, embarrassée, que je ne pouvais pas rester longtemps ou partir avec lui, qu'il y avait une soirée après, que je devais y aller. Il ne m'en a pas tenu rigueur. Il m'a dit qu'on en reparlerait demain. Qu'il était très content de m'avoir vue pour cette dernièrc. Qu'il n'aurait pas voulu rater ça.

Quand je suis revenue vers les autres, Leïla avait des gyrophares à la place des yeux et un air sévère :

— Alors, toi, tu me dois une explication !

56

Elle joue bien !

Je sais ce que vous allez dire : on n'est pas objectif quand on est amoureux. Je vous rétorquerai donc : en l'occurrence, c'est faux, Alba possède un talent évident, indéniable, visible de quiconque. Elle irradie sur scène. Et moi qui la connais dans la vraie vie, je peux vous affirmer que ce n'était pas Alba que je voyais. Elle *était* ses personnages successifs. Et quel que soit son rôle, elle l'habitait entièrement. Elle m'a fait rire, elle a même réussi à m'émouvoir, alors que cette pièce se caractérise par son côté comique. Les autres aussi m'ont amusé. Mais pas comme elle, pas autant.

Je n'ai pas pu m'empêcher de crier : « Bravo, Alba ! » du plus fort que je pouvais pour passer au-dessus des applaudissements. C'était peut-être idiot ou non conforme aux règles de bienséance au théâtre, mais peu importe. C'est sorti tout seul. Et au moins Alba a su que je me trouvais là, dans la salle, que je l'avais vue jouer. J'étais plutôt assez fier de mon coup.

Je l'ai attendue après devant l'entrée des artistes. Il y avait pas mal de gens. Elle m'a vu dès qu'elle est sortie. Elle est venue jusqu'à moi, mais ne m'a pas embrassé. Ce n'était pas plus mal… même si j'en mourais d'envie et même si je me serais enorgueilli d'être son mec officiel, là, devant ses pairs. Elle m'a remercié d'être venu, visiblement touchée. Puis elle s'est excusée de ne pas pouvoir passer un peu de temps avec moi car elle devait suivre les autres. J'ai compris, évidemment. Je n'en attendais pas plus. Mais quand elle a rejoint le groupe, je les ai regardés partir à pied et j'ai ressenti une espèce de pincement au cœur, j'avoue. De savoir qu'elle allait poursuivre la soirée et s'amuser sans moi.

Alba avait une vie, avant moi. Dire qu'elle existait et que je l'ignorais, c'est fou… Mais voilà : Alba a sa vie professionnelle, sa vie sociale (j'imagine que les comédiens ont par essence une vie sociale riche sinon trépidante !). Si déjà elle me réserve une place dans sa vie personnelle et la place *number one*, LA place de choix dans sa vie amoureuse, je ne peux qu'en être heureux. Que vouloir de plus, franchement ?

Alba, c'est l'inattendu. La surprise. Un cadeau bonus dans mon existence.

Je me demande combien de temps je pourrai la garder dans ma vie. J'imagine que ça se compte en semaines. Guère plus. Pour le moment, elle est là. J'ai décidé de vivre cette histoire au jour le jour, bien conscient qu'elle puisse s'arrêter brutalement. Alors, je savoure… comme je dégusterais un saint-honoré jusqu'à la dernière bouchée.

Cette histoire qui n'aurait jamais dû commencer ne pourra pas durer.

57

Romain va arriver d'une minute à l'autre. Je tourne en rond dans mon appartement, à la recherche d'une poussière, d'un livre mal rangé, d'un truc qui dépasse. Je ne suis pas particulièrement une fée du logis, mais je me suis mis une certaine pression à l'idée de le recevoir ici, chez moi. J'ignore pourquoi je suis si nerveuse, il n'y a pas d'enjeu particulier. Surtout qu'il m'a rassurée tout de suite, ce matin, au téléphone, en me promettant d'apporter de quoi déjeuner. Pas de pression culinaire. Et du temps pour nous, enfin. De quoi avant tout être heureuse.

La sonnerie de l'interphone me coupe dans mon élan. Mon cœur fait un boum dans ma poitrine.

— C'est moi, dit-il.

J'aime bien ce « c'est moi » anonyme, tout simple, qui l'installe avec évidence comme mon amoureux officiel.

J'ouvre la porte. J'attends que l'ascenseur veuille bien monter et le déposer à mon étage. Finalement, je referme la porte. C'est peut-être mieux d'attendre qu'il sonne, de ne pas trop montrer mon impatience. Je suis stressée.

Il sonne, donc. Toute à ma joie, je lui ouvre la porte en manquant d'exploser le mur, il pose un grand sac par terre et me prend dans ses bras, me serre fort, puis m'embrasse. Au bout d'un long moment, nous nous détachons enfin et fermons la porte.

Il découvre ma pièce de vie, se livre à un tour du salon et de ma cuisine. Ouvre quelques tiroirs. « Pour évaluer ton niveau d'équipement », dit-il, taquin. Il n'est pas déçu, ou plutôt si : je n'ai pas de robot ménager, pas de balance, pas de batterie de casseroles, pas de couteaux qui coupent, pas de « chinois », pas de coffrets à épices... Il trouve tant bien que mal un économe, une planche à découper mal en point, un verre doseur ébréché, une unique spatule en bois, du persil plus que déshydraté comme seule herbe aromatique et de la cannelle périmée. Et un frigo presque vide. Il est en revanche épaté par le nombre de paquets de pâtes et de pots de sauce tomate dans mon placard.

— Ça t'arrive de manger des légumes ? me demande-t-il.

— Mais bien sûr ! Regarde, là, j'ai des conserves de haricots verts.

Il me dévisage, dubitatif. S'il savait relever un sourcil comme moi, il le ferait. J'adore son air presque peiné.

— Je t'apporterai ce qu'il te manque pour pouvoir cuisiner un peu.

Je le regarde, perplexe, en arquant un sourcil. Il développe :

— Ce serait sympa de cuisiner ensemble, un jour, non ? Quelque chose de simple...

— Mmmm… si tu le dis.

J'affiche une mine sceptique. Je sens bien que je n'ai pas le choix, et puis j'ai envie de lui faire plaisir. Je l'embrasse à nouveau, là, dans la cuisine. Romain m'attire. J'ai envie de lui… et lui aussi, apparemment.

Nous sommes seuls pour la première fois, dans un appartement. Ma chambre est juste à côté. Mon lit, mon canapé, ou que sais-je, pourrait accueillir nos ébats. Faire l'amour aujourd'hui appartient au domaine des possibles… Nous le savons l'un comme l'autre. L'envie est là… l'envie physique, évidente. Pour autant, dans ma tête, je n'y tiens pas vraiment. Je préfère attendre… Non pas que j'imagine Romain en mec qui me jettera sitôt qu'il aura obtenu ce qu'il espérait, comme cela m'est arrivé avec certains. « Les collectionneurs », ainsi que les dénommait ma mère. Ceux qui n'ont d'autre but que d'obtenir les faveurs d'une femme pour jeter leur dévolu sur une autre, et les enchaîner ainsi, pour le plaisir toujours renouvelé de la nouveauté. Phase de séduction, séance de baise, et au revoir. Ou même *ghosting* pour les plus courageux. Romain et moi, c'est différent. Nous sommes aux premières heures d'une véritable histoire. Nous avons tout notre temps. C'est d'ailleurs lui qui interrompt nos baisers et mes pensées :

— Au fait, tu devais me montrer quelque chose chez toi… Tu sais, quand tu m'as dit que tu étais une je-ne-sais-plus-quoi-phile.

— Ah oui !

Je pouffe de rire. Tout en me demandant à quoi il

pensait, lui, pendant notre long baiser, pour aboutir à cette question.

— Je suis chionosphéréphile ! Viens, tu vas vite comprendre…

58

Je découvre alors la facette kitsch d'Alba.

Une facette somme toute improbable et imprévisible, quand on la connaît. Ce n'est ni dans ses tenues ni dans la déco de son salon qu'on pourrait s'en rendre compte, et heureusement. Mais son bureau… Alors là, c'est autre chose ! On dirait un antre dédié aux dieux Ringard et Mauvais goût. En pénétrant dans ce repaire, je me suis d'abord dit que je ne connaissais finalement Alba que très peu, et que je ne la regarderais plus tout à fait de la même façon. Découvrant l'immense vitrine à gauche, j'ai éclaté de rire.

— Je croyais qu'il n'y avait que les jeunes enfants et les personnes âgées qui collectionnaient ça !

Alba a ri, manifestement pas honteuse, me dégainant une explication à laquelle je voulais bien croire :

— C'était à ma tante Josiane. Je l'aimais beaucoup. Elle me les a léguées avant sa mort. Je ne pouvais pas les refuser. Nous étions très proches.

Je contemple ces dizaines de boules à neige, venues de tous les coins de France et du monde, rivalisant de couleurs et de kitsch. Il y a des monuments, des montagnes, des animaux…

— Tu sais combien tu en as ?

— 247 exactement, fait-elle avec un soupçon de fierté.

Je reste sans voix. A-t-elle dressé un inventaire avec numéro-sujet de l'objet-origine-date-précision de l'endroit où il est rangé ? Elle ouvre la vitrine, en retire une boule, venue du Pérou. Un Machu Picchu en toc, affreux, qu'elle renverse et remet à l'endroit. Les flocons tournoient et s'effondrent mollement.

— Je n'ai jamais rien vu de plus enchanteur, déclaré-je sérieusement.

— Tu te moques !

Je la regarde d'un air énigmatique, puis me mets à rire. C'est plus fort que moi. Elle crible mon ventre de petits coups de poing adorables qui s'abattent sur la légère couche de gras recouvrant mes abdominaux depuis quelques années.

— Donc, si je résume bien, c'était la collection de ta tante, mais tu assumes et tu l'adores ?

— Je n'en ferais pas la décoration de mon salon, mais… j'en achète lors de mes voyages et on m'en offre. Je continue sa collection de bon cœur, j'avoue.

— Intéressant.

En mon for intérieur, je me promets d'offrir une boule à neige à ma chio-nin-nin-nin-phile préférée dès que l'occasion se présentera.

— Et toi, me demande-t-elle, pas de collection plus ou moins honteuse à déclarer ?

Je réfléchis un instant.

— Je collectionne les biscuits, les macarons, etc., que je fabrique la nuit quand je suis insomniaque, mais ma collection est mangée au fur et à mesure par toutes sortes de gens. Ça ne compte pas vraiment, hein ? Sinon, j'ai tous les disques de Dave, y compris les vinyles, mais bon…

— Et c'est moi qui suis kitsch ? riposte-t-elle.

59

Ce que j'aime avec Romain, c'est que nous partageons autant de discussions passionnantes et de fous rires que de baisers enfiévrés. On dirait deux gosses, par moments. Mais nous sommes surtout des adultes qui se désirent et qui s'aiment déjà, même si c'est sans doute un peu tôt pour le penser, même si on ne se le dit pas encore. Notre relation naissante a la légèreté d'une bulle de savon.

Romain a apporté des plats indiens d'un restaurant du quartier que j'adore. Nous déjeunons dans la cuisine, avec un verre de vin rouge. C'est délicieux.

— Est-ce que tu cuisinerais quand même pour moi ? me demande Romain avec un grand sérieux. Ça me ferait plaisir…

Je lui fais le coup du sourcil, comme si ça pouvait le dissuader. Et ajoute avec une conviction vibrante dans la voix :

— Crois-moi, tu ne sais pas à quoi tu t'exposerais, tu pourrais t'en mordre les doigts.

— Je suis prêt pour cette expérience. J'aime l'aventure, j'ai le goût du risque. Je relèverai le défi.

Je soupire, vaincue.

— Tu me promets que tu ne te moqueras pas ? Je suis déjà nulle avec les autres, alors avec toi…

— Pourquoi ? Je vais te faire perdre tes moyens ?

— Non… enfin, si. Enfin, je te rappelle que tu es chef cuisinier ! C'est horrible.

— Tu n'auras qu'à faire quelque chose de simple.

Je lui sais gré de tenter de me rassurer.

— Tu ne me connais pas… Je suis médaille d'or aux Jeux olympiques des cancres en cuisine.

Il se lève, m'enlace et me murmure à l'oreille :

— Je suis certain que tu vas réussir. Aie confiance en toi. Et quoi que tu cuisines, raté ou pas, je ferai honneur à ton menu.

Je souris en signe de capitulation et l'embrasse. Ce baiser prend vite une tournure fougueuse. Romain devient plus audacieux, passe ses mains sur mes seins, puis les glisse sous mon chemisier, ce qu'il n'avait jamais osé encore. Je sens monter en nous le désir de l'autre, le désir d'aller plus loin. J'hésite à enlever son pull. J'ai peur de perdre le contrôle et mes principes. « Jamais le premier soir. » Nous en sommes loin, du premier soir. Pour autant, je voulais prendre le temps, jouer avec notre désir et notre frustration, pour que tout s'amplifie, l'envie, les sentiments, l'incapacité de nos corps à rester deux entités distinctes.

60

Alba, tu me rends dingue.

C'est ce que j'ai envie de lui dire. Avec : « Arrête. » Ou plutôt : « Non, ne t'arrête pas. » Ou plutôt si : « Arrête, ou je ne réponds plus de rien. » Dingue, je vous dis. J'ai une envie folle de lui faire l'amour, de la déshabiller, de faire voler ses sous-vêtements, de la découvrir nue, de caresser tout son corps, d'entrer en elle. Je la désire comme je n'ai pas désiré depuis tellement longtemps… Et c'est sans doute là le problème : j'ai en parallèle d'un désir irrésistible la peur irrationnelle et vertigineuse de ne pas être à la hauteur. Quand je dis *ne pas être à la hauteur*, ça signifie en clair et en majuscules que je crains tout à coup que la mécanique s'enraye et que la machine me laisse en plan. Dit autrement, au cas où vous n'auriez pas encore compris, j'ai peur de la panne. Les hommes, particulièrement, me comprendront. Ça nous arrive à tous un jour ou l'autre. Ça arrive quand on se met la pression, quand il y a un enjeu de taille. Ça arrive donc souvent au moment où il ne faudrait surtout pas que ça arrive. Et moi, là, avec ma déesse dans les bras, avec ses seins sous mes doigts, au lieu d'être tout à mon bonheur, je ne pense qu'à ça : je vais débander.

Alors je ne tente rien de plus. Je ne déboutonne pas le chemisier d'Alba, je ne dégrafe pas son soutien-gorge, je ne me crée pas de tentations plus fortes, je vise la maîtrise de mon désir, cheval sauvage tout à coup entravé. Alba, et ça me rassure, paraît fléchir aussi. Elle n'enlève pas mon pull, elle ne déboucle pas ma ceinture, ses mains sages ne vont pas s'aventurer plus bas. A-t-elle lu dans mes pensées, deviné ma peur ?

Alba, ma déesse, je voudrais un jour te célébrer comme il se doit.

61

Hasard ou coïncidence, nos corps se sont accordés presque simultanément pour un retour au calme. Moi, parce que je voulais attendre. Lui, aussi ? Nos bouches se sont détachées, ses mains ont quitté le dessous de mon chemisier. Comme si nous nous comprenions sans nous parler. Je n'ai pas eu besoin de lui dire : « Je préfère attendre un peu. » Il s'est comporté en gentleman, respectueux de ma volonté. Il est encore monté d'un cran dans mon estime.

Finalement, nous sommes là, dans mon canapé, à discuter tranquillement. Je suis blottie dans ses bras. Il lui reste deux heures avant de partir chercher ses enfants à l'école. Je lui dis que, de toute façon, j'ai du travail, que je dois apprendre mon texte en vue de la répétition de demain.

— Je vais t'aider à l'apprendre ! s'exclame-t-il alors.

Sa proposition me réjouit. C'est tellement plus pratique lorsque quelqu'un est là pour vous dire « c'est bien » ou « tu t'es trompée, là… tu as dit ça au lieu de ça » ou « tu as oublié cette réplique ». Je vais chercher le texte de *La Mastication des morts.*

— Comment sais-tu que tu connais suffisamment ton texte ? m'interroge-t-il, intéressé.

— Quand je suis capable de le dire d'une traite en faisant autre chose. La vaisselle, par exemple.

— Et ta voix, elle nécessite un travail ?

— Oui, plus ou moins. Le matin, il faut que je la réveille en douceur. Je fais de petits exercices pour la chauffer un peu. Des sortes de vocalises. Je te montrerai, à l'occasion. Et puis, il faut aussi travailler l'articulation. C'est primordial pour être bien audible.

— Comment procèdes-tu ?

— J'utilise des virelangues.

— Des quoi ?

— Tu sais, ces phrases d'exercice à répéter plusieurs fois de suite comme « Trois petites truites cuites, trois petites truites crues » ou « Je suis chez ce cher Serge » ou « Je veux et j'exige d'exquises excuses. »

— Je suis impressionné ! Moi je suis parfaitement nul dans ce genre de trucs. Je suis de ceux qui sortent « trois petites truites cruites » ou « Je suis cez che ser Cherge » au bout de deux répétitions…

Je ris et ajoute :

— Et pour corser l'exercice, je le fais aussi avec un bouchon en liège ou un stylo entre les dents.

Romain se lève, va chercher quelque chose sur la table et revient avec le bouchon de notre bouteille de vin.

— Montre-moi, m'ordonne-t-il avec curiosité.

On dirait un élève qui a soif d'apprendre. Je place le bouchon dans le sens de la largeur entre mes incisives et enchaîne plusieurs phrases en articulant exagérément malgré le fait de ne pouvoir desserrer les mâchoires, sous peine de faire tomber le bouchon. Quand je m'arrête, il me félicite.

— À toi, lui dis-je.

Il proteste pour le principe, mais va se frotter à l'exercice avec une envie non dissimulée. Nous sommes certains de rire ensemble, une nouvelle fois.

— Moi qui suis déjà nul sans bouchon… dit-il pour s'excuser d'avance.

— Je vais te faire lire un texte, ce sera plus simple.

Je vais chercher un livre, lui place dans les mains, et Romain commence la lecture avec le bouchon entre les dents. Il bute sur des mots, prononce des phrases inintelligibles donc très drôles, mais au final ne s'en sort pas trop mal pour une première fois.

En l'écoutant, tout à coup, je me dis que j'ai trouvé là l'homme parfait.

62

Je ferais un très bon assistant.

J'ai adoré ce moment avec Alba tout à l'heure, découvrir une autre facette de son métier, sa façon de travailler… Après les exercices de diction, je l'ai aidée à apprendre son texte. Elle a d'abord essayé de réciter ce qu'elle avait déjà vu avant. J'ai dû la reprendre plusieurs fois, mais dans l'ensemble j'étais plutôt bluffé par tout ce qu'elle a su aligner après seulement quelques heures d'apprentissage en solo. Puis, elle a pris un texte qu'elle ne connaissait pas du tout. Un long monologue. Elle m'a montré comment elle s'y prenait, seule, pour étudier et apprendre les paroles, en procédant par petits bouts. Phrase par phrase. Je suis resté dubitatif face à l'intrigue et au style de la pièce – déjà *mastication des morts*, ce n'est pas vendeur, je trouve. J'aime bien le principe, l'idée est bonne. Faire témoigner les morts d'un village, comprendre par leurs mots quelles étaient leurs relations pendant leur vivant et l'histoire de la petite bourgade, OK… mais bon. Ce n'est pas que je sois prude, mais il y a plusieurs textes que j'ai trouvés quasi choquants. Et puis, la forme ! Il y a rarement des majuscules au début des phrases et souvent pas de point à la fin. Ça donne l'impression de phrases à rallonge, assez indigestes. Alba m'a expliqué que, dans ce cas, il fallait deviner, en fonction du sens, où l'on pouvait s'arrêter, où l'on pouvait ménager des pauses, reprendre son souffle.

Ce qui m'a le plus étonné, c'est qu'Alba ne cherchait pas spécialement à mettre le ton. C'était assez monocorde. C'est normal, m'a-t-elle rappelé. L'objectif, quand on apprend son texte, c'est d'apprendre son texte ! Elle m'a expliqué que le metteur en scène donnerait des directives sur la manière de dire après, et qu'il garderait, ou pas, des éléments de jeu que chaque acteur proposerait lors des premières répétitions.

Franchement, je n'imaginais pas tout le travail en amont d'une représentation. On pourrait penser qu'être comédien, c'est cool. En réalité, Alba travaille énormément. Et puis, c'est souvent la course aux cachets. Ce n'est pas toujours facile. Bon nombre d'acteurs n'en vivent pas et exercent une autre activité à côté. Alba a pas mal *ramé*, comme elle a dit, au début. Ce n'est que depuis deux-trois ans que sa carrière a pris un certain essor. Depuis qu'elle a percé dans la voix off. Son prochain objectif : le doublage.

63

Lorsque Romain est parti lundi, j'ai ressenti ce vide terrible et caractéristique du manque. C'est étrange comme il a déjà pris une place certaine dans ma vie. Nous passons de si bons moments ensemble. C'est chaque fois plus fort. Notre complicité m'étonne et me ravit. Pour un peu, j'aurais presque envie de décrocher mon téléphone et de crier : « Maman, ça y est, cette fois, j'ai trouvé le bon ! C'est l'homme de ma vie, j'en suis sûre. » Mais ma lucidité m'interdit ce genre de coup d'éclat. Que répondrait-elle ? « Attends de voir si sous le prince ne se cache pas un vilain crapaud… » ?

Ma mère déteste les hommes. Peut-être pour les avoir trop aimés. Mon père, le premier. Que ne m'a-t-elle pas dit à son sujet ! « Des cornes de dix mètres, j'avais sur la tête », m'a-t-elle souvent répété. Trompée, bafouée, elle a d'abord bien voulu croire aux promesses d'un homme attaché plus à l'idée du mariage et de la famille qu'à celle de la fidélité. « Il disait toujours qu'il allait changer. Mais on ne change pas un homme, ma fille, encore moins un infidèle ! » Ils ont divorcé quand j'avais huit ans. Ma mère s'est retrouvée seule. Elle s'est ensuite essayée à d'autres couples, et j'ai eu droit à plusieurs beaux pères. Toujours des échecs cuisants. J'ai donc été éduquée dans l'idée que les hommes ne valent rien. « Tous les mêmes » est sans doute la phrase que j'ai le plus entendue dans ma vie. Mon père était le pire de tous. Elle lui a fait la guerre, elle l'a gagnée, il est sorti de notre vie. Si encore elle s'était arrêtée là... Mais non. Elle m'a malmenée aussi. Elle n'a eu de cesse de se montrer intrusive, de me donner son avis sur tout, de saboter certaines de mes relations (même amicales), de me dire qu'aucun homme ne me mériterait jamais, et surtout que, jamais au grand jamais, je ne devrais faire confiance à un homme. « Elle appartient à la catégorie des mères toxiques », m'a dit fort justement mon psy quand enfin j'ai osé déposer mes fardeaux dans son cabinet.

Le pire, c'est que ma vie amoureuse désastreuse lui a donné raison jusqu'à maintenant. Je ne veux croire à aucun miracle. Et je garde, malgré tout, malgré les regards et les mots de Romain, malgré notre complicité évidente et qui grandit, malgré nos rires et nos baisers, une certaine réserve. Je ne peux pas me lancer à cœur et à corps perdus dans cette histoire sans conserver une méfiance de sécurité. Ne serait-ce que parce qu'à son doigt se trouve toujours l'alliance.

64

J'ai réglé le problème de l'alliance.

Enfin, *réglé*… J'ai trouvé une solution.

Ça faisait plusieurs jours que j'y réfléchissais, que mon cœur balançait entre donner raison à Alba et rester dans le cadre que je me suis fixé. Quatre ans ou pas, pour moi, c'était pareil. Aux yeux des autres, je devais la garder. Après tout, Florence et moi n'avons pas divorcé. C'est la vie qui nous a séparés. L'accident. Nous n'avons pas *choisi* de nous séparer.

J'ai donc pris la décision de retirer mon alliance. Pour Alba, pour la rassurer, pour lui donner le signal qu'elle attend.

Aux autres, à Ally et Léo, à Thomas, à Faustine, à mes parents, je dirai que je l'ai perdue. Ils savent que je l'enlève régulièrement, notamment quand je cuisine. J'ai pensé aussi inventer un truc plus filmique, tragicomique, du genre « J'étais en train de laver mon alliance quand tout à coup elle est tombée dans le lavabo. » Bon, je me suis rallié à une fausse raison moins scabreuse. Je dirai simplement que je l'ai égarée, que je ne comprends pas, que je devais être fatigué, que je l'ai cherchée partout, que je suis incapable de la retrouver.

Ils diront peut-être : « Bah mince alors… » Et certains y verront éventuellement un signe.

Je me demande ce qu'en penserait Florence. De là où elle se trouve, me juge-t-elle ? Vis-à-vis d'elle, je l'avoue, je n'assume qu'à moitié cette fausse disparition.

*

Alba a tout de suite vu l'absence d'alliance. Elle a l'œil ! À croire qu'elle guettait le moment où, enfin, je déciderais de lui accorder la place qui lui revient.

Elle en a plaisanté, m'a dit que j'allais me faire draguer plus facilement, mais elle m'a surtout remercié. Son bonheur de m'avoir « tout entier à elle », comme elle dit, aurait pu me rasséréner et m'emplir de joie. Aurait *dû* sans doute. J'étais heureux mais au fond gisait tout de même une part de culpabilité. Tenace. Indélébile ?

65

Il l'a retirée. Je ne sais pas si ajouter « enfin » serait exagéré. J'attendais tellement ce moment ! Je me sens tout de suite moins « maîtresse d'un homme marié ». Voilà. Romain est veuf depuis quatre ans. Maintenant, il est avec moi, il se tourne vers l'avenir. Je suis un peu rassurée. Plus prête encore à me lancer totalement, et avec confiance, dans cet amour insensé.

Nous ne nous voyons pas assez. Même si mon emploi du temps s'est allégé. Avec la fin des représentations de *Cinémassacre*, je ne travaille plus le soir – hormis hier pour une lecture dans un théâtre parisien. Nous échangeons toujours autant. Et même plus. Nos messages se font plus brûlants et prennent parfois une tournure coquine. L'amour grandit autant que le désir. C'est au fond un jeu très sérieux.

Je me demande quand et comment se passera notre première fois. J'imagine cela très fort. Peut-être même émouvant. Surtout au bout de quatre ans pour lui…

*

Leïla suit mes aventures sentimentales comme un feuilleton. C'est vrai qu'au début j'étais un peu frileuse à l'idée de lui parler de Romain. Peut-être par superstition. Ou pour ne pas la froisser, elle qui revendique une vie sans homme. « Mais c'est bien ! Comme ça, je vis un peu ton bonheur par procuration », m'a-t-elle dit pour m'enjoindre de tout lui raconter. Mon histoire paraît autant l'égayer que l'émouvoir. Ça la change de son existence entièrement vouée à la comédie.

— Et tu vas lui cuisiner quoi ? me demande-t-elle.

— Aucune idée. Je vais miser sur quelque chose de simple pour assurer.

— On va trouver.

Leïla attrape son smartphone et se met en quête d'une recette facile. Il y en a des centaines. Beaucoup trop, donc. Mais Leïla ne se démonte pas et poursuit plus avant ses recherches.

— Tu pourrais faire un crumble salé ? Ce n'est pas compliqué, ça. Ni dans la préparation, ni dans la présentation. Si tu suis la recette, tu y arriveras. Tiens, regarde, là, « crumble de la mer ». Il te faut des poireaux, des crevettes et du saumon. De la farine, du beurre et du parmesan râpé. C'est plus original que tes sacro-saints plats de macaronis. Romain saura reconnaître tes efforts. Un crumble, c'est inratable ! Tu as même une vidéo pour t'expliquer les étapes, notamment la confection de la pâte sablée.

Je ne suis qu'à moitié convaincue. Non par la recette, mais par mes capacités à la réussir.

— Ton point faible, c'est la cuisson, me rappelle mon amie. Surtout, n'oublie pas de mettre un minuteur sur ton téléphone. Te connaissant, tu risques d'avoir l'esprit ailleurs, en plus… ou d'être occupée dans les bras de ton homme.

Je ris. Elle a tellement raison !

66

J'ai rêvé de Florence.

Elle me hurlait dessus : « Mais comment as-tu osé ? Comment tu peux me faire ça ? » À croire qu'elle voit tout. Quand je vous dis que je culpabilise…

Je me suis levé du mauvais pied. Ally et Léo, évidemment, étaient en pleine forme. Je leur ai demandé de se calmer. Ils ne m'ont pas vraiment écouté. Quand ils font les fous comme ça, qu'ils paraissent heureux, ils ressemblent à tous les enfants. Je ne sais pas comment ils parviennent à oublier leur malheur. Ils ont sans doute une capacité de résilience que je n'ai pas. Ils ont mieux fait leur deuil que moi, c'est évident. Je me demande s'ils rêvent de leur mère. C'est arrivé, bien sûr. Puis de moins en moins. Mais cela ne signifie pas pour autant que Florence a disparu de notre quotidien. Nous parlons souvent d'elle, elle existe encore au moins dans nos mots, nos souvenirs.

Florence et moi étions un couple uni. Nous formions une équipe. Solide, aimante, efficace. Il n'était pas – ou plus – question du feu brûlant de la passion. Nous nous aimions, c'est tout. D'une façon évidente, peut-être un peu ronronnante. Douce. Et sans heurts.

Nous pouvions compter l'un sur l'autre. Nous épauler, nous soutenir. Nous étions fiers de la famille que nous avions fondée. Nous étions heureux tout simplement. Mais nous n'avons pas eu beaucoup le temps de vivre ensemble tous les quatre… Je me suis longtemps demandé comment la vie pouvait basculer si vite, pour rien. D'une façon aussi injuste qu'injustifiée. Cruelle. Absurde, finalement. On entend souvent : « Un accident est si vite arrivé. » Mais derrière cette formule banale se cache la dure réalité des mots : un-accident-est-si-*vite*-arrivé. En voiture, on y pense, c'est un peu le lieu *idéal* pour un accident. Mais à la maison… non. À la maison, on se sent en sécurité. Et c'est là que l'accident bête se produit. *Bête*, par son caractère illogique au regard de l'impression de sécurité. L'instant d'avant, vous êtes chez vous, dans votre vie, bien confortable. L'instant d'après, vous avez été projeté dans l'innommable. Écrasé. Broyé. *On/off.* Un clic. La réalité a tranché.

Depuis, je suis en veille : encore abasourdi par ce qui nous est arrivé et qui influence toujours nos vies aujourd'hui.

Certes, je suis à présent libéré des ténèbres de mon puits de détresse. Par la grâce de ma déesse romaine, Alba la belle.

Parfois j'assume, je me dis que j'ai le droit d'être heureux. Après tout… Qu'ai-je à gagner à rester malheureux ? Oui, je me persuade que c'est mon droit. Qu'importe le qu'en-dira-t-on. Et adieu, culpabilité.

Parfois, j'ai mauvaise conscience. Je me juge coupable. Je me condamne.

Je suis un métronome cyclothymique.

67

Le samedi soir, Romain est seul chez lui. Ses parents gardent ses enfants. C'est plus commode, et tout le monde est content.

Alors, maintenant que je n'ai plus ni représentation ni after, il m'est apparu évident que nous pourrions passer la fin de soirée ensemble… et la nuit, même. J'en meurs d'envie. Surtout après cette frénésie de messages pleins de promesses que nous avons échangés.

Cela fait plusieurs jours que nous nous croisons à la va-vite dans un café. Que je pense à une nuit possible avec lui. J'ai envie de temps et de ses bras. J'ai envie de ses baisers, d'un affolement des sens. Du désir qui submerge et réclame son assouvissement. De corps qui se cherchent, qui font connaissance, qui s'apprivoisent, se trouvent, et se consument. Qui ne font plus qu'un.

*

Je lui envoie un SMS : *J'ai envie de toi.* Il le sait déjà, il l'a bien compris. Mais c'est bon de le répéter. Surtout au matin de notre possible première nuit.

Moi aussi, répond-il, peut-être avec trop peu de chaleur. On ne sait jamais vraiment quel ton attribuer à un message écrit. Mais l'absence de point d'exclamation, de points de suspension ou de smiley m'interroge. On dirait qu'il a écrit mécaniquement, occupé ailleurs. Je ne sens pas l'ENVIE dans sa réponse. Pas une envie à la mesure de la mienne en tout cas.

Je réprime cette impression fugace, à coup de « Ne fais pas la fille qui se pose des questions et s'invente des problèmes. » Il devait être débordé. Il doit être déjà aux fourneaux.

Vivement ce soir. Même si la soirée commencera tard.

68

Évidemment que j'ai envie d'elle.

Impossible qu'elle puisse en douter. Je crois le lui avoir suffisamment prouvé, par écrit et physiquement. Il y a des signes qui ne trompent pas… Ça me rappelle la si formidable adolescence… cette période bénie où on peut se retrouver sur la plage avec une protubérance honteuse dans le caleçon, où le moindre slow peut virer au drame intérieur.

À mon âge, c'est différent : on assume et on revendique son désir pour la femme aimée. On en est même plutôt fier. La mécanique est en parfait état de marche, on ne craint pas encore les premiers effets de l'andropause. On se contrôle mieux qu'à vingt ans. On est devenu expert en préliminaires. On sait amener une femme à la jouissance. Bref, normalement, à mon âge, on est sûr de ses capacités d'amant.

Je dis bien *normalement*. Sauf que moi, là, je ne suis plus sûr de rien. Je suis pétrifié par le trac et la peur de la panne. Je me mets une telle pression ! Comprenez-moi : j'ai été avec Florence pendant quinze ans, et depuis quatre ans je suis *abstinent*. Ça fait dix-neuf ans que je n'ai pas eu une nouvelle femme dans mon lit. Dix-neuf ans ! Ce n'est pas tant que j'ai peur de ne pas savoir m'y prendre – quoique chaque femme a un mode d'emploi qui lui est propre. C'est que j'ai peur que mon cher appendice ne se montre pas coopérant. Et que, de fait, je sois relégué au rang des mecs qui n'assurent pas. Alors que je voudrais la faire grimper aux rideaux par la voie royale.

Bref. Sans rire, ça me gâche un peu le plaisir, déjà. Je vois bien qu'Alba cherche à me chauffer par ses messages… et j'adore entrer dans son jeu. Mais j'ai aussi l'impression que je vais la décevoir. Alors, je suis tenté de faire baisser la température. Comme l'autre jour, chez elle, lorsque j'ai stoppé notre élan.

Je me dis que je devrais lui parler de tout ça. Ce n'est pas dégradant, après tout. C'est humain. C'est juste que ce n'est pas facile à dire. Je ne sais pas trop comment aborder le sujet.

Résultat, c'est idiot : je vais aller chez elle ce soir la peur au ventre, alors que je devrais être tout à la joie de cette première fois.

69

Romain parvient toujours à me surprendre. À 23 h 10, il m'a envoyé ce message : *Je sors du restaurant. Je passe chez moi me rafraîchir et j'arrive.* À 23 h 24, j'en ai reçu un autre : *Je suis le plus heureux des hommes à l'idée de cette nuit avec toi. Mais… j'appréhende un peu. Après quatre ans sans sexe, qui succédaient à quinze ans avec la même femme, je me fais figure de débutant. Pas certain que tout fonctionne comme j'aimerais.*

Ah, les hommes et leur manie de réduire la sexualité à de la mécanique… Comme si ça se résumait à l'utilisation adéquate d'un équipement de pointe. Pour autant, je sais déjà que Romain n'entre pas exactement dans cette catégorie. Je me doute que, s'il en parle ainsi, juste avant, c'est que la question l'inquiète. C'est tellement normal… Pour moi, il n'en est que plus touchant. Plus humain. Plus l'homme que j'aime un peu plus chaque jour.

Alors, quand il se tient devant moi, enfin, à ma porte, je n'ai qu'une envie, le rassurer. Je l'embrasse et je lui murmure des « Tu n'as pas à avoir peur », « Il n'y a aucune obligation de rien », « On peut attendre »,

« C'est déjà formidable que tu sois là, que nous puissions dormir ensemble », « Et puis si ça ne marche pas cette fois, ce n'est pas grave, il y aura plein d'autres fois ». Je ne force rien. Mes mots s'échappent naturellement. L'important n'est pas la réponse à la question « Va-t-il y arriver ? » L'important, c'est tout le reste. Le bonheur d'être ensemble, de découvrir le corps de l'autre, de se faire du bien.

Je lui propose un verre de vin. Nous avons déjà dîné. Mais j'ai envie de commencer cette fin de soirée comme ça, dans mon salon. Tranquillement discuter. Prendre le temps. Je constate avec satisfaction que Romain se détend. Mon accueil, mes paroles, ce petit moment contribuent à le rassurer, je pense.

On se sourit comme deux ados timides qui savent ce qui va se passer ensuite. Qui ont le trac. Découvrir un autre corps et se laisser découvrir par de nouveaux yeux est une aventure en soi. J'imagine aisément combien ce doit être troublant pour lui après toutes ces années. J'ai l'impression d'être chargée d'une mission, d'être l'élue. Je me sens touchée, honorée, responsable, amoureuse.

70

Alba est vraiment une déesse.

Elle est noble de cœur dans un corps magnifique. Je n'en avais jamais douté. Je lui ai toujours trouvé une jolie silhouette, ni trop pulpeuse ni trop menue. J'ai découvert un corps, à mes yeux, parfait. J'ai aimé son odeur, son grain de peau. Sa façon de se comporter, ni trop passive, ni trop entreprenante. Elle est juste parfaite, parfaite pour moi.

Nous n'avons pas beaucoup dormi. Le contraire vous aurait étonné, je suppose. Et j'imagine que vous mourez d'envie de savoir ce qui s'est passé. Le suspense est à son comble, les yeux de mes lecteurs sont rivés à mes lignes ! La réponse est : il ne s'est rien passé. Enfin *rien*… au sens où vous l'entendez. Parce que c'était parfait ainsi. Oui, oui, parfait, et je pèse mes mots – je vous vois sceptiques, l'air de ne pas y croire.

Alors, pour aller dans votre sens, j'avoue, il y a eu un moment que je n'ai pas aimé. Un seul. Après que l'on s'est embrassés, déshabillés et retrouvés nus sur son lit, Alba m'a proposé une séance de massage. « Pour te détendre après ta longue journée de travail. »

J'adore les massages – mais qui n'aime pas ça ? Elle m'a sorti tout un attirail, huiles, plumes, objets en bois, pierres volcaniques… J'ai eu l'impression plutôt réjouissante d'être chez une experte en la matière. Alba serait-elle une déesse du sexe tantrique, aussi ? Elle a commencé à me masser. C'était très agréable. J'étais vraiment en mode détente. Un vrai plaisir. Jusqu'à un moment où le plaisir s'est transformé en douleur intense. J'ai hurlé, j'ai fait un bond, mes amis ! Je crois que j'ai décollé du lit. Alba, Alba, mais comment as-tu pu faire ça ? La pauvre était désolée. « Pardon, pardon, pardon », gémissait-elle, contrite. Elle s'était mis en tête de m'accorder le plaisir d'un massage aux pierres chaudes. Ça, pour être chaudes, elles étaient chaudes ! *Brûlantes* serait plus juste.

— J'ai dû me tromper dans le temps de chauffe…

Explication fort plausible. Je m'en suis sorti avec une brûlure au second degré. Et si par hasard vous vous demandiez comment Alba ne s'est pas brûlé les doigts avant de me poser la pierre sur le dos, je vous le donne en mille : elle avait pris une serviette !… pour ses doigts plus délicats que ma carapace dorsale.

Quelque chose me dit que je ne suis pas au bout de mes surprises avec Alba, ma déesse… de la maladresse.

71

Romain est parti vers 9 heures après un petit déjeuner au lit comme je n'en avais encore jamais vécu.

Je me prélasse sous la couette, je paresse. Je profite de la chaleur douillette de cette matinée pas comme les autres. Celle qui suit une première nuit d'amour. Quelle jolie, quelle merveilleuse nuit. J'en veux d'autres pareilles. Même si elles seront sans doute toutes différentes. Pareilles en douceur, en fièvre, en désir, en amour. Romain ajouterait sans doute: « Mais sans les pierres chaudes ! » Le pauvre… Je voulais le relaxer, le détendre, l'éveiller à la sensualité. À un moment, je me suis clairement loupée. Quelle idiote je suis… Toute à mes massages et mes caresses, j'ai oublié que le temps filait. Résultat: une cloque énorme ! Et bien sûr, mon tube de Biafine était introuvable. J'ai mal pour lui.

Encore un nouvel élément à charge à ajouter à la longue liste de mes gaffes et autres maladresses… Cela restera dans nos annales de couple. On en rira, j'en suis sûre. On en riait déjà au réveil.

Romain n'est pas rancunier.

Il fait beau, dehors. Une journée de fin d'automne

lumineuse, où le bleu du ciel contraste avec le brun des quelques feuilles sur les arbres. Il doit faire froid. Il a gelé cette nuit. C'est le temps que j'aime pour me promener. J'ai envie d'une balade en forêt. Je vais appeler Leïla, voir si elle est disponible. Il faut aussi que je continue à apprendre mes textes de *La Mastication*. Et que je relise le début du roman que j'enregistre à partir de la semaine prochaine. Après le roman à classer dans les comédies que j'ai enregistré la semaine dernière, je vais m'essayer à un genre nouveau, qui m'effraie un peu : la romance érotique. Je ne suis pas cliente de ce genre de bouquins en tant que lectrice. Mais je me suis dit que, professionnellement, ce pourrait être intéressant. Une sorte de challenge. J'espère que je ne m'en sortirai pas trop mal, que je relèverai le défi. Que l'ingénieur du son ne va pas trop me pousser dans mes retranchements. Que ses consignes seront claires et compréhensibles. Pas comme celui de la semaine dernière, qui me disait : « Ce personnage, niveau vocal, je veux que tu me le fasses *New York.* » New York ? Quèsaco ? J'avais beau alterner mes propositions pour toucher au but fixé, apparemment ça n'était pas suffisamment *New York*.

Et puis, il faut que je réfléchisse à mon menu du déjeuner pour demain... que je me prépare mentalement, surtout. Et que je pense « juste cuisson » et « minuteur ».

72

J'allais découvrir Alba en cuisinière.

J'avais hâte de voir le résultat. J'étais touché qu'elle ait cédé à ma demande et persuadé que son pessimisme n'était qu'une façade, qu'elle était bien plus capable qu'elle ne voulait le laisser croire. Je suis arrivé confiant.

Quand elle m'a ouvert la porte, j'ai vu dans ses yeux, dans son attitude générale, dans ses mouvements saccadés qu'elle était complètement stressée. « Détends-toi », lui ai-je dit en malaxant ses épaules. Je la trouvais touchante de fragilité culinaire. « Tu veux un massage aux pierres chaudes ? », ai-je proposé. Elle m'a regardé, l'air ahuri, puis on a éclaté de rire. On sait tous les deux maintenant que ce truc est plus dangereux que relaxant et incontestablement à réserver aux professionnels.

La table était dressée. J'ai noté un effort louable dans la vaisselle qu'elle m'a avoué avoir achetée le matin même.

— Il ne fallait pas te mettre la pression comme ça…

— Mais bien sûr que si. Cuisiner pour toi, en soi, c'est flippant. Tes amis ne te l'ont jamais dit ?

— Non.

J'ai menti un peu. Bien sûr que certains avouent quelques complexes et s'excusent d'avance du manque d'ambition de leurs plats.

Elle m'a mis une bouteille de vin dans les mains avec pour mission de l'ouvrir. Son tire-bouchon est proche de la fin. Il faudra que je lui en offre un.

Parallèlement, elle s'affairait sur son téléphone, qu'elle a brandi ensuite triomphalement, en s'écriant :

— J'ai enclenché le minuteur !

Elle a pensé à tout pour ne pas se louper. Je ne vois pas comment sa cuisson pourrait être ratée.

Après un petit apéritif, nous avons attaqué l'entrée. Une salade de crudités. Avec des tomates sans goût (normal, en décembre), des tranches de concombre trop épaisses, des échalotes taillées n'importe comment et une vinaigrette trop vinaigrée.

— J'ai fait simple pour l'entrée, j'avoue. Mais pour le plat, je te le promets, j'ai essayé de me surpasser.

J'ai souri.

À un moment, une légère odeur de brûlé s'est mise à chatouiller mes narines.

— Il reste quinze minutes de cuisson, a clamé Alba, l'œil sur son téléphone et l'air sûre d'elle.

— Tu as peut-être quelque chose qui a coulé au fond de ton four et qui brûle.

C'était tout à fait possible, après tout. Elle ne s'est pas levée. Sûre d'elle, disais-je.

Nous avons continué de discuter, mais l'odeur devenait plus explicite. Je n'osais pas m'en mêler, mais moi, tout à fait entre nous, je serais allé voir. Au bout d'un moment, j'ai quand même dit :

— Tu sais, Alba, ce n'est pas une honte de vérifier la cuisson d'un plat. C'est même une chose qui se fait tout le temps !

Elle a grimacé un peu, mais a obtempéré. Est allée voir son four. A poussé un cri.

— La porte est bloquée, et ça fume à l'intérieur !

En deux secondes, j'étais à ses côtés. Romain le Sauveur était là. La porte était en effet bloquée.

— Tu n'aurais pas...

J'ai suspendu ma phrase pour vérifier avant. Si oui, c'était vraiment gros...

— Ah, mais si... Alba, tu as mis le four sur pyrolyse !

— Mais non ? Mais c'est pas possible...

Elle était consternée.

Le programme était lancé, le four inarrêtable. Je suis parti en quête de son compteur pour faire disjoncter l'appareil. Pas mieux : la machine ne voulait rien entendre. Nous avons donc contemplé en silence, ahuris, la suite de l'autonettoyage du four. Triste spectacle qui allait finir par rendre un crumble de la mer complètement cramé... un *crâm-ble* en bonne et due forme. Pas sûr que cette invention trouve sa place dans les annales de la cuisine à la manière de la tarte des sœurs Tatin.

Je n'avais même plus les mots pour consoler Alba. Elle qui s'était donné tant de peine pour me plaire, satisfaire mes papilles et peut-être même m'épater...

73

Je suis consternante, d'une force qui frise le pathétique ! Dans ma tête, je me traitais de tous les noms. « Nouille », « cruche », « pauvre idiote »... même pas capable de régler le four correctement. Je ne l'utilise peut-être pas tous les jours, ou même toutes les semaines, mais enfin je sais quand même lancer la cuisson ! Là, ça devait être le stress. Moi qui voulais me surpasser, pfff... c'est raté. Calamity Alba, c'est moi. Non, mais franchement... Je savais que j'étais nulle en cuisine, mais là, je suis passée en « hors catégorie », celle où rivalise la crème des pires cuisiniers en herbe. Même quand je m'applique et que je donne tout, ça part en vrille. Romain me fait perdre mes moyens. Je repense à ma cascade de l'autre jour... Elle n'était rien au regard de ma spectaculaire chute culinaire en direct devant mon restaurateur préféré.

Nous avons attendu que le four veuille bien arrêter son funeste carnage avant de l'ouvrir. De la fumée s'est échappée de la bête. Le détecteur du plafond a aussitôt retenti, en furie. Il ne manquait plus que ça... On a ouvert grand les fenêtres. Le froid s'est engouffré pour nous sauver de l'asphyxie. Vraiment, un moment de séduction à son summum.

Quand la sonnerie qui vrillait nos tympans s'est enfin tue, Romain a sorti le plat et l'a posé sur les plaques vitro… Mon crumble n'était plus qu'un amas noir sans aucun intérêt. Moche, à l'odeur désagréable. Romain a pris une fourchette pour gratter la surface et creuser un peu. Pour voir si la sous-couche avait été épargnée. S'il y avait quelque chose à sauver. Il a porté le couvert à sa bouche.

— Tu ne vas pas manger ça ?

J'ai presque crié. Ce truc devait être hautement cancérigène. La peine que je m'étais donnée ne méritait pas qu'on se rende malade en ingérant ce mets infâme. C'est ce que j'ai dit à Romain. Il semblait au moins aussi peiné que moi, mais s'est résigné.

— Je suis sûr qu'il aurait été délicieux.

Je n'en étais même pas certaine, le poireau avait trop cuit et fini en bouillie. Qu'y a-t-il de pire : un plat immangeable par utilisation honteuse de la pyrolyse ou un plat intrinsèquement immangeable ?

— Ce n'est pas grave… m'a réconfortée Romain. Tu as prévu un dessert ?

— Oui. De la mousse au chocolat.

— J'adore la mousse au chocolat ! s'est-il exclamé avec un maximum d'enthousiasme pour me rassurer.

J'ai sorti du frigo le moule à gâteau dans lequel je l'avais mise à prendre. Je l'ai posé sur la table, après un trajet où j'ai vu son contenu vaciller. Une vague plus grosse encore s'est formée à la surface.

Une mousse au chocolat liquide, c'est une mousse ratée. J'ai certes un niveau passable en cuisine, mais je sais au moins ça. J'ai dû la préparer trop tard. Il y avait un peu de jaune dans les blancs, aussi, peut-être... et je crois que j'ai oublié la fameuse pincée de sel.

Bilan de cette tentative de séduction par la cuisine : une catastrophe.

On ne m'y reprendra pas de sitôt.

74

Alba est incroyable.

À tous points de vue. Capable du meilleur comme du pire. Majestueuse sur un piédestal ou piteuse au sol. Formidable masseuse, tortionnaire l'instant d'après. Cuisinière aux intentions louables, saboteuse acharnée. Elle est extraordinaire par essence. Imprévisible, et j'adore ça. Elle arrive à m'étonner chaque jour. Et surtout, elle me fait rire.

Franchement, de vous à moi, j'ai failli exploser de rire avec la mousse au chocolat. Quand elle a voulu m'en servir une grosse cuillère joliment bombée, que la mousse a coulé de partout, pour finir dans mon assiette comme une bouse… que j'ai vu son air minable, croyez-moi, j'avais plus envie de rire qu'autre chose. Mais peut-être l'aurait-elle mal pris. Je n'ai pas eu envie d'en rajouter. Je l'ai rassurée, enfin… *rassurée*, du moins j'ai essayé. Je lui ai dit que ce n'était pas grave, que ça arrive à tout le monde de rater, que sa mousse était bonne quand même puisqu'il n'y avait que de bonnes choses dedans. Elle a souri, mais les larmes n'étaient pas très loin, j'ai l'impression.

Je lui ai dit que je m'en voulais, que je n'aurais peut-être pas dû la mettre au défi, que c'est moi qui étais nul…

— Avoue que tu n'imaginais pas à quel point j'étais capable de tout gâcher… Ce n'est pas faute de t'avoir prévenu, pourtant.

Je l'ai prise dans mes bras. Je l'ai embrassée.

Et puis, on a tout oublié. Son crumble cuit à la pyrolyse, sa vinaigrette trop piquante, sa mousse au chocolat pas mousseuse, ses déboires, et mes peurs de mec. Le désir a remis nos compteurs à zéro.

On a fait l'amour dans son salon.

Et c'était aussi incroyable qu'elle.

75

Mes désastres culinaires ont vite été oubliés. Romain a su me changer les idées d'une façon que je n'aurais pas imaginée. Nous sommes passés sans transition d'une fin de dégustation affligeante – ma mousse au chocolat m'a anéantie – à une scène d'amour de haute volée. Je crois qu'il avait envie de me consoler, et cela s'est mué en désir fou l'un pour l'autre. Quelques baisers brûlants plus tard, nous étions nus sur mon canapé. C'était comme ça devait être : passionné, irréfléchi, spontané. Et très réussi. Je crois que Romain n'a pas eu le temps d'avoir peur.

Nous étions tellement heureux après.

Nous sommes restés longtemps l'un contre l'autre. C'était doux et fort à la fois.

Puis il a fallu qu'il parte. Je n'avais pas envie qu'il s'en aille. J'aurais voulu aller avec lui jusqu'à l'école, à son bras. Récupérer ses enfants avec lui. Goûter avec eux chez lui. Ressembler à une famille.

Je dis cela, mais c'est faux. J'avais juste envie de ne pas le quitter. De rester avec lui. De l'avoir tout à moi. De partager le dîner avec lui, de passer la soirée dans ses bras. De faire l'amour, encore.

Il venait de partir et il me manquait déjà. Je balançais entre le plaisir de cette sensation aussi douce que douloureuse et l'envie de me sermonner, de me rappeler à l'ordre. Je voudrais être capable de me raisonner, de prendre du recul. De ne pas tomber éperdument amoureuse, même. Je m'étais suffisamment mise en garde pour que ça n'arrive pas, je pensais que c'était la meilleure manière de me protéger. Mais Romain est arrivé, et avec lui un tourbillon irrésistible duquel il est difficile de s'extraire. Je me sens aspirée par une force invisible, aussi forte qu'une drogue. Je ne veux pas en sortir, je me sens tellement bien ! Pour autant, je pressens que le sevrage pourrait être terrible.

J'ai l'impression que je me suis jetée dans la gueule du loup avec la naïveté du Petit Chaperon rouge. L'amour me mangera toute crue.

76

Un matin comme un autre, au restaurant.

— Mais… Tu ne portes plus ton alliance ? me demande soudain Thomas, venu dans mon bureau pour une question de stocks.

— Figure-toi que je l'ai perdue…

Je dis cette phrase longuement répétée peut-être un peu trop vite, mais avec le plus de naturel possible. Et avec l'air peiné qui doit l'accompagner. Je développe un peu, lui racontant comment j'ai constaté sa disparition et mes recherches. Pour un peu j'y croirais.

— Bah mince, alors…

— Oui. J'ai du mal à m'habituer à cette idée et à ne plus la voir à mon doigt.

Ce qui est en soi la stricte vérité. Thomas me regarde d'une étrange manière. Comme s'il avait flairé la supercherie. Il semble vouloir ajouter quelque chose mais s'abstient aussitôt. Peut-être trouve-t-il étonnant que je ne lui aie pas, de moi-même, relaté cet épisode fâcheux ? Il retourne en cuisine sans un mot de plus. Je pousse un soupir, mais ça n'est pas du soulagement.

*

Quelques jours plus tard. Même lieu ou presque. Nous sommes dans la cuisine du restaurant. Je suis à la recherche de nouveaux plats pour la carte des menus de l'hiver. En pleine frénésie culinaire. Je teste de nouvelles associations, je prends des notes, je griffonne, je dessine les assiettes, en quête de nouvelles saveurs et de dressages élaborés. Je suis en mode cuisinier-artiste-ingénieur… totalement habité par mon art, emporté dans le souffle de la création. On dirait le de Vinci de la cuisine. Thomas me regarde, amusé.

— Ça a l'air d'aller toi en ce moment.

Ce n'est pas une question. Il constate simplement. Je dois être trop enthousiaste. Inhabituellement motivé. Bizarrement rattrapé par la passion de la cuisine… Comme aux premiers temps du restaurant. À voir l'air méfiant de Thomas, j'en conclus que l'attitude normale d'hier est devenue suspecte. Je ne sais pas quoi dire. Mon bonheur intérieur est visiblement trop visible… Alba et tout ce qui se passe avec elle me rendent heureux. J'ai retrouvé l'envie de cuisiner en même temps que la libido. Ça doit être lié. Je ne voudrais pas que Thomas en arrive à une sorte d'addition du style :

un Romain énergique et souriant + une alliance disparue = mon ami me cache quelque chose.

— Ça va pas mal, oui.

— Je t'ai connu plus déprimé à cette période de l'année…

Il doit faire référence à Noël qui arrive dans quelques jours. Depuis le départ de Florence, je déteste Noël.

— C'est vrai. Peut-être que je commence à accepter l'inacceptable…

— Et ça n'a rien à voir, bien sûr, avec le fait d'avoir perdu ton alliance ?

Sa question me laisse pantois.

— Non, bien sûr. Ou alors mon inconscient me joue des tours et a décidé de me donner une leçon…

Je trouve ma réplique plutôt habile.

— Peut-être… Bon, en tout cas, c'est bien que tu aies retrouvé l'envie de cuisiner. Moi ça me va parfaitement, conclut Thomas d'un air satisfait.

Je souris. Pour la façade. Car mon ami a des doutes. Il *sait* que je ne lui dis pas tout.

77

J'ai bouclé l'enregistrement du livre audio érotique. Je ne sais pas si je renouvellerai l'expérience… Déjà, c'était dans un studio à Paris, où je n'étais jamais allée, où je ne connaissais pas les techniciens. J'aurais été plus à l'aise avec Adrien, par exemple. Nous travaillons souvent ensemble, et c'est toujours sympa. On peut se permettre de rire un peu, de relâcher la pression, pour mieux repartir ensuite. C'est ce que je préfère, travailler sérieusement sans se prendre au sérieux. Avec Adrien, ça se passe comme ça. Et j'adore… Parce que lire pour l'adaptation d'un texte en livre audio est loin d'être aussi simple qu'il y paraît. Il faut s'approprier le texte, se mettre à son service sans l'envahir, lui donner vie, incarner les personnages sans les surinterpréter, pour octroyer un rôle au lecteur, laisser libre cours à son imagination. Il faut donc savoir placer le curseur. Et s'adapter au genre, au registre. Donner au texte la voix qui lui convient, naturelle, claire, vivante, mais ni trop énergique ni soporifique. Il faut surtout garder une concentration maximale pour ne pas trébucher sur le texte, jongler avec les voix des personnages, donner à chaque phrase, à chaque mot, la bonne intention, la bonne intonation… Il faut aussi se remettre en question lors des reprises, nuancer sa proposition pour coller au plus près du résultat attendu. Il arrive que je redise la même phrase six ou sept fois. C'est une mobilisation de tous les instants et terriblement fatigant. Je ressors souvent exténuée des sessions d'enregistrement. Plus encore quand il a fallu jouer, donc éprouver, vivre des émotions fortes. Lire, c'est jouer. Raison pour laquelle la tâche est en général réservée à des comédiens professionnels. Et le livre, au final, est une savante rencontre entre l'auteur et son texte, le comédien qui le lit et l'auditeur. L'ingénieur du son et le directeur artistique, quand il est là, sont aussi déterminants. On peut être bien guidé, bien dirigé… ou pas.

Tout n'est pas qu'une histoire de technique. Moi, je vis le texte.

Alors, évidemment, cette fois, c'était un peu différent. D'autant plus que, exceptionnellement, je me retrouvais dans la même pièce que l'ingé son. Une promiscuité insolite et perturbante pour moi qui n'avais encore jamais eu à prononcer dans ce contexte certains de ces mots, pour le moins salaces. Il n'arrêtait pas de me couper pour me faire recommencer : « Reprends à *entre les cuisses* », « Articule mieux sur *turgescent* ». « Plus chaude, la voix », répétait-il souvent. Il me demandait de jouer les gémissements… comme si c'était une obligation d'en rajouter. Je me suis vraiment demandé s'il ne prenait pas un malin plaisir à me mettre mal à l'aise… ou du plaisir tout court par le truchement de ce texte et de ma voix.

Je suis sortie de cette expérience de quatre jours

avec une impression plutôt désagréable et l'envie de ne jamais recommencer. À vrai dire, je n'ai simplement pas dû tomber sur le bon studio ni la bonne personne. Avec Adrien, tout se serait bien passé. On aurait bien ri, je crois. Un peu comme avec Romain, quand il m'a demandé de lui lire un extrait pour me donner son avis, le soir du premier jour d'enregistrement. Bon… il m'a rapidement interrompue pour passer aux travaux pratiques.

78

Noël est là.

Ally et Léo sont étrangement heureux. Pas *étrangement*, non, parce que ce sont avant tout des enfants qui vivent encore cette période comme une fête et qui se réjouissent à la perspective des cadeaux. Ce que je veux dire, c'est qu'ils arrivent à oublier l'absence de leur mère au pire moment de l'année. Cela dit, si j'y réfléchis un peu, ils n'ont jamais connu de Noël avec Florence. Ou si peu, et ils étaient trop jeunes pour s'en souvenir. Ils n'ont pas la nostalgie que j'en ai. Même s'ils affirment, comme pour faire écho à mon blues : « Ça aurait été bien qu'elle soit avec nous. »

La magie de Noël a décoré les rues et même mon intérieur. Merci à mes enfants pour leur goût très discutable en la matière et merci aux enseignants pour leur contribution. La magie de Noël a donc tenté de s'infiltrer dans les cœurs. Mais le mien est imperméable depuis quatre ans. Pire, cette année, je dois ajouter à l'absence de Florence celle d'Alba. Pensée relativement indécente que je me garde de révéler.

Évidemment, je ne parle de ma belle Romaine à

personne. Alors que j'aimerais bien partager mon bonheur coupable, pouvoir dire à Thomas : « Elle est géniale », « Cela fait si longtemps que je ne me suis pas senti aussi heureux » ou, plus hardi : « Je sors avec une déesse de la beauté qui s'avère aussi une déesse du sexe. » Mais je ne peux rien dire.

Et cette année, ce réveillon, ce Noël chez mes parents, sans elle mais étrangement avec elle, je ne peux m'empêcher de l'y imaginer… Elle serait arrivée dans son beau manteau noir, sous lequel elle aurait porté une jolie robe cintrée au décolleté aussi seyant que sobre, souriante, charmante, divine. Elle aurait fait l'unanimité dans ma famille, c'est sûr. Ils l'auraient adoptée. Les enfants aussi. Et dans les regards, j'aurais lu des : « Elle est parfaite, tu l'as bien choisie. » Je me joue un film, une fois de plus, alors que je ne suis pas sans savoir que tout ça n'est que de l'ordre du fantasme, que cela n'arrivera pas. Et je me pince pour me punir de m'infliger ça. Et de *lui* infliger ça, puisque moi je *sais* que nous ne fêterons jamais Noël en famille.

L'autre jour, Alba m'a annoncé qu'elle aimerait offrir un cadeau à mes enfants. J'ai répondu que c'était inutile. Et surtout gênant. Têtue ou déterminée ? Hier, elle m'a tendu deux paquets. « Tu n'auras qu'à leur raconter que c'est de la part d'une amie… ou bien les mettre au pied du sapin de manière anonyme, comme si c'était de toi. » Je n'ai pas pu refuser. Mettez-vous à ma place. Elle avait l'air si heureuse. Je ne pouvais pas lui gâcher son plaisir. D'autant que même si je n'en ai rien montré, son geste m'a touché.

Même s'il est pour moi impossible d'imposer à mes enfants une autre femme que leur mère.

Alba mérite tellement plus que ce que je peux lui donner.

79

Je n'aime pas vraiment Noël. Cette année, pas plus que les autres. Je ne crois pas avoir jamais aimé cette période soi-disant magique. Magique pour qui ? Pas pour la fillette dont les parents se déchiraient, ni pour celle qui a perdu toute trace de son père, encore moins plus tard pour la jeune fille contrainte de fêter Noël entre une mère complexe et des grands-parents sans cœur. L'âge adulte et l'émancipation aidant, celle qui est devenue une femme a alterné diverses versions : avec le mec du moment, avec sa mère quand elle cédait à son chantage affectif, dans la famille de Leïla, qui ne fêtait pas Noël mais l'accueillait toujours avec chaleur et moult mets orientaux dont elle se gavait jusqu'à ne plus pouvoir rien avaler.

Cette année, dans mes rêves les plus fous, j'aurais fêté Noël avec mon amoureux, dans sa famille. Avec sa sœur, son frère, ses parents, ses enfants…

Mais ça ne sera pas pour cette année. C'est évidemment trop tôt. Même si nous sommes ensemble depuis plusieurs semaines, même si nous nous disons

« Je t'aime » depuis quelques jours, même si rien ne s'oppose à notre relation. Rien, hormis sa volonté de discrétion et de respect vis-à-vis de ses enfants. Je n'ai pour l'instant qu'une existence silencieuse. Secrète même, peut-être. L'autre jour, je lui ai demandé s'il parlait de moi, de nous, à quelqu'un. Il a botté en touche. M'a répondu, comme pour se justifier, qu'il n'assumait pas encore tout à fait le regard des autres sur la fin de son veuvage, que chaque chose viendrait en son temps. Il a ajouté, l'air amoureux : « De toute façon, je préfère te garder pour moi tout seul. »

Admettons… J'imagine qu'un jour cette situation me pèsera. Que j'aurai envie de crier au monde entier, à ses enfants, ses amis, sa famille : « Nous nous aimons et nous sommes heureux. »

En attendant, nous fêtons Noël séparément. Lui, dans sa famille. Moi, chez moi. Je n'avais aucune envie de trouver un pis-aller à l'impossibilité de vivre cette soirée avec mon amoureux. Pas même d'aller chez les parents de Leïla. Encore moins de devoir supporter ma mère et ses discours. Elle a trouvé refuge chez des amis, comme chacune de ces dernières années. Noël n'a donc chez nous rien d'une fête de « famille ». C'est bien triste que notre relation se soit dégradée au point de le célébrer chacune de son côté. Mais c'est ainsi, et je me console en jugeant, à raison, qu'elle n'a récolté que ce qu'elle a semé. Je refuse de culpabiliser.

Pour le réveillon, je me suis fait un petit plateau télé avec des gourmandises salées et sucrées de mon fournisseur de surgelés préféré.

Je ne sais pas si c'est un Noël triste parce que solitaire ou un Noël heureux parce que cette année, j'ai rencontré l'homme de ma vie. Je penche pour la deuxième option. Et je supplie le ciel et l'univers que nous soyons réunis dans un an.

80

J'ai encore frappé fort.

Et marqué des points, je crois.

Ce matin, au petit déjeuner de ce jour de Noël, après une soirée de réveillon plutôt réussie, je dois l'admettre, j'ai eu une illumination.

— J'ai complètement oublié ! J'avais promis à Thomas de lui apporter mes moules à mini-crèmes brûlées… Il en a besoin.

Je me mords la lèvre… Si je lui laisse le temps de réfléchir, ma mère va s'étonner qu'il n'aille pas se servir dans la cuisine du restaurant.

— Le jour de Noël ? a-t-elle demandé, d'un air soupçonneux.

— Oui, justement, le jour de Noël, maman. Je n'en ai pas pour longtemps. Je serai là pour le déjeuner.

— Encore heureux ! s'exclame-t-elle. Parce que c'est Noël, quand même…

— Des fois que j'aurais oublié. Promis. J'en profiterai pour passer à la boulangerie, comme ça, tu n'auras pas à y aller.

— Je vais avec toi ! s'écrie Faustine avec énergie.

Le grain de sable que je n'avais pas vu venir. Ma

sœur a le don de me compliquer la vie. Je feins de ne pas l'avoir entendue et me dirige vers la porte d'entrée. Faustine me suit, du genre tenace.

— S'il te plaît, Faustine... Laisse-moi y aller seul.

Elle me regarde en croisant les bras.

— C'est une mission capitale, de la plus haute importance, nécessitant toute mon attention, et de laquelle je ne peux me défausser... dis-je solennellement, main sur le cœur. Tu seras plus utile ici, avec Ally et Léo, qui seront bien contents de te trouver là à leur réveil...

— On t'attend pour les cadeaux ?

— Évidemment, quelle question !

Elle me trouve un peu cruel vis-à-vis des enfants, qui vont devoir patienter. Mais je pars, tel un preux chevalier qui ne peut déroger à sa mission. C'est fou comme l'humour peut sauver de certaines situations.

*

C'est ainsi que je me suis retrouvé sur les coups de 10 heures à la porte de l'immeuble d'Alba. Je craignais de la réveiller. Mais pas du tout. Elle était même déjà habillée.

Me découvrant avec un bouquet de fleurs plus large que moi, elle m'a sauté au cou. J'ai à peine eu le temps de lui dire : « Je ne voulais pas passer Noël sans toi. »

Son bonheur n'avait d'égal que sa surprise.

— Je n'en reviens pas que tu sois là ! Comment as-tu fait ? m'a-t-elle demandé après un long baiser.

— Oh, pas grand-chose... J'ai juste ficelé et bâillonné toute la famille...

Elle a ri.

— Non, j'ai inventé une parade en rapport avec Thomas... Un truc pas hyper crédible, mais mis à la sauce chevalier qui a une mission à accomplir, c'est passé. Je voulais tellement te voir ! Et ça me fait mal de penser que tu étais seule hier soir...

— Ça a été, Picard a assuré grave et la soirée a passé vite. Pour aujourd'hui, ne t'inquiète pas, mon ex m'a promis de venir déjeuner avec moi.

J'ai dû faire une de ces têtes... Alba n'a pu s'empêcher de rire.

— Mais non : Leïla arrive vers midi, avec toutes sortes de spécialités marocaines. Je sens que je vais encore trop manger... surtout les cornes de gazelle, j'adore ça.

— Moi aussi...

— Je t'en mettrai de côté... s'il en reste, ajoute-t-elle en riant.

Je la remercie, et j'enchaîne avec malice :

— Tu sais ce qu'on dit du câlin de Noël ?

Alba feint de réfléchir un instant.

— Non... ?

— Câlin de Noël... la vie est belle.

Je l'attire contre moi, elle rit encore. Dans ses yeux pétille déjà le désir qu'elle a pour moi.

81

Je ne pourrais plus dire ou penser que j'ai passé Noël sans Romain. Sa venue surprise, son bouquet, le collier qu'il m'a offert et ce câlin de Noël « la vie est belle »… m'ont autant touchée que rassurée. Tout dans ses attentions signifie qu'il tient à moi, que je suis importante pour lui, que notre NOUS, quel qu'il soit, compte. Il m'arrive de me demander si nous sommes un couple, puisque nous n'avons ni toit commun, ni projets, ni même existence officielle. Je voudrais bien que cela évolue. Mais je me raisonne en m'exhortant à la patience. Chaque chose en son temps, me disait souvent ma tante chionosphéréphile.

Néanmoins, à l'aube de la nouvelle année, une idée me vient en tête dans la perspective d'apporter un peu de nouveauté à notre relation. Elle m'est venue d'un simple constat : Romain et moi ne nous voyons que tous les deux. Depuis des semaines. Depuis le début. J'aimerais beaucoup partager avec lui un semblant de vie sociale. Même discrète !

Leïla me semble tout indiquée pour un premier dîner à trois. C'est vrai, ils se sont déjà vus et surtout elle est au courant de toute l'histoire. Je ne crois pas que Romain ait une quelconque version masculine (ou même féminine) de Leïla. Il n'a encore osé parler de nous à personne, ce qui, je l'avoue, m'interroge quelque peu. Me garder tout entière pour lui ? La formule est facile et peut-être trop pratique. Je ne comprends pas qu'il n'ait pas envie, à défaut de le crier sur tous les toits, de parler de moi, de nous, ne serait-ce qu'à un seul ami proche. Je sais que les hommes sont peut-être moins enclins aux confidences que les femmes – encore que… Mais quand même. Comment peut-il garder tout cela pour lui ? Pourquoi n'aurait-il pas envie de partager son bonheur tout neuf avec quelqu'un ? Et après ce qu'il a vécu, ses proches ne seraient-ils pas heureux pour lui ?

Quoi qu'il en soit, de mon côté, j'assume et je suis prête à le présenter à mes amis. En commençant par une soirée avec Leïla.

Je ne tarde donc pas à en toucher un mot à Romain. Il ne semble ni surpris ni contre l'idée.

— Et c'est toi qui cuisineras ? se permet-il de plaisanter.

*

Quelques jours plus tard, en ce tout début janvier, tout est prêt pour notre soirée à trois chez moi. Romain n'a pas ses enfants de la semaine, ses parents les ont emmenés à la montagne. Nous ne boudons pas notre plaisir, en profitons un maximum.

C'est Romain qui s'est mis aux fourneaux. Il a apporté quelques ustensiles de cuisine et préparé une entrée et un plat. Leïla a dit qu'elle se chargeait du dessert. Ce sera pâtisseries orientales, avec cornes de gazelle à volonté. On ne m'a rien demandé. J'ai mis la table, et c'est tout. Je me réjouissais de cette première soirée « sociale » où l'on pourrait compter au-delà de deux. Jusqu'à trois, c'est un début.

Leïla arrive et tout se déroule à merveille. Ils se sont déjà croisés, aucune timidité ne transparaît. La soirée va s'écouler avec un naturel évident. Je suis tellement ravie de les voir réunis. Lui, mon cher et tendre, elle, ma meilleure amie.

Nous discutons d'abord de tout et de rien, puis très vite de théâtre et de cinéma. De notre rencontre dans un cours privé parisien, de notre entente immédiate, de notre troupe, de nos pièces… Nous rions beaucoup. Puis Leïla divertit Romain avec son parcours en montagnes russes de candidate au grand écran. Les photos ratées pour le book, les joies des castings, l'attente qui noue le ventre, les déceptions, les tournages dans lesquels elle a été figurante, les films où elle a essayé de se voir en vain parmi la foule… « J'étais pourtant là ! »… Les scènes coupées au montage. Elle nous fait rire. Ce soir, Leïla ne se plaint pas. Loin de là ! Elle profite d'un courant porteur pour nous annoncer une bonne nouvelle : elle a réussi un casting, elle va avoir un petit rôle au cinéma. Une serveuse dans un café. Avec trois phrases. Mais on va l'entendre ! Elle est survoltée. Romain ne s'imagine pas comme trois phrases peuvent être le résultat d'un parcours du combattant, celui cette fois d'une jolie Française d'origine marocaine qui veut conquérir le Paris du cinéma.

82

C'était vraiment une soirée sympa.

Alba avait raison : c'est bien de garder l'autre tout à soi, mais c'est bien aussi de partager une vie sociale, si réduite soit-elle. Se retrouver *couple* aux yeux de quelqu'un. Exister autrement. Frapper le tiers, le témoin de la scène, par notre complicité, par l'évidence de notre histoire. Être pour un soir *Alba et Romain*. Une nouvelle entité. Porter un nom. Être reconnus comme un couple à part entière.

Tout ça me fait néanmoins très bizarre… Moi qui n'ai été en couple quasiment qu'avec Florence. Je l'ai rencontrée à vingt-trois ans. Avant elle, j'avais eu des petites amies, mais rien de très engageant. On sortait ensemble, mais on ne vivait pas ensemble, et on n'était pas invités chez des gens pour des dîners. Avec Florence, je suis passé au stade au-dessus. Nous étions *Florence et Romain*, couple uni au bonheur serein. Mais cela n'avait rien à voir avec ce qui s'est passé, là, avec Alba, sous les yeux de Leïla. J'imagine que *Alba et Romain*, ça doit ressembler à un couple d'ados d'âge mûr, enthousiastes, volubiles et liés par une passion ostensible.

J'ai également aimé voir Alba avec son amie, leurs interactions, son attitude, sa façon d'être. Je découvrais une autre facette du monde d'Alba. Je l'ai vue différemment. Avec plus de recul. Et je n'en suis que tombé plus amoureux. Cependant, même si la soirée était fort agréable, je vous avoue sans honte que j'étais assez impatient de me retrouver seul avec ma belle.

C'est fou le désir qu'elle m'inspire.

Après le départ de Leïla, sans surprise, nous nous sommes jetés l'un sur l'autre. Comme si le fait de ne pas s'être touchés de la soirée (ou presque) nous avait rendus affamés de la peau de l'aimé.

Alba a pris une place énorme dans mon cœur, dans mon esprit et dans mon emploi du temps. Si je n'avais pas mes contraintes professionnelles et familiales, je crois que je serais tenté d'élire domicile ici. Je prends soudain conscience, et avec culpabilité, que pour la première fois depuis quatre ans je trouve du bonheur en dehors de mes enfants. Et que, tout à ma passion, je les oublie un peu. L'espace de quelques instants, subrepticement. Même si je les aime toujours autant, évidemment. Et je ne souhaite que leur bonheur. Mais s'ils n'étaient pas là, c'est sûr, les bras d'Alba, son lit, seraient l'endroit que je préfère au monde.

Après l'amour, alors que je plane encore, Alba trouve le moyen de me faire redescendre de plusieurs étages avec cette seule question : « Quand est-ce que tu me montres ton chez-toi ? » Désarçonné, parce que je m'attendais à cette demande un jour (j'avais même été étonné qu'elle ne surgisse pas plus tôt) mais pas à ce moment-là, je n'ai su que bafouiller. Cette fois, avec mes enfants à la neige, nous ne risquions pas de tomber sur eux… Alba l'avait bien compris et y avait sans doute réfléchi. Quel argument pouvais-je lui opposer, franchement ? Aucun. Pourtant, malgré tout, malgré mon amour pour elle, je n'arrivais pas à vouloir d'Alba chez moi, dans mon monde, dans mon cercle intime, dans tout ce qui fait ma vie.

— On pourrait passer la soirée chez toi demain ?

Elle me propose ça comme si c'était simple. Dans mon esprit, c'est presque un séisme.

83

Il me semble qu'un brin d'hésitation se glisse entre lui et moi. Je feins de ne rien avoir remarqué.

— Pourquoi pas, finit-il par articuler.

Je feins également de ne pas constater son manque évident d'enthousiasme. Je l'embrasse. Il me serre dans ses bras. Et nous nous endormons là-dessus. Enfin, lui. Je crois. Disons que nous fermons les yeux et ne bougeons plus. Peut-être qu'il dort autant que moi, c'est-à-dire pas du tout.

Moi, malgré l'heure tardive, je ne trouve pas le sommeil. Je m'interroge. Pourquoi Romain ne souhaite-t-il pas que je vienne chez lui, même en l'absence de ses enfants ? La voie est libre, ses parents sont loin aussi. Personne ne pourrait nous surprendre. Et, quand bien même, où serait le problème ? Il n'y a rien de mal.

Vraiment, je m'interroge. Je ne peux pas m'empêcher de penser que Romain me cache quelque chose. Mais je ne vois pas quoi. À part sa femme ! J'ai envie de rire en disant cela. Je ne vois pas où il pourrait la cacher. À moins que… Il y a des histoires de double vie complètement incroyables qui laissent songeur… des hommes qui ont deux femmes, des enfants de ces deux femmes, et qui naviguent entre leurs deux familles sans se faire prendre (jusqu'au jour où). Une famille de la semaine, une famille du week-end, par exemple. Je me demande si ces femmes peuvent vraiment ignorer un truc pareil, si elles ne vivent pas dans un doute plus ou moins permanent. Si, au fond, elles ne savent pas.

Moi, parfois, j'ai des doutes. Parce que je trouve Romain vaguement mystérieux, de temps en temps, presque fuyant. Parce que j'ai été bercée avec la comptine « Tous les mêmes ». Et parce que je ne veux être dupe de rien. Je ne veux pas, je ne peux pas, vouer une confiance aveugle. Pour moi, faire confiance à 100 %, c'est être naïf.

Ce qui est certain, en revanche, c'est que je n'ai aucun doute sur la sincérité de Romain.

C'est pourquoi je glisse finalement vers le sommeil en souriant, pensant à cette agréable soirée, à ces doux instants de partage charnel, à cet homme dans mon lit, à notre amour.

84

On ne fera que passer.

C'est ce que j'ai dit à Alba. Elle voulait voir mon appartement. OK. Mais je ne tiens pas à rester avec elle entre mes murs. Et encore moins à passer une nuit dans mon lit. Je ne suis pas prêt pour ça. J'aurai le sentiment d'être envahi. Ou inspecté. Je ne sais pas trop définir cette impression. Mais je sais déjà que je ne serai pas à l'aise.

Je me suis arrêté chez moi avant d'aller au restaurant. J'avais un truc important à régler avant la venue d'Alba.

J'ai filé dans ma chambre, j'ai fouillé dans un recoin de mon grand placard, là où j'avais caché le butin, sous une pile de vieux t-shirts, tout en haut, inaccessible pour mes deux adorables gnomes. Je l'ai soulevée, et en ai retiré deux paquets cadeaux. Le rose pour Ally, le vert pour Léo. Intacts. Ou presque. Il avait quand même fallu que je prenne connaissance du contenu, en cas de questions. Oui, je sais... Je sais ce que vous allez dire : Alors il ne les a même pas mis sous le sapin ? Quel salaud ! Quelle honte !

Franchement, vous avez raison. Je ne suis pas fier.

Je l'étais encore moins au moment de déballer les deux cadeaux, quand je me suis rendu compte qu'Alba les avait réalisés de ses mains. Deux cadres en carton pour y glisser une photo. Je ne la savais pas si minutieuse. Les bords des cadres étaient bizarrement parfaitement parallèles, le papier collé sans bavures. Ce n'était ni raté, ni kitsch. C'était joli. Et attendrissant. Elle avait encore su me surprendre, mon Alba multifacettes. La cuisine et l'équilibre sur escarpins étaient ses seuls talons d'Achille, finalement. J'ai souri à cette idée, mais j'avais les larmes aux yeux. Tellement ému par sa générosité. Et par ce doux message qu'elle avait envie de transmettre à mes enfants : « On ne se connaît pas, mais je vous aime déjà, de loin. » Message qui n'est pas passé et ne passera pas. J'ai court-circuité cette tentative de lien.

Je suis allé chercher deux cadres blancs dans le salon, j'en ai retiré les photos et ai glissé celle d'Ally dans le cadre mauve et celle de Léo dans le cadre bleu et jaune. Je les ai installés au mur de leur chambre.

J'ai contemplé le rendu, la honte au ventre.

Lorsque Alba m'a demandé comment avaient réagi les enfants, je lui ai dit qu'ils avaient été très contents, qu'ils avaient trouvé les cadres très beaux. J'ai même ajouté qu'ils avaient tenu à choisir eux-mêmes la photo. Lorsque je lui ai raconté cet énorme mensonge, c'était comme si la scène avait existé. Alors que je l'avais inventée de toutes pièces.

J'ai menti. Une fois de plus.

85

Romain sort son trousseau de clés pour ouvrir sa porte d'entrée. Mon impatience touche à sa fin. Nous y sommes. Je suis dévorée par la curiosité. Je me demande depuis longtemps à quoi ressemblent son appartement, sa cuisine, son salon, les chambres des enfants, la sienne. Les réponses se trouvent derrière cette porte.

Un couloir mène à la pièce de vie, au fond. La cuisine est sans doute parfaite pour un cuisinier. Placards grand format, îlot central, hotte design, robots ménagers, et livres de recettes en pagaille. Il y en a plein la bibliothèque. Très impressionnant. Je siffle d'admiration.

— Ne fais pas attention au bazar, s'excuse Romain.

Je hausse les épaules. J'aurais pu m'attendre à pire. Il y a des affaires qui n'ont pas été rangées, mais c'est propre.

— De toute façon, c'est de la faute des enfants.

— C'est évident !

Je ris. Aucun jouet ne traîne, aucun feutre. Il n'y a pas de Lego par terre. Ce qui encombre le champ de vision appartiendrait plus volontiers à l'homme qui se tient à mes côtés, et qui semble enfin se détendre…

Nous passons près de la salle de bains. Dans le couloir, d'autres photos. Des enfants, de Romain, de Romain avec eux, d'une femme avec eux, mais seulement quand ils étaient petits. Je regarde vite. Plus vite que l'exigerait ma curiosité. Florence était brune, assez grande. Elle avait les yeux sombres mais rieurs. C'est tout ce que j'ai pu voir. Avec les enfants, que je connaissais un peu plus – Romain ayant fini par me les montrer sur son téléphone, après Noël. Ses deux têtes blondes, comme il dit.

Nous parvenons à la chambre d'Ally. Une chambre de fille, fidèle à l'imaginaire collectif, dans tout ce qu'elle peut regorger de clichés. Avec des fées et des licornes, du rose et du violet partout. Un lit blanc. Des livres de princesses. Des poupées. Des peluches. Des posters avec des chatons. Des étoiles phosphorescentes au plafond. Un bateau de pirate Playmobil qui a échoué là, en guise d'intrus. Et mon cadre avec Ally en noir et blanc dedans. Je pousse un « Oh » de surprise et de joie en m'approchant. Romain sourit. Il a l'air heureux et ému de me voir heureuse et émue. Je l'embrasse.

— Merci…

Il a sa mine qui veut dire « y a pas de quoi », et son nez froncé qui marque sa gêne. Je commence à le connaître.

La chambre de Léo se trouve juste à côté. Chambre de garçon typique, elle aussi. Avec lit-tente de camping, dinosaures en plastique, Lego, dragons, Playmobil, cow-boys, indiens et châteaux forts qui doivent se livrer de terribles batailles, et posters de Pokémon sur les murs… Un univers moins familier pour moi. Mais avec mon cadre, là aussi. Et un Léo bébé dedans, joufflu, adorable.

Il ne reste plus que la chambre parentale. Je sens Romain se raidir quand nous arrivons devant la porte. Je jette un coup d'œil rapide. Juste pour savoir à quoi elle ressemble et pour pouvoir imaginer Romain dans son lit quand on s'appelle tard le soir ou tôt le matin. Je ne comptais pas sauter sur lui et l'y allonger.

— Et voilà, dit-il en forme de conclusion lorsque nous revenons sur nos pas pour gagner le salon.

Je l'enlace et lui murmure à l'oreille :

— Merci pour la visite.

Romain me sourit. Il semble malgré tout content d'avoir accédé à ma requête. À mon caprice, peut-être. Mais j'en avais besoin. Sa vie me paraît maintenant plus palpable. Plus concrète. Plus vraie. Un peu comme s'il n'avait pas qu'une existence à l'extérieur. Une existence de façade.

86

Ça m'a fait tellement bizarre de voir Alba chez moi.

J'aurais voulu être moins nerveux. J'ai pourtant pratiqué un exercice de respiration, dans l'ascenseur, pendant lequel je me suis évertué à me convaincre de cette contre-vérité : « Tout va bien. »

Finalement, la visite s'est bien passée. Dit comme ça, c'est étrange. Vous vous demandez peut-être comment elle aurait pu mal se passer. Alors, je développe : il n'y a pas eu de visite surprise (ma sœur aurait pu avoir la bonne idée de débarquer, conformément à son talent qui confine au génie pour me mettre dans l'embarras) ; Alba ne m'a pas posé beaucoup de questions ; je ne l'ai trouvée ni trop curieuse, ni intrusive, ni voyeuriste ; et nous ne sommes pas restés longtemps. *La visite s'est bien passée* intégrait cette clause. Condition sine qua non pour que je ne redevienne pas nerveux. Nous ne nous sommes pas éternisés. Je ne lui ai offert ni café ni verre de vin. Peut-être m'a-t-elle trouvé un peu goujat sur ce coup-là. Mais je n'avais pas envie de *plus*. Pas ici, pas chez moi. Pas cette fois, en tout cas.

Nous sommes donc restés tout au plus dix minutes

dans l'appartement. C'était amplement suffisant pour qu'Alba voie le principal. Mon mobilier, mon désordre, quelques photos, les enfants, Florence, ses cadres. L'essentiel.

Et moi, j'avais sauvé l'honneur. Bien que, intérieurement, pas du tout.

J'avais surtout sauvé ma tête. Mais pour combien de temps ?

87

Les enfants sont rentrés de vacances et notre amour a repris le rythme de nos débuts. Ce qui, en d'autres termes, signifie : se voir peu, bien trop peu. Se manquer. Avoir le cœur qui bat. Brûler. Avoir mal mais se sentir léger.

Mon travail a aussi repris un rythme normal après les fêtes. Répétitions, enregistrements, lectures, auditions… La nouveauté, c'est que vendredi prochain, j'ai rendez-vous sur un plateau de doublage pour un essai. Un ticket d'entrée, je l'espère, obtenu par mon agent. C'est vraiment mon objectif de cette nouvelle année. Il y en a qui veulent perdre du poids, se remettre au sport, arrêter de fumer, décrocher un nouveau job, trouver l'amour… Moi, je n'ai pas de bonne résolution. Je n'ai qu'un souhait : percer dans la synchronisation, ajouter le doublage à la liste de mes compétences de comédienne. Jouer dans un long-métrage ne me tente pas du tout, contrairement à Leïla. Je préfère rester dans l'ombre, être une voix, plutôt que jouer pour le grand écran. Je crois que ça remonte à mon adolescence, quand je doublais tous les acteurs de *Dirty Dancing*, je connaissais toutes les répliques et leur intonation par cœur ! J'ai déjà rencontré des comédiens qui font de la synchro, ils s'éclatent vraiment. Il y a beaucoup de travail dans ce domaine, surtout depuis l'arrivée en force des séries Netflix et consorts. Mais ça n'est pas facile de se faire connaître, puis admettre dans ce cercle. J'attends donc cette journée sur le plateau avec une grande impatience.

C'est ce que j'explique à Romain, alors que nous marchons dans une rue du centre-ville. Je viens de l'entraîner dans une boutique de vêtements. Je voulais qu'il me conseille pour l'achat d'une robe. C'était nouveau et assez amusant comme expérience. Il m'a aidée à choisir. Mieux, il a insisté pour me l'offrir. Alors je m'en suis payé une autre.

— Hey, Romain ! crie tout à coup une voix derrière nous. Ce n'est pas par là, le resto !

Mon homme marque une hésitation. Ses yeux croisent les miens. J'ai du mal à définir ce que j'y discerne. On dirait les yeux d'un lapin pris dans les phares d'une voiture.

88

Je connais cette voix.

C'est même une voix familière, une voix de mon quotidien. Une voix qui n'a rien à faire là, cependant. Pourquoi elle, dans cette rue, maintenant ? Mais je me retourne parce que je n'ai pas le choix. Je me retourne avec le sentiment d'être pris au piège.

— Thomas !

J'ai pris le ton du mec surpris, mais content. Avec la volonté de prouver par l'enthousiasme que tout est parfaitement normal. Et assumé. Alba sourit aussi. Comme rassurée. Un léger temps de flottement s'immisce entre nous. Il faut recourir au merveilleux moment des présentations. Moment que je trouve, cela dit, tout à fait entre nous, à la limite du facultatif. Après tout, Thomas et moi nous connaissons, Alba sait que cet homme blond de belle stature s'appelle Thomas. L'essentiel est déjà connu. Pourquoi diable faudrait-il absolument attribuer un nom à la femme qui m'accompagne ? Parce que Thomas est mon meilleur ami et qu'il n'attend que ça. Je vois bien dans son regard une curiosité flagrante. Peut-être même un peu d'admiration, ou de jalousie.

— Tu ne nous présentes pas ? finit par demander Thomas, comme si mes pensées m'avaient accaparé trop longtemps.

— Si, si, bien sûr. J'allais le faire. Évidemment !

J'en fais trop. Mon enthousiasme sonne faux, c'est certain. Je me tourne vers Alba, tends ma main vers elle puis vers Thomas, puis vers elle, en disant :

— Alba, voici Thomas, mon collègue et associé. Thomas, Alba, une amie.

Je dis *une amie*, et je me maudis.

89

Une amie ? J'ai l'impression de recevoir un coup au ventre, un coup au cœur. Romain vient de me réduire à une simple connaissance. Alors qu'il dit m'aimer. Je tente de calmer mon trouble, de jouer le jeu. De sourire, de donner le change. De me mettre dans la peau de l'amie. Je tends la main à Thomas. Et j'attends la suite en serrant les dents.

Romain et Thomas échangent quelques mots d'une banalité affligeante. Le premier va récupérer ses enfants à l'école, le deuxième se rendra au restaurant à 18 heures. Je ne les entends pas vraiment. Mon esprit bourdonne, mes pensées génèrent trop de bruit.

— J'ai été ravi, Alba, souligne Thomas avec une légère inclinaison de la tête.

Ravi. Pas autant que Romain, j'imagine… J'articule un : « Moi aussi. » Puis Thomas repart. Romain reprend la marche à petits pas lents pour le laisser nous doubler et avancer plus vite, sans doute de manière à ce qu'il ne se trouve plus à portée de nos voix. Il vaut mieux… J'ai envie d'exploser.

Je savais que Romain ne souhaitait pas officialiser

notre relation, qu'il n'en parlait pas, qu'il s'en cachait, qu'il évitait que nous ayons l'air d'un couple dans la rue. Je m'étais souvent imaginé cette scène où nous croiserions quelqu'un de sa connaissance. Cela vient d'arriver. Mais jamais je ne me serais attendue à me prendre cette sorte de gifle au cœur. Une amie, vraiment ? C'est ça, la place que Romain me réserve aux yeux du monde ?

Je m'arrête. Un pas de plus représenterait trop d'efforts. Je craque :

— Alors, je suis une amie ? C'est ça que je vaux en société ? Tu te fous de moi ?

Romain s'est arrêté aussi. Il arbore un air désolé. Et ne trouve pas immédiatement les mots qui pourraient le justifier.

— Alba, je comprends que tu sois fâchée…

— Fâchée ? Si seulement ce n'était que ça ! Je suis déçue, et c'est même au-delà de la déception. Je suis dégoûtée. Et je ne comprends pas ! Merde, alors, quand vas-tu assumer ? Tu as quel âge ? Ça devient ridicule.

Je n'ai pas ajouté : « Tu as honte de moi ? » Parce que je sais bien que ce n'est pas le cas. Le problème se situe à un autre niveau. De mauvaises pensées affluent à nouveau. Intuition ? Comme il reste interdit, les bras ballants, je poursuis :

— Avoue qu'il y a de quoi se poser des questions ! Pourquoi ai-je cette désagréable impression d'être la maîtresse d'un homme marié ?

Romain a dans le regard un mélange de peine et d'indignation, mais aucun son ne sort de sa bouche.

— Tu peux me le dire ?

Il semble perdu, là, dans cette rue. On dirait presque un enfant pris en faute. Seulement il n'en est plus un depuis longtemps.

90

Je vous présente Romain P., mis au pied du mur.

— Tu crois vraiment que je me baladerais avec toi dans les boutiques du centre-ville s'il y avait une Madame Piveteau ?

Je n'ai trouvé que ça. Défense minable, je vous l'accorde. Ça ne pèserait pas lourd face au jury d'un tribunal. « Irrecevable », tancent les yeux d'Alba. Elle n'est visiblement pas convaincue par mon alibi. Peut-être qu'un : « Mais tu es venue chez moi ! » aurait constitué une meilleure pièce au dossier.

— Ça ne change rien au problème, assène-t-elle d'un ton dur.

— Alba, s'il te plaît… Ne le prends pas comme ça.

Je la supplie d'une voix qui déraille d'avoir la gorge trop serrée.

— Je le prends comme je veux. Ou plutôt comme je peux. Bonne soirée, Romain.

Elle tourne les talons. Et me plante. Comme ça. Me laissant seul comme un con au milieu de la rue piétonne.

*

Je ne suis qu'un con de toute façon. C'est d'une évidence frappante, non ?

En premier lieu, parce que je me suis jeté complètement, totalement, intégralement dans une histoire délicate. Je le savais depuis le début. Mais j'y suis allé quand même, le pas allègre, la fleur au fusil. Je me suis même vautré dedans. Et voilà… L'heure des complications que je redoutais tant a sonné. Prévisible, elle n'en est pas moins violente.

En second lieu, parce que je viens de m'anéantir. Et de l'anéantir, elle… ma douce, mon aimée. Mais qu'est-ce que je pouvais faire ? Ou dire ? Hein ? « Thomas, je te présente Alba, la nouvelle femme de ma vie, que j'aime comme un dingue » ?

Maintenant, Alba est partie. Je ne crois pas qu'elle m'ait quitté. Mais après tout… et après ça, qu'est-ce que j'en sais ? L'angoisse et le gâchis me tordent la gorge et le ventre, et me vrillent le cœur. J'ai mal. Je ne peux pas envisager que ce soit fini. Pas déjà. Pas encore. Je ne saurais m'y résoudre.

Je ne veux pas retomber dans mon puits.

91

J'ai fui sans honte. La blessée, c'était moi. Même s'il semblait vouloir faire croire que c'était lui, en jouant l'offusqué. N'inversons pas les rôles. Si je mets tout bout à bout, sa difficulté à retirer son alliance, sa timidité en ville, le fait qu'il me cache au vu et au su des autres, nos baisers secrets, son manque d'envie manifeste de m'accueillir dans sa vie, chez lui, dans sa famille, auprès de ses amis… et maintenant m'attribuer le statut d'amie ! La liste s'allonge dangereusement. Comment, après ça, ne pas penser qu'il me cache, ne pas penser qu'il me traite comme sa maîtresse ? Au fond de moi, une forme de colère gronde.

Il dit avoir perdu sa femme il y a quatre ans, il ne me viendrait pas à l'esprit d'en douter, et en même temps, je n'ai aucun moyen de le vérifier. Je ne connais(sais) personne de son entourage. Alors que cela fait bientôt deux mois que nous sommes ensemble. Parfois, je me sens seule dans ma relation avec lui. Je n'ai personne avec qui discuter, à part peut-être Thomas, maintenant. Il a l'air sympa. Pour autant, je ne me vois pas aller au restaurant, en mode folle hystérique, pour un interrogatoire qui commencerait par : « Romain est-il réellement veuf ? »

Le simple fait de me poser cette question me paraît délirant. Effroyable, même. Évidemment qu'il l'est. Et je m'en veux immédiatement de douter. Je voudrais arracher les racines maternelles qui s'accrochent à mon cerveau.

Mon téléphone retentit alors que j'arrive chez moi. *Je te demande pardon.* J'hésite à lui répondre maintenant. Je n'ai pas envie de le torturer, mais je ne souhaite pas non plus me montrer faible. Pardonner trop vite, cela m'est arrivé. On est vite affublé de l'étiquette « bonne poire ». Alors, il attendra.

Je ne sais pas comment il a interprété mon départ soudain. C'est notre première dispute. C'est la première fois que j'ai élevé la voix. Cela ne me ressemble pas. Je suis plutôt d'un naturel gentil et doux. Mais il ne faut pas me prendre pour une conne, ça non. Ça peut m'énerver, je l'avoue. Femme blessée… femme sensible.

Je ne veux pas te perdre.

Je souris. Je sens dans ces quelques mots une forme de détresse. Un attachement réel, indéniable. L'amour qui a peur de la fin. La sincérité de l'homme qui transparaît en filigrane.

92

Fou amoureux.

J'ai toujours trouvé cette expression saugrenue et *too much.* Pourtant, en y réfléchissant bien, c'est ce que je suis. À n'en pas douter.

Vous m'auriez vu, le nez sur mon portable, la main tremblante, à attendre des nouvelles d'Alba… alors qu'Ally et Léo avaient besoin de leur père. Sur le moment, je n'étais plus père, plus rien. J'étais un drogué en manque. Un amoureux transi à la merci de sa belle. Et quand j'ai reçu un formidable *Tu ne m'as pas perdue*, j'ai appelé Camille à la rescousse. Je lui ai dit que j'avais un souci, une urgence, besoin d'elle. Elle était disponible. Elle avait à peine posé un pied dans l'appartement que je prenais l'ascenseur. J'avais l'impression d'être un ado qui faisait le mur pour rejoindre son premier amour. Ou un prisonnier qui s'évadait. Dehors, une sensation de liberté pure.

J'ai roulé jusque chez Alba. Un peu vite, je le confesse. J'avais tellement peur qu'elle ne soit pas chez elle, que ma surprise soit un flop, que mes espoirs éclatent.

Elle était là. Surprise, aussi. Un mardi soir ? Mais

heureuse. Je lui ai encore demandé pardon, et proféré mille excuses. Je ne voulais pas la blesser.

Pour le reste, on n'a pas beaucoup parlé. J'avais une telle envie d'elle. Je l'ai déshabillée dans l'entrée. Elle aussi. On a fait l'amour presque sauvagement. Passionnément, en tout cas. À l'image de ce que devient notre histoire.

*

Ce matin, j'ai le trac. Ce n'est pas souvent que ça m'arrive. Surtout pour me rendre dans mon propre restaurant. Mais j'allais avoir droit à des questions ou à des remarques de Thomas… et j'en avais aussi peur que de mes réponses. Qu'allais-je oser lui dire ? Mon ami n'ignore pas que ma vie sociale s'est réduite à peau de chagrin depuis quatre ans. Mon cercle d'intimes s'en tient à mes parents, ma sœur, mon frère qui habite loin et Thomas. Les autres sont *des connaissances*, des copains que je vois peu, des amis qui n'en sont plus vraiment depuis quatre ans. Thomas les connaît tous. Qu'une Alba inconnue et jolie se trouve en ma compagnie est forcément louche. D'autant plus qu'il n'en est pas à ses premiers soupçons.

J'entre dans mon bureau sans passer par la case cuisine. En stress. Mais un peu ridicule. Et relativement impoli. Je me raisonne, dépose mon manteau, prends mon courage à bras-le-corps et retourne sur mes pas. J'ouvre la porte et salue chaleureusement la brigade. Thomas est déjà aux commandes. Moi, je vais passer les miennes.

Il ne tarde pas à me rejoindre. Pas pour me parler

d'huîtres ou de rutabagas. Je voudrais me cacher derrière mon ordinateur ou sous mon bureau. C'est trop tard : ses yeux sont braqués sur moi.

— Elle est jolie, ton « amie ». Alba, c'est ça ?

Il a mis des guillemets à *amie*. Rien qu'avec le ton. Une peur sourde m'étreint.

— Thomas…

Je commence ma phrase par son prénom, le temps de réfléchir à la suite.

— Détends-toi, Romain. J'ai compris. Et à vrai dire, s'il y a bien quelque chose qui pourrait me peiner, c'est plutôt ton manque de confiance.

Je le regarde avec stupeur.

— Que tu ne sois pas à l'aise avec le sujet ou avec ta conscience, c'est peut-être normal. Mais tu aurais pu m'en parler. Je suis ton ami… et je n'ai aucun grief contre toi ni aucune envie de juger.

Je suis un peu confus. Je me lève, contourne mon bureau et prends Thomas dans mes bras.

C'est fou ce que j'aime ce mec, aussi.

93

Plusieurs semaines se sont écoulées depuis notre première dispute. De jolies semaines qui nous ont amenés au printemps. Le temps est au beau fixe. Comme ma vie.

Je suis heureuse. Et je m'étonne moi-même de dire cela. Peut-être est-ce la première fois de ma vie que je le pense si fort.

Je garde ce bonheur au chaud. Leïla sait que je suis bien, en ce moment, mais n'a pas idée du niveau de mon bien-être. Ce n'est pas que je veuille lui cacher… Simplement, je ne souhaite pas rendre trop ostensible ce bonheur trop éclatant à celle qui n'a ni amour ni total épanouissement professionnel. Elle rame toujours, comme elle dit. Court les castings, se ramasse, espère, attend, se ramasse, retente sa chance, espère encore, se ramasse. Son petit rôle de serveuse lui a fait passer un moment sympa, mais elle ne verra le film que dans plusieurs mois. Elle continue les figurations. Et les soirées. Elle s'accroche. Elle a sympathisé avec un petit groupe d'acteurs. L'un d'eux lui a laissé entrevoir quelque ouverture pour un long-métrage. Elle rêve d'un parcours à la Leïla Bekhti (elles ont le même prénom, en plus). Elle a pris un nouvel agent, plus cher. Elle veut mettre toutes les chances de son côté. Quand je lui parle de doublage, elle me rappelle son ambition, son envie d'être devant la caméra, d'avoir un jour son nom sur une affiche, d'être connue et reconnue dans la rue.

Moi, je suis bien derrière la caméra, juste une voix, quelque part hors du champ. Et je m'éclate. Le doublage est tel que je l'imaginais. Depuis le premier jour, tout se passe au mieux. J'avais passé la journée sur le plateau. D'abord, en observatrice, puis Philippe, le directeur artistique, m'a proposé de réaliser un essai. Pour voir comment je me débrouillais. Sur deux boucles. Les boucles sont de petites séquences de film qui durent de trente secondes à une minute. On visionne la version originale pour bien percevoir l'état d'esprit du personnage et son intonation, tout en lisant la bande rythmo qui défile dessous. Deux fois seulement, puis on enregistre juste après. Pas facile de parler exactement sur le trait rouge sous lequel le texte file ! Il faut être synchro, évidemment, mais jouer aussi ! Être fidèle au personnage à l'écran, dans sa diction, dans ses émotions, ni trop au-dessus, ni trop en dessous. Philippe a été plutôt satisfait de ma première prestation. Au point de me faire enregistrer deux ambiances l'après-midi même et de prendre mes coordonnées. « Je vous recontacterai pour des petits rôles. » J'ai quitté le studio sans naïveté ni faux espoirs. Mais cinq jours après, il m'a appelée. Et depuis, j'enchaîne plein de petits projets. Quelques « lignes », ici ou là, pour un film ou une série.

Hier, Philippe m'a téléphoné pour que je me présente à un casting voix. Cela signifie que ce sera pour un rôle principal, secondaire ou récurrent. Pour les tout petits rôles, les DA piochent dans leur catalogue de comédiens. Il n'y a pas d'essais. Là, j'ignore tout du projet. Souvent, c'est ainsi, on est appelé sans plus de précisions. Question de discrétion et de confidentialité, les producteurs sont assez frileux à l'idée d'en dire « trop ». Je suis tellement pressée d'en savoir plus !

Professionnellement, donc, tout va pour le mieux. J'ai ajouté la corde « comédienne de doublage » à mon arc. Mon rêve d'ado est en train de se réaliser.

Amoureusement, avec Romain, c'est… Je n'ai pas de mots. Suite à notre dispute, nous avons beaucoup parlé. Il m'a réaffirmé la sincérité de ses sentiments, il m'a demandé de l'excuser pour son qualificatif très mal choisi, il avait été tellement surpris, il avait paniqué… Il n'était simplement pas encore prêt à me présenter comme son officielle, il aurait aimé que cela se passe autrement. Depuis, notre relation a passé un nouveau cap. Depuis, étonnamment, je ne touche plus terre. Romain est formidable, plus attentionné que jamais. Mes doutes, mes questionnements se sont retranchés sous terre.

94

La vie avec Alba est douce et délicieuse.

Surtout quand nous sommes seuls. Car depuis la rencontre inopinée avec Thomas dans la rue, j'ai toujours peur de tomber sur quelqu'un de mon entourage. Pour autant, j'ai promis à Alba que jamais plus je ne la qualifierais à nouveau d'*amie*. J'ai su reconquérir sa confiance, je la sens apaisée. Nous prenons le *risque* de sortir. Enfin, moi. Avec la peur d'être pris en flagrant délit.

Depuis notre dispute, donc, et plus que jamais, je me laisse aller dans un bonheur que je vis au jour le jour. Un bonheur entier parce que fort. Un bonheur triste parce que voué à s'achever. Je vis tout, donc, avec une intensité extrême et lucide à la fois. Sans trop me torturer. Sans trop me culpabiliser non plus.

En un sens, le fait que Thomas soit *au courant* m'a soulagé. Le fait qu'il ne me juge pas, surtout. Depuis, il ne m'a posé aucune question. Hormis de temps en temps un : « Ça va avec Alba ? » ou un « Elle va bien ? » Des phrases banales mais qui ancrent l'existence d'Alba dans ma vie. Existence qu'il connaît et qu'il ne réfute pas. Je crois qu'il comprend. C'est ça, les amis.

Ils savent se mettre à votre place. Surtout quand ils détesteraient y être. Je crois aussi qu'il est content au fond de me voir et de me savoir heureux. Il sait par où je suis passé. Il sait aussi par quoi je passe encore.

Thomas a toujours été là pour moi. On s'est rencontrés à l'école hôtelière. C'est dire si on se connaît bien. On a été le témoin l'un de l'autre à nos mariages respectifs, le parrain de nos premiers enfants. Ce genre de preuves d'amitié profonde dont on n'avait pas besoin.

Je repense à son reproche, quand il a su pour Alba. Il était déçu que je ne lui en aie pas parlé. Comme si je n'avais pas assez confiance en lui. Ça n'a rien à voir avec la *confiance*. J'avais simplement honte.

Il y a quelques semaines, il m'a demandé :

— Et donc, ton alliance, tu ne l'as pas vraiment perdue ?

J'ai hoché la tête, de l'air de celui qu'on a démasqué.

— Je l'ai mise en lieu sûr.

Je suis certain qu'au fond, il préférait cette version de l'histoire.

Thomas est devenu, ou redevenu, un allié. Je sais que, plus que jamais, je peux compter sur lui. Il me le prouve régulièrement. En me permettant, par exemple, de m'échapper du restaurant plus tôt ou d'y arriver plus tard, afin de m'offrir une parenthèse enchantée avec Alba. Une de plus. Tel un drogué, j'ai besoin de ma dose quotidienne. Sinon, le manque est trop fort. Même si ce n'est que pour une heure ou juste le temps de la prendre dans mes bras et de l'embrasser, j'ai besoin de ce temps volé. Souvent, pour rendre ce shoot journalier possible, je suis contraint de mentir. À mes enfants, à mes parents, à Camille… « Je dois retourner au restaurant », « J'ai oublié de… », « Thomas a besoin de moi »… « Vous pouvez garder Ally et Léo cette nuit ? » Tous se montrent étrangement coopérants. Et semblent ne pas s'étonner de ces petits changements dans mon emploi du temps. Ils doivent me croire…

Forcément. Je ne faisais pas ça, avant, mentir. J'étais plutôt un modèle d'honnêteté et de droiture. Un homme de principes, qui disait toujours la vérité – au besoin avec des pincettes –, à qui l'on pouvait parler, se confier, sur qui l'on pouvait compter. À présent, je mens dès que ça m'arrange. Avec une facilité et un naturel déconcertants. Je ne me reconnais pas dans ces actes-là. Mais je me dis que la fin justifie les moyens. Et je ne parviens pas à me résumer à ces petits mensonges, à me fustiger totalement. Car je n'ai pas profondément changé. En dehors de ces petits arrangements avec la vérité, je suis resté le même.

Je suis juste devenu, bien malgré moi, un menteur opportuniste chronique (mais temporaire).

95

Aujourd'hui, alors qu'il semblait plus assagi et presque revenu à la raison, mon double gaffeur a fait son grand retour…

Avec Adrien, nous devions nous rendre dans le centre de Paris, pour un rendez-vous chez notre éditeur de livres audio habituel. Comme il exècre le RER, il est passé me prendre chez moi en voiture et nous nous sommes engagés sur la route pour la capitale. Je lui ai demandé de s'arrêter pour que je puisse retirer de l'argent. En attendant que le distributeur, visiblement de l'ère préhistorique, veuille bien délivrer mes billets, j'ai eu le temps de regarder mes pieds. Et là, stupeur : j'avais réussi à mettre deux chaussures différentes ! Pas diamétralement opposées, mais quand même… J'avais eu un réveil difficile, ceci expliquant cela. Gênée de ma découverte, me contenant pour ne pas rire, j'ai filé jusqu'à la voiture d'Adrien, le regard sur le trottoir. Je me suis engouffrée dans la voiture et lui ai ordonné :

— Allez, file, mon Loulou, on va être en retard !

— Je ne suis pas votre Loulou, m'a répondu une

voix bien plus aiguë et chevrotante que celle de mon ingé son préféré.

J'ai enfin levé les yeux sur le conducteur, un vieux monsieur de quatre-vingts ans qui me regardait d'un air ahuri.

— Oh, pardon, monsieur, je suis désolée, je me suis trompée de voiture !

En sortant du véhicule, je maudissais Adrien d'avoir une Clio grise bien trop classique. Alors que j'allais claquer la portière après m'être excusée une nouvelle fois, le vieux monsieur a pris un air malicieux pour me lancer :

— Mais j'aurais adoré être votre Loulou, jolie dame !

Je ne savais plus où me mettre et, un peu déboussolée, où trouver Adrien. Levant le nez, je me suis rendu compte que sa voiture était tout simplement trois places plus loin.

Rien qu'en un passage au distributeur, j'avais deux petites anecdotes à lui raconter ! Nous avons bien ri de mon double exploit.

— La journée commence fort pour toi ! J'espère que ça n'est qu'un début ! m'a lancé Adrien, toujours prêt à rire de mes aventures au pays des gaffes, bourdes et autres maladresses honteuses.

Depuis que nous travaillons ensemble, il en connaît un rayon sur le sujet. Peut-être même plus que Romain, à qui je n'ai pas osé avouer toutes mes bêtises. Je suis quand même capable de déposer des chèques dans la mauvaise banque, de tomber d'un vélo d'appartement, de passer une matinée avec la jupe remontée dans mon collant, de partir travailler en chaussons, d'envoyer un SMS très hot à un producteur parce que je me suis trompée de destinataire, de laisser mes clés dans l'appartement et de devoir faire appel à un serrurier pour rentrer chez moi, de dire « Félicitations, c'est pour bientôt ? » à une femme pas enceinte... Franchement, je serais capable de dire « Ça coûte un bras » à un manchot.

96

Parfois je me sens coupé en deux.

Ou incomplet.

Il y a des jours où je nage dans le bleu de l'allégresse, et des jours bien plus nuancés. Des jours, même, carrément gris. Comme aujourd'hui.

L'école m'a appelé ce midi. La maîtresse d'Ally voulait me voir. « Rien de grave », m'a-t-elle assuré au téléphone. Il n'empêche, j'étais inquiet. Lorsque je suis arrivé à l'école, j'ai été étonné d'apprendre qu'ils avaient emmené mes enfants à la garderie. « Nous serons plus tranquilles pour discuter », m'a dit Mme Duchêne. D'habitude, quand il y a un problème avec un enfant, il me semble qu'on en discute ensemble, l'élève, la maîtresse et le(s) parent(s). Là, je me suis retrouvé assis sur la petite chaise d'Ally, seul face à son enseignante. Elle voulait donc ne parler qu'à moi. Soit Ally avait commis une faute suffisamment grave ou gênante pour que j'en sois averti hors de sa présence, soit Mme Duchêne voulait s'entretenir avec moi d'un sujet délicat. Je n'ai heureusement pas attendu trop longtemps pour le savoir : Ally n'avait rien fait de mal. Néanmoins, la maîtresse souhaitait m'avertir d'une certaine agitation, plutôt inhabituelle, en classe, d'un manque de concentration visible et de résultats à la baisse… symptômes qu'avait également pu constater, dans une moindre mesure, Mme Alonce, avec Léo.

— Tout se passe bien, à la maison, en ce moment ?

La question m'était posée avec douceur. Les maîtresses, au fait de notre situation depuis quatre ans, ont toujours été particulièrement soucieuses et attentives à mes enfants comme à moi-même. Je dirais même qu'elles témoignent d'une certaine affection pour eux, qui n'a sans doute aucun rapport avec le nombre de biscuits qu'ils leur apportent. D'ailleurs, j'y ai pensé : peut-être ont-elles constaté aussi qu'il s'est passé de nombreuses semaines depuis la dernière fois ? Je ne suis plus sujet aux insomnies, ça veut tout dire…

J'ai bafouillé. Un peu. Pour raconter en substance que je n'avais rien remarqué de spécial à la maison, mais que j'avais plus de travail, que j'étais un peu moins présent. J'ai senti sur moi des yeux, non pas accusateurs, mais un peu soucieux : Mme Duchêne ne me blâmait pas (comment pourrait-elle se permettre d'accabler un père *dans ma situation*, qui élève seul ses enfants ?), mais souhaitait simplement m'informer et m'alerter sur le changement d'attitude de mes enfants, pour que je sois, sans doute, plus vigilant de mon côté.

Le rendez-vous s'est achevé. J'ai récupéré mes enfants à la garderie. Ils se sont jetés dans mes bras. Cette étreinte m'a mis les larmes aux yeux.

Cette étreinte et l'impression d'être devenu un mauvais père.

97

Romain m'a appelée après avoir couché ses enfants. Comme tous les soirs quand je suis disponible. Mais pas dans le même état d'esprit que d'habitude. Il n'avait pas le moral. Pas du tout.

Ce n'est pas si souvent qu'il me parle de ses enfants. Il les nomme, il les évoque, mais la plupart du temps, ils ne sont pas l'objet d'une discussion. Peut-être pour ne pas m'ennuyer, moi qui ne suis pas mère et qui ne les connais pas.

Ce soir, c'était différent. Il m'a raconté sa convocation à l'école et son entrevue avec la maîtresse d'Ally. Il m'a avoué être sorti du rendez-vous avec le moral à plat et l'impression de manquer à ses devoirs de père. De négliger ses enfants. Ces dernières semaines, c'est vrai qu'il a pris du temps pour nous deux sur leur temps à eux, qu'il s'est octroyé des créneaux plus nombreux ou plus longs pour que nous puissions nous voir.

Alors, il culpabilise. « Ils n'ont plus que moi ! », m'a-t-il rappelé avec des trémolos dans la voix. La maîtresse a raison, il doit se reprendre, arrêter de s'inventer des heures sup', de passer ses soirées avec eux les yeux braqués sur son portable. Il doit prendre plus de temps pour les devoirs et ne plus bâcler l'histoire du soir. Sans doute aussi, jouer à nouveau plus souvent avec eux. Il doit surtout, peut-être, regagner en qualité d'écoute. Et leur montrer, leur dire, tout l'amour qu'il a pour eux.

98

Le père en moi s'était pris une bonne claque.

Sans doute méritée.

En rentrant de l'école, j'ai préparé des crêpes pour le goûter (toujours une valeur sûre, les crêpes) et confectionné des chocolats viennois dans les règles de l'art, avec chantilly et cacao amer saupoudré dessus. C'était presque la fête… peut-être pour me rattraper un peu. Nous nous sommes posés tous les trois autour de la table de la cuisine, et j'ai lancé la discussion subtilement, en demandant à Ally si elle savait pourquoi sa maîtresse avait voulu me voir. Elle a secoué la tête et sa réponse : « Parce que je ne travaille pas bien ? » m'a fait mal au cœur. Alors, je lui ai dit, avec mes mots de papa réconfortant, ce que son enseignante m'avait rapporté. Et j'ai posé cette question dont je redoute toujours la réponse :

— Comment te sens-tu, toi, ma chérie ? Est-ce que ça va ? Tu as des soucis ?

— Ça va. C'est juste que, bah en fait, on te voit moins en ce moment… On va plus souvent chez papy et mamie. Et on fait moins de jeux aussi, on va moins à la piscine.

Ses réponses me confirment mes récents manquements. Mais elle ajoute dans la foulée :

— J'aimerais bien aller voir maman.

Je me dis que dans ce petit bout de fille il y a décidément beaucoup trop de soucis. Pas étonnant que sa maîtresse l'ait remarqué. Je questionne ensuite Léo, qui a écouté notre conversation. Il réagit en garçon plein de malice. Il acquiesce évidemment à tout ce que sa sœur a dit, les jeux, la piscine, aller voir maman. Et il ajoute : « Et tu pourrais nous raconter des histoires le soir, comme avant ? »

Comme avant Alba, *en fait*... Ce constat me serre le cœur.

*

Après le rendez-vous à l'école et la soirée crêpes, après avoir lu trois albums avant le coucher et passé un appel à Alba, je veux faire le point.

Ces derniers temps, j'ai été – au moins dans ma tête – plus homme que père. Tout à Alba, tout à ma passion, tout à mon bonheur égoïste, j'ai fini par reléguer mes enfants au second plan. J'ai même parfois été plus préoccupé de les *caser* que de m'assurer de leur bien-être. L'entretien avec Mme Duchêne avait eu la forme d'un avertissement et avait du bon : il remettait les pendules à l'heure et les idées en place.

Je dois me ressaisir. Je ne peux pas continuer ainsi. Mes enfants ont toujours été ma priorité, le centre de mon existence. Ils doivent le rester.

Ambitieuse volonté puisque je ne souhaite pas *donner moins* à Alba.

Il faut donc que je trouve une solution, un équilibre. Que je me recentre, peut-être. Parce que je m'éparpille souvent. Ou plutôt, je vis sur une face de la médaille, et j'oublie son revers…

Pour être honnête, quand j'ai dit : « La vie avec Alba est douce et délicieuse », ça faisait un peu *image d'Épinal*. Alors, oui, d'un côté c'est le bonheur parfait, c'est l'enchantement, la vie rêvée, parce que je l'aime, parce qu'elle est formidable, parce que je n'ai pas été aussi heureux depuis fort longtemps… Mais de l'autre côté, derrière l'image, sur le revers de la médaille, il y a tout le reste : mes enfants que je néglige, mes mensonges qui s'accumulent, Florence, ma culpabilité, ma peur d'être surpris et pris en flagrant délit, mon impression d'être coupé en deux, de vivre une double vie.

Au fond, je ne suis jamais vraiment avec celle ou ceux avec qui je suis. Mes pensées m'encombrent et me torturent peu à peu. Lorsque je suis avec mes enfants, je pense à Alba, je voudrais même être avec elle, je l'avoue. Parce que je suis en manque d'elle, de son sourire, de sa peau. Lorsque je suis avec elle, je pense, malgré tout, à mon autre vie, à ma *vraie* vie…

Finalement, je ne suis là pour personne.

Peut-être parce qu'au fond de moi, je suis déchiré.

99

Je me gare devant l'hôpital. Il fait encore un brin frisquet en cette fin mars. Le ciel alterne ses bleus, ses gris, au gré des giboulées. Pauline, une des filles de la troupe de théâtre, a accouché d'une petite fille il y a deux jours. Nous n'allions pas tous débarquer dans sa chambre, alors j'ai été chargée de représenter l'ensemble de mes camarades. Nous avons mis en place une cagnotte et choisi d'offrir deux ensembles en trois mois et un doudou.

Pauline est ravie de me voir. Son air réjoui peine à dissimuler sa fatigue. Le nouveau-né dort paisiblement dans son berceau en plastique transparent. Je ne suis pas experte en bébés, mais je les trouve toujours tellement attendrissants. La vie est un miracle, c'est ce que je ne peux m'empêcher de penser en contemplant la petite Juliette.

J'offre notre cadeau. Pauline nous félicite pour notre choix, puis s'enquiert de la troupe. Je lui donne des nouvelles, lui raconte les dernières anecdotes, les réactions du public à *La Mastication des morts*. La routine, quoi. Pauline sourit, avec un air vaguement nostalgique, mais elle semble sortie de notre univers, dans un autre monde. J'imagine sans mal quels bouleversements génère l'arrivée d'un bébé. Et je me demande tout à coup quand nous reverrons Pauline.

Juliette dort toujours. Je ne compte pas trop m'attarder, cependant. Tout temps de repos est bon à prendre pour une jeune maman. Je m'éclipse donc, presque sur la pointe des pieds.

Il est 15 h 30. Il me reste du temps avant la représentation de ce soir. Je suis prise d'une envie déraisonnable de faire les boutiques. Voilà ce que je me dis, en sortant de l'ascenseur un peu trop vite, au point que je manque de percuter quelqu'un. « Pardon », dis-je par réflexe.

— Alba ? Mais que fais-tu là ?

Je relève la tête. C'est Romain. Quelle jolie surprise ! Je le trouve si beau dans ce manteau, j'ai envie de le prendre dans mes bras, mais je ne me sens jamais très à l'aise dans un hôpital, lieu que je trouve trop grave pour l'enthousiasme ostensible et les grandes embrassades. Alors, je me contente de lui sourire, de le regarder. Mon Romain… Son parfum chatouille mes narines. Je le hume.

— C'est Pauline, tu sais, de la troupe. Celle qui était enceinte. J'ai complètement oublié de te le dire, elle a accouché avant-hier. Donc, voilà.

— Ah, c'est chouette. Et c'est… ?

— Une fille, Juliette.

— Ah.

— Et toi ?

— Moi, c'est Romain. Enchanté.

Je pouffe de rire. Et réitère ma question :

— Et toi ? Que fais-tu ici ?

— Moi ? Je viens… Je viens voir un collègue. Il a un restaurant pas loin du château. Il a eu un accident de voiture hier. Ça fait longtemps que je ne l'ai pas vu, et quand Thomas m'a appris ce qui lui était arrivé, je me suis dit que ce serait l'occasion de renouer un peu le contact.

— Oh ! J'espère que ça va aller, tu as eu raison. C'est bien.

Je lui presse tendrement l'avant-bras de ma main, dépose un léger baiser sur ses lèvres… puis lui dis que je l'appelle un peu plus tard.

Je quitte l'hôpital pensive.

Romain fronçait le nez !

100

Alors là… ça a failli être le drame.

Je ne vais pas trop me la jouer en mode «j'ai été hyper réactif», «j'ai menti à merveille», «je ferais un très bon comédien», tout ça. Il n'y a vraiment pas de quoi fanfaronner.

La vérité, c'est que j'ai eu une trouille monstrueuse. Alba, ici, à l'hôpital ! La superposition de ces deux images, elle dans ce décor, ça ne collait pas, c'était inimaginable. Une alarme s'est déclenchée dans ma tête, j'avais le son et je visualisais la lumière qui clignote. Alerte rouge ! J'étais acculé, mis au pied du mur, sommé de m'expliquer. Mais je ne devais pas montrer ma panique intérieure. Je suis parvenu à garder mon sang-froid. Je ne sais pas comment. J'ai brodé cette histoire d'accident de toutes pièces. Improvisation totale. Je m'en suis apparemment bien sorti : Alba m'a cru.

La vérité, c'est que je me dégoûte. Recourir à de petits mensonges pour me permettre de voir Alba ne me pose aucun souci… Mais lui mentir à elle avec cette sorte de facilité venue d'on ne sait où, c'est différent. Sur le moment, je n'avais pas le choix : je devais me protéger. Et je réalise, consterné, que le mensonge pousse au mensonge, dans une sorte d'effet boule de neige périlleux. Je suis pris dans un engrenage. Je tente de garder le cap, mais un jour je ne maîtriserai sans doute plus rien. Je serai rattrapé par la réalité.

La vérité, c'est que je ne suis qu'un pauvre type.

101

J'ai reçu l'appel tant attendu de Philippe. Je suis prise ! C'est moi qui vais jouer Mindy, l'adorable peste, dans le dessin animé pour lequel j'ai passé un casting l'autre jour. Je m'en étais donné à cœur joie dans le rôle, survoltée et forçant les aigus. Bingo ! C'est exactement ce qu'ils attendaient de la comédienne. J'ai aussitôt appelé Romain pour le lui annoncer. Il était aussi content que moi. Nous allons fêter ça ce soir.

Une pensée me vient à l'esprit. Je lui envoie un SMS peu après : *Et si nous en profitions pour dîner avec Thomas et Leïla ?* Je tente ma chance. Après tout, Thomas connaît mon existence et sait que je ne suis pas qu'une « amie » pour Romain. Ils en ont discuté. Et nous avons eu l'occasion de nous recroiser, Thomas et moi, depuis la première fois. Il m'arrive en effet de venir déjeuner à *La Toque romaine*. Nos soirées sociales pourraient donc passer de trois à quatre. J'ai tellement envie de connaître Romain autrement. Et davantage.

Romain met un peu de temps à répondre, mais finit par lancer un : *Pourquoi pas ?*

*

C'est ainsi que nous nous retrouvons enfin chez moi, Thomas, Leïla, Romain et moi. Un lundi soir. «Je ne ferai pas ça toutes les semaines ! lance Thomas en riant à son arrivée. En plus, c'est le soir où ma femme va à la gym.» Elle n'était apparemment pas ravie de devoir y renoncer pour garder les enfants. Le lundi, c'est sa soirée ! Déjà que Thomas n'est jamais là… Mais Cathy a accepté, bien consciente que Thomas ne sort jamais. Elle a simplement réclamé d'être des nôtres aussi la prochaine fois.

Nous passons une soirée fort agréable. Thomas est aussi sympathique qu'il en a l'air, et se prend de passion pour notre métier de comédienne. Nos vies, somme toute assez banales, semblent le fasciner. Nous ne sommes pourtant pas des stars. «Pas encore ! », s'exclame Leïla. Elle fonde de grands espoirs sur un casting dans deux jours pour le rôle principal dans un long-métrage : une fille de banlieue qui fugue pour éviter un mariage arrangé dans son village natal et qui va être adoptée par une bande de voyous au cœur tendre. Le scénario est super, même si, dès le pitch, il n'échappe visiblement pas tout à fait à certains clichés. Leïla en profite pour évoquer ses parents, ses frères et sœurs et sa famille plus élargie. Elle a été élevée dans un savant équilibre entre traditions et modernité, dans le respect et la richesse de sa double culture.

La discussion dévie naturellement vers *La Toque romaine*, la restauration en général et la vie de famille. Leïla et moi écoutons les deux hommes avec curiosité. Leur quotidien est si différent du nôtre. Ils sont pères, nous n'avons pas d'enfants, une différence notable qui nous rend silencieuses. Tout à coup, je repense à leur collègue accidenté, je me tourne vers Thomas et demande :

— Il va mieux votre collègue ?

— Notre collègue ?

— Celui qui a eu un accident la semaine dernière. Romain lui a rendu visite à l'hôpital.

— Ah, mais oui, bien sûr. Jacques ! se reprend Thomas. Il est rentré chez lui, il est en convalescence. Il va mieux, oui.

Je souris, contente de cette bonne nouvelle.

Nous terminons le dîner par un délicieux dessert, une dacquoise aux framboises, et la soirée s'achève dans la même bonne humeur, sous le signe de l'amitié.

102

Heureusement que j'avais prévenu Thomas !

Franchement, j'ai encore eu chaud. Deux fois dans un si court intervalle, j'ai l'impression assez désagréable que l'étau se resserre sur moi.

Quand Alba a eu cette riche idée de soirée à quatre, j'ai d'abord pesé le pour et le contre, tenté de l'imaginer, et finalement donné mon accord. Quel motif aurais-je pu invoquer pour m'y opposer, franchement ? Ça s'annonçait comme un numéro d'équilibriste, auquel Thomas participerait malgré lui. Je l'ai donc supplié, le matin même, avec un : « Pas de gaffe, s'il te plaît. » Quant au faux collègue et au faux accident, je lui en avais parlé dès le lendemain de *la scène de l'hôpital.* J'avais eu tellement la frousse que j'avais eu envie de raconter mes déboires à mon ami. Il m'avait juste dit : « Tu joues avec le feu... » Comme si je l'ignorais ! J'avais haussé les épaules, l'air impuissant. Je n'avais pas eu la force de renoncer à cette histoire tant qu'il en était encore temps, je n'avais pas plus la force d'en sortir. « Tu vas droit dans le mur », avait conclu Thomas. Je le sais depuis le début, et il a raison : je suis le mannequin coincé dans une voiture qui passe au crash-test, sauf que je suis bien vivant. La voiture est lancée et impossible à arrêter. Je n'arrive pas vraiment à évaluer la distance entre le mur et moi, ni la vitesse. Quand et comment l'impact se produira-t-il ? Je n'ose me confronter à cette question glaçante.

*

Nous déjeunons tranquillement *Chez Gilles*. Alba me raconte l'enregistrement des premières boucles du dessin animé qui a commencé vendredi. On n'a pas pu se voir du week-end : elle était en province chez une amie d'enfance. Elle parle avec de grands gestes et un enthousiasme contagieux. Je la trouve formidable. J'aimerais tellement être une petite souris pour la suivre dans les studios.

Au beau milieu du magret de canard-frites (je prends toujours ce plat *Chez Gilles*), mon téléphone se met à vibrer et à s'allumer sur la table. C'est *Aline*. Ou une autre, peu importe. Je dois décrocher. J'attrape l'appareil assez vite pour qu'Alba ne voie pas l'affichage, m'excuse auprès d'elle, et bondis à l'extérieur du restaurant.

Évidemment, ça n'est pas une bonne nouvelle. Ça n'est jamais une bonne nouvelle, quand *Aline* ou une autre appelle. Je vais devoir écourter le repas. Et, surtout, je vais devoir dissimuler le stress qui vient d'envahir mon cerveau.

Quand je vous dis que l'étau se resserre…

103

Une certaine Aline l'appelle et il se sauve du restaurant, me laissant plantée là comme une idiote ? Romain n'a pas pour habitude d'être pendu à son téléphone. Il ignore les notifications, ne répond qu'aux urgences, qui se résument à l'école et au restaurant. Et là, non seulement il a décroché mais il a tenté de cacher son écran… et surtout, il a quitté la brasserie. Pas pour éviter de gêner les autres clients. Pour éviter que moi, je puisse l'entendre.

Je reste sur ma chaise, consternée. Mon esprit s'échauffe, je sens la colère me monter aux joues. Qui est cette Aline ? En quoi représente-t-elle une urgence ? J'échafaude en vain des hypothèses. Le spectre de sa femme revient me hanter, un instant insensé. Il n'a pas de femme… Il aurait une maîtresse ? Je trouve cela ridicule. Qu'irait-il chercher ailleurs, alors que nous avons tout ensemble, l'amour, la passion charnelle, le bonheur ?

Romain revient, se rassoit, nerveux. Je tente de sourire et lui demande, d'un ton aussi détaché que possible :

— C'était qui ?

— C'était Thomas.

— Un problème ?

Je joue la naïve. Le restaurant est fermé le lundi. Je me demande bien quel pourrait être le problème en question, quel problème va m'inventer Romain, puisqu'il a déjà falsifié Aline en Thomas. Il déglutit avec peine, fronce le nez.

— Oui. Un client de vendredi va porter plainte contre le restaurant. Il a été victime d'une intoxication alimentaire et prétend que ce qu'il a mangé chez nous en est l'origine.

Si c'est un mensonge inventé de toutes pièces, il est bien trouvé, il sied parfaitement à ses tremblements et à son teint blafard.

— Je vais devoir aller au restaurant. Thomas y est. On prend vite le dessert et on y va ?

Je le regarde, hésitante. Je voudrais avoir le cran de lui asséner : « Mais que voulait Aline, puisque ce n'est pas Thomas et qu'il n'y a pas d'intoxication alimentaire ? »

— C'est inutile. Je n'ai plus faim.

Mon ton est volontairement cassant. Et signifiant. C'est une façon de lui dire : « Tu me prends vraiment pour une conne. » Je ne suis pas cette fille naïve qu'on peut berner à volonté.

Cette Aline est la goutte d'eau qui fait déborder le vase de mes soupçons et de mes incertitudes. Il serait peut-être temps que je vérifie certains éléments de la vie de Romain. Et que je me confronte enfin à la réalité. Car je suis certaine qu'il ne compte pas se rendre au restaurant.

104

L'étau comprime à présent ma gorge.

J'ai l'impression qu'un dieu vengeur se tient prêt à m'étrangler.

Cette fois, je le sens, je ne suis plus qu'en sursis. Le ton d'Alba et son regard ne trompaient pas. Elle a dû lire *Aline* sur mon téléphone et s'imaginer tout et n'importe quoi. Comment lui en vouloir ? Comment croire qu'elle se contente de mes piteux mensonges ? Elle va chercher à savoir ce que je lui cache. J'ai offensé son intelligence autant que sa confiance.

J'ai récupéré ma voiture après avoir pris le bus. Je ne vais pas au restaurant. Peut-être avez-vous compris où je me rends, peut-être avez-vous deviné qu'*Aline* est une infirmière, que j'ai préféré écrire ce prénom banal plutôt que le mot *hôpital* qui me glaçait trop. Et puis, je le trouvais plus discret pour Alba. J'aurais dû mettre un prénom d'homme. Au point où j'en étais dans les mensonges… il n'aurait pas été le pire.

Je vais retrouver Florence.

Vous la croyiez morte – naturellement, puisque j'ai menti en ce sens. Mais le temps est venu pour moi de vous avouer la vérité : Florence n'est pas morte, elle repose sur un lit d'hôpital. Elle est vivante. Enfin, *vivante...* Elle est en état végétatif chronique, aussi appelé *état d'éveil sans réponse.* Ce qui veut tout dire... ou rien dire, cela dépend de quel côté on se situe. Pour moi, cela n'a pas de sens. Alors, certes, elle respire sans machine, elle alterne phases de veille et phases de sommeil... Mais elle ne semble pas consciente, elle ne bouge pas. Même les yeux ouverts, elle ne nous voit pas. Elle est dépendante en tout pour les soins et la nutrition. Voilà sa *vie.* Pardonnez-moi mon ton ironique : il n'est que le résultat d'une lucidité amère.

Pour le reste, tout est vrai : la chute dans l'escalier, son départ de la maison, il y a quatre ans. Je ne suis pas veuf, mes enfants ne sont pas orphelins. Mais nous sommes en deuil. D'elle qui n'existe plus vraiment, de notre vie, de notre passé. Je n'ai plus vraiment de femme, ils n'ont plus vraiment de maman. Et pourtant, elle a toujours cette place officielle. Sur les papiers. Et dans nos cœurs, aussi, bien sûr. On ne la lui retirera jamais.

Nous venons la voir. Moi, surtout. Plusieurs fois par semaine. Eux, de temps en temps. De moins en moins, à vrai dire. Ce n'est jamais facile d'entrer dans cette chambre d'hôpital et d'assister à ce qu'est une heure de la vie de Florence, dans l'impuissance douloureuse qui nous étreint toujours. Je leur épargne ça, sauf quand ils me le demandent. Parfois Ally se lève et me dit, comme l'autre jour : « Je voudrais aller voir maman aujourd'hui. » Et nous y allons. Cela vient plus souvent d'elle que de Léo. Peut-être parce qu'il a très peu vécu avec Florence ? En tout cas, tous les deux se sont résignés avant moi. Ils n'attendent plus qu'elle se *réveill*e – parce que, pour eux, même si elle a les yeux ouverts une fois sur deux, elle dort encore, pour eux, *se réveiller*, c'est redevenir *comme avant*. Ils ont appris à vivre sans elle. C'est terrible à dire. Au moins autant que c'est terrible à vivre.

La vie dans mon puits, c'était mon quotidien en triptyque restaurant-enfants-hôpital. Ne croyez pas que je cherche à vous apitoyer pour mieux atténuer votre jugement.

Je sais que je n'aurais pas dû mentir à Alba. Inventer ce statut de veuf… même si je me sens comme tel, abandonné, seul adulte à bord du bateau familial. Ce qui est terrible, c'est que j'ai finalement *tué* Florence. Au moins symboliquement. Et je m'en veux terriblement. Je l'ai fait pour Alba. Je ne me suis jamais vu lui dire la vérité. C'était trop dur. Et elle n'aurait pas accepté ce *compromis*, je suis certain qu'elle aurait fui.

Moi-même, même si je me suis permis cette histoire avec elle, j'ai souvent essayé de combattre cette idée selon laquelle j'étais en train de manquer à mes devoirs d'époux. Combien de nuits d'insomnie ai-je traversées en m'accusant d'infidélité et d'un défaut de loyauté envers ma femme qui, à sa façon, se bat dans cette chambre d'hôpital…

J'éprouve finalement, au bout de cette course, un profond sentiment de lassitude.

105

Je n'en reviens toujours pas de ce que j'ai fait. Cela ne correspond ni à ce que je suis, ni à mes valeurs, ni à mon idéal du couple, ni à mon souhait de mettre la confiance au centre d'une relation amoureuse.

J'ai suivi Romain.

Comme dans les films. Il ne s'en est pas rendu compte. Ma voiture était garée non loin de la sienne. Je l'ai suivi de loin. J'ai cru, plusieurs fois, l'avoir perdu. J'ai retrouvé sa trace chaque fois. Jusqu'à un feu, où il a bel et bien disparu. On se trouvait non loin de l'hôpital. J'ai repensé à Jacques, l'accidenté. Et si c'était Aline, l'accidentée ? Une ancienne maîtresse éplorée… Alors je me suis rendue sur le parking de l'établissement, j'ai tourné un peu. J'ai vu sa voiture, et je l'ai vu entrer dans le hall sous mes yeux ébahis et glacés.

Trahie. Romain me mentait de façon éhontée. Peut-être depuis le début. « Tous les mêmes », me martelait ma mère comme un refrain dans ma tête endolorie. J'avais été bien inspirée de ne pas lui parler de lui. Elle aurait été capable de se moquer de moi. J'avais envie de me gifler.

J'ai attendu dans ma voiture qu'il ressorte. Je ne me rappelle pas avoir vécu de situation plus humiliante. La femme bafouée qui recherche des preuves de la trahison de l'homme qu'elle aime, un classique du cinéma.

Romain a fini par ressortir. Je suis parvenue à le prendre en photo, avec les lettres indéniables H O P I T A L au-dessus de sa tête. Un premier élément à mon tableau de chasse aux indices. Mais je n'en étais encore qu'au début de mon enquête.

J'avais la rage, au fond de moi. De la passion à la haine, on dit souvent qu'il n'y a qu'un pas.

106

J'ai appelé Alba.

Sur la route du retour de l'hôpital, je n'ai pas pu m'en empêcher. Je m'en voulais de l'avoir laissée en plan comme ça. Et chargé de trop d'idées noires, j'avais envie d'entendre sa voix… Elle n'a pas répondu tout de suite. Elle a décroché à mon troisième appel. Et sa voix n'était pas celle de d'habitude. Elle était dure, un peu pincée, et ne cherchait pas à cacher son absence totale d'envie de parler. Elle m'a demandé si ça allait s'arranger, mes affaires, si le client allait vraiment porter plainte. J'aurais pu croire qu'elle n'avait pas lu *Aline* sur mon écran et qu'elle avait gobé mon affreux mensonge, s'il n'y avait pas eu dans son ton cette ironie mordante qui ne lui ressemble pas. Elle avait sans doute compris que je lui avais menti. Peut-être que c'est à ce moment-là que j'aurais dû prononcer ces mots : « Alba, je t'ai menti, je vais te dire la vérité. » Mais j'en ai été incapable.

Je ne pense pas que j'en serai capable un jour. D'abord, parce que je voudrais grappiller encore quelques heures du temps qu'il nous reste, quelques petits jours de bonheur, puisqu'il s'achèvera dès qu'elle saura. Ensuite, parce que c'est déjà trop tard pour avouer. Je suis allé trop loin. Je n'ai pas la force, pas le cran de me trouver face à elle, et de dire ces mots que je sais choquants. Parce que je ne me reconnais pas dans ce que je lui ai fait croire. Parce que ce n'est pas moi, ça. Et parce que, tout simplement, je me découvre un défaut insoupçonné jusqu'à maintenant : je suis lâche. Un gros, un horrible, un détestable lâche.

Alors, en attendant le funeste moment où Alba apprendra la vérité, je marche droit devant avec le courage du condamné. Je continue comme un imbécile heureux de rouler tranquillement vers le mur. J'attends que tout s'arrête avec l'impact.

*

Je passe une soirée triste.

J'ai expliqué à Ally et Léo que j'étais arrivé plus tard que prévu à l'école parce que j'avais dû passer par l'hôpital. Les médecins suspectaient un début d'infection. Elle a été prise à temps et ne devrait pas avoir de conséquences trop problématiques. Je leur ai expliqué ça avec des mots simples, sans dramatiser ce qui est déjà dramatique en soi. Nous sommes habitués à ce genre d'événements depuis quatre ans. Même si c'était plutôt le calme plat ces derniers mois.

On croit parfois être dans un quotidien bien huilé et prévisible, où les jours passent et ressemblent étrangement au précédent. Quand je dis *on*, c'est moi, Ally, Léo, les soignants, la famille de ma femme… L'état de Florence est globalement stationnaire depuis plusieurs années. Les jours, identiques ou presque, glissent sur elle. C'est ce qu'on constate. Jusqu'au jour où quelque chose se détraque, sans qu'on sache pourquoi. Un début d'infection, comme aujourd'hui, par exemple. Des constantes qui font craindre tout à coup le pire. Et, toujours, le risque d'embolie pulmonaire, inhérent à son état. L'un de ces risques qui pourraient l'emmener vers la fin. Une fin qu'on redoute, mais à laquelle on pense chaque jour depuis quatre ans. Une fin, dont la question est parfois posée dans le cadre du questionnement sur l'obstination déraisonnable. Une fin dont ni moi ni les parents de Florence ne voulons entendre parler. Et je me dis ce soir que ce ne sera pas encore pour cette fois. Je m'en félicite. En un sens, je m'en réjouis comme d'une petite victoire remportée au nez de l'ennemi. Est-ce que Florence se félicite aussi d'être et de rester en vie ? Quand je la vois sur son lit, il m'est impossible de ne pas la revoir debout dans une jolie robe d'été, au Lavandou, souriante, riante, face au soleil, tellement vivante… quand nous étions amoureux et heureux. Et alors je ne peux m'empêcher de me demander le sens de tout ça.

*

L'état de Florence me rend triste. Mais Alba aussi. Sa voix de la fin d'après-midi, son silence depuis. Quelque chose s'est cassé. Ce que nous sommes devenus en si peu de temps m'afflige. Alors que nous vivions dans la félicité d'un amour mutuel et fort, que nous nagions dans un bonheur céleste, que nous côtoyions les dieux du firmament, nous nous sommes brûlé les ailes. L'appel de l'hôpital a scellé le début de notre chute. Surtout la mienne. Je le pressens. C'était inévitable. La réalité s'est rappelée à moi et ne me fera pas de cadeaux.

J'en veux pour preuve le message en forme de gifle que je reçois, au beau milieu de la soirée, alors qu'Alba est censée être sur scène : *C'est qui, Aline ?* Je regarde mon téléphone, longuement hébété. Que répondre à ça ? À part la vérité, bien sûr : Aline est la première infirmière qui a pris en charge Florence. Elle symbolise toutes les autres même si, forcément, le lien avec elle est le plus fort. Car depuis quatre ans, c'est bien un vrai lien qui s'est noué entre elles et moi. À part la vérité, donc…

Je médite longtemps sur le contenu de ma réponse, et finis par opter pour : *Je suis désolé, c'est trop compliqué à t'expliquer. Mais ce n'est pas ce que tu crois.*

Deux phrases plutôt nulles. Et encore… j'ai eu la décence d'enlever un « Crois-moi » ou un « Fais-moi confiance ». Il est évident que je ne peux pas lui demander ça.

Je me couche avec un profond sentiment de vide et la certitude de ne pas fermer l'œil de la nuit. J'ai eu peur pour Florence, j'ai tout gâché avec Alba.

Ce soir, ma vie prend des airs de naufrage.

107

C'est trop compliqué à m'expliquer ?! Il n'a pas ajouté « par écrit », j'imagine donc qu'il compte s'en tenir à ça. Quel pan de sa vie veut-il me laisser ignorer ? Surtout quand il se résume à un prénom féminin. Alors, je ne mérite que ça, moi, la femme qu'il dit aimer, une petite phrase qui exclut toutes les autres ? Il envisage sérieusement de s'en tirer aussi facilement ?

Loin de faiblir, ma rage augmente. Surtout de constater qu'il semble penser que sa petite phrase « Ce n'est pas ce que tu crois » suffira à faire cesser mes questionnements, mes doutes, mon impression de plus en plus lourde que Romain a omis de me dire quelque chose d'important. Et puis, en soi, ce grand classique masculin « Ce n'est pas ce que tu crois » m'énerve à un point… Cette phrase toute faite qui sert d'alibi, de carte joker, on me l'a déjà servie à toutes les sauces.

Je ne sais pas ce qu'il croit que je crois… Je ne sais même pas ce que je crois. J'ai bien des idées, des hypothèses, j'ai imaginé des scénarios… Je suis comédienne, j'en connais un rayon en la matière.

Ce que je sais, c'est que je me sens bafouée, humiliée. Trahie par celui à qui j'ai accepté de faire confiance, celui que j'aime. Reléguée au rang de femme lambda, la pauvre fille qu'on peut jeter quand l'affaire est conclue ou qu'elle se corse… Je le croyais sincère, je pensais valoir plus que ça. Une déesse, il disait…

*

Ce matin, je me suis levée avec le début d'un plan d'attaque en tête. Après un aller-retour à Paris pour l'enregistrement de plusieurs épisodes du dessin animé (ils mettent les boucles dans lesquelles j'interviens bout à bout), j'arrive à *La Toque romaine* remontée, prête à en découdre.

Le mardi soir, c'est Thomas qui est seul aux commandes. C'est lui que je viens voir. Il est 18 h 30. Je lui épargne de débarquer en plein coup de feu. Le restaurant n'est pas encore ouvert. Il m'ouvre, étonné. Ou pas vraiment. Avec une sorte de lassitude dans les yeux. Comme s'il était déjà fatigué des questions que je m'apprête à lui poser. Il me laisse entrer et m'installe dans le bureau de Romain, où nous serons « plus tranquilles ». Il se doute bien qu'il ne s'agit pas d'une simple visite de courtoisie. Bien que ce ne soit pas à lui que j'en veux et que je l'aie toujours trouvé sympathique.

— Thomas, je suis désolée de te déranger.

— Tu ne me déranges pas, ment-il.

Il s'assoit derrière le bureau de Romain et m'invite à l'imiter sur la chaise près de moi. Je m'exécute machinalement. Je ne sais pas trop comment commencer, alors que j'ai déjà joué cette scène une quinzaine de fois dans mon esprit, aujourd'hui dans le RER.

— Thomas, je ne vais pas y aller par quatre chemins. Qui est Aline ?

Thomas me regarde, troublé.

— J'imagine bien ce que tu supposes en disant cela, mais… Ce n'est pas ce que tu crois.

Cette phrase… Un pli amer se forme sur ma bouche.

— Il t'a dit. Tu le couvres, c'est ça ? Solidarité masculine ?

— Alba, je comprends que tu te poses des questions… mais tu n'as pas frappé à la bonne porte, car ce n'est pas à moi de te donner les réponses. C'est à Romain.

La loyauté de Thomas me touche un bref instant. Je sais, au fond de moi, qu'il a raison. Que ma tentative d'aujourd'hui pour extorquer des informations était assez désespérée, et peut-être désespérante. Peut-être aurait-il fallu que je m'en tienne là ? Mais j'ai trop besoin de comprendre. De réponses que Romain n'est pas prêt à me donner.

— Je comprends ton point de vue… mais je n'en démordrai pas : je sais que Romain me cache quelque chose. Et apparemment, il y a une femme là-dessous. Et un hôpital, aussi.

— Un hôpital ?

Son visage affiche soudain une perplexité mâtinée d'embarras. Il doit se demander comment j'ai su… J'en profite pour lui glisser un élément que lui et son pote à la vie à la mort ignorent : j'en sais plus que ce qu'ils croient.

— Vous vous êtes bien moqués de moi avec cette histoire d'accident… Joli coup ! Je trouve ça beau, la loyauté en amitié, mais de là à couvrir l'autre et à te rendre complice…

Thomas se tait un instant puis reprend :

— C'est mon ami.

— C'est bien ce que je dis. Je ne vais pas t'embêter plus longtemps. Mais tu peux dire à Romain que je vais découvrir la vérité. Celle qu'il trouve apparemment trop compliquée à m'avouer, celle que je ne mérite pas. J'ai encore des ressources. Je vais trouver. Et je sais où chercher : à l'hôpital. Sur ce, bonne soirée.

— Je te raccompagne, dit-il en se levant.

Nous nous dirigeons vers la porte d'entrée du restaurant. Avant de la refermer sur moi, Thomas murmure avec ce qu'il faut d'empathie à l'égard d'une femme blessée :

— Un jour, tu comprendras pourquoi il a fait ça.

108

Le crash est pour très bientôt.

Le SMS de Thomas que j'ai reçu ce soir me le confirme. *Je ne sais pas comment, mais Alba est au courant pour « l'hôpital ». Elle est venue me trouver au restaurant. Romain, dis-lui la vérité. Il faut que ça vienne de toi !*

Je sais bien qu'en théorie, il vaut mieux avouer ses fautes à la personne concernée. Par respect, par preuve de considération. Peut-être aussi dans l'espoir d'être pardonné plus facilement. Ou plus vite. En pratique, je sais que je n'arriverai pas à confesser mon péché. De toute façon, je ne m'attends pas à être pardonné. Peut-être parce que je me juge moi-même impardonnable. Comme vous, sans doute, maintenant que vous connaissez le fin mot de l'histoire. Je ne sais pas si on peut parler de *justification*, parce que je n'ai moi-même jamais vraiment cru aux vertus des mensonges pour-éviter-de-faire-de-la-peine-à-quelqu'un. Il n'y a pas de *beaux* mensonges ou de mensonges qui vaillent. Et puis moi, je n'ai pas menti pour éviter de blesser, j'ai menti sciemment pour me permettre de vivre quelque chose qui m'était interdit. Pour oublier que je n'y avais pas droit. Je n'avais pas besoin de protéger Alba par un mensonge. J'aurais simplement dû ne pas entrer dans sa vie. Ainsi, oui, je l'aurais protégée. Mais elle était entrée dans la mienne, dans ma tête, presque par effraction. Et plus rien d'autre n'a compté que de la revoir et de l'aimer.

Je me suis laissé prendre au piège que j'avais fabriqué, selon une logique implacable. Tout s'est déroulé comme prévu : j'ai joué, j'ai perdu.

109

C'est très étrange, ce qui se passe depuis lundi, depuis la scène du restaurant. Romain et moi sommes dans un temps de flottement, suspendus entre la preuve du mensonge et la vérité. Cette semaine, nous le savions déjà, ne nous laisserait pas de possibilité de nous voir, entre mes divers enregistrements, mes soirs au théâtre et ses créneaux au restaurant ou avec ses enfants. Finalement, cela tombe bien, je n'ai pas envie de le voir, je désire être seule. La haine a détrôné mon amour. Même si ses mensonges ne brisent pas mes sentiments, c'est un peu comme si ceux-ci étaient mis sous cloche ou reposaient ailleurs. Ils sont quelque part, mais ne prédominent pas. Je suis trop dans les questionnements et la quête de la vérité. Je suis trop nouée. Trop bousculée, trop stressée, trop niée, déjà brisée. J'ai peur de ce que je vais découvrir, j'ai peur de l'avenir.

Quand je repense à la dernière phrase de Thomas, je frissonne encore. « Un jour, tu comprendras pourquoi il a fait ça. » Je ne sais pas ce qu'est ce ÇA. Qu'a-t-il pu commettre de si grave pour que je ne le comprenne qu'un jour, peut-être lointain ? Je ne parviens pas à répondre à cette question. Et pourtant, j'ai beaucoup d'imagination. Ça ne va pas avec Romain, le Romain que je connais… l'homme droit, fiable, humain, drôle, talentueux, dont j'étais si fière.

A-t-il blessé quelqu'un ? Ou seulement moi ? Quelle est l'étendue de son mensonge ? Si sa place était en prison, je suppose qu'il dormirait entre quatre murs.

Je sais que la réponse à mes questions se trouve à l'hôpital. J'ai pensé m'y rendre. Ou téléphoner. Mais pour interroger qui ? Et sous quel prétexte ? Le secret médical vaudra pour moi aussi. L'établissement ressemble à une forteresse renfermant des secrets, imprenable.

Je repense à ma visite à Pauline. Romain était arrivé vers 15 h 30. Après son service, donc. Je me souviens tout à coup qu'il était souvent « occupé » à cette heure-là, avant de récupérer ses enfants à l'école, les jours où nous ne nous voyions pas. Parfois, il était supposé se trouver chez lui, mais ne répondait pas au téléphone. Se pourrait-il qu'il rende visite à cette Aline tous les jours ou presque ? « Ce n'est pas ce que tu crois. » Ses mots résonnent encore.

110

Je suis foutu.

Il me faudrait la main d'un géant pour stopper cette voiture infernale qui va me broyer contre le mur. Tout à coup, un gentil sort, la baguette d'une bonne fée ou une intervention divine mettrait un coup d'arrêt à mon suicide avec préméditation.

Mais rien ne vient me sauver. Et il est trop tard pour que je me sauve moi-même. Ce ne sont pas les «Je t'aime» que je continue d'envoyer régulièrement à Alba qui y parviendront.

Je suis foutu.

Il faut qu'on parle. J'aurais préféré un «Je t'aime aussi», éventuellement suivi d'un «malgré tout». On connaît tous cette phrase-là: «Il faut qu'on parle.» Rarement annonciatrice de bonnes nouvelles, c'est la phrase type qui sert de préliminaire à la rupture, laquelle ne manque pas d'arriver à l'issue du (soi-disant) *dialogue*.

Je suis foutu, vous dis-je.

Que puis-je répondre? Vos désirs, belle Alba, sont des ordres? Je suis prêt pour l'échafaud? Achève-moi, le plus tôt sera le mieux?

Cinq jours que l'on ne s'est pas vus. Depuis ce maudit coup de fil d'*Aline* qui était, en réalité, celui de Nathalie, mais peu importe. Depuis, je vis en sursis, au bord de l'asphyxie. À guetter un signe d'Alba, à nourrir le désir et la crainte de la revoir. À attendre l'impact.

Je réponds : *OK*. En voilà une réponse efficace, précise, conciliante. Alors que j'aurais voulu lui dire : « Jamais de la vie »... pour que notre histoire reste en suspens et ne s'achève jamais.

*

Elle est vêtue d'une jolie robe printanière à fleurs et drapée dans une dignité parfaite. Elle n'a peut-être jamais été aussi belle. Ironie du sort.

Elle m'a accueilli sans chaleur, m'a embrassé du bout des lèvres, comme certains vieux couples s'embrassent histoire de, par habitude mais sans envie.

J'ai la gorge tellement serrée que je me sens devenir aphone. Je somatise : je n'ai tout simplement aucune envie de parler. Ni de l'entendre, à vrai dire. Pour qu'elle me dise : « Tout est fini entre nous » ? Je n'ai pas envie d'être témoin de cette phrase théâtrale et tragique.

— Tu voulais me parler. Je suis là. Je suppose que tu souhaites des explications pour ce qui s'est passé lundi...

Je vais droit au but parce que je ne supporterais pas d'évoquer des sujets légers ou quotidiens. Je crois qu'au fond, je souhaite qu'elle m'achève. La drôlerie, entre nous, est finie depuis cinq jours.

— En effet. Je veux que tu me dises la vérité.

111

Voilà qui a le mérite d'être clair. Cela fait cinq jours que ça vire à l'obsession dans ma tête. « Romain t'a menti, Romain te ment » tourne en boucle du matin au soir et du soir au matin. Cela ne pouvait donc plus durer. Je ne veux pas vivre avec ce mensonge entre nous. Je veux savoir ce qu'il me cache, et depuis combien de temps. Je veux savoir pourquoi. Je veux savoir si c'est compatible avec un avenir commun. Je veux savoir où nous en sommes. Je veux TOUT savoir. La vérité telle qu'elle est, entière, franche, nue, blessante le cas échéant. Je m'attends à tout. Et surtout au pire.

Romain se contorsionne sur son siège. Être mis au pied du mur le rend nerveux et blafard. J'ai l'impression de lui avoir asséné un coup virtuel. Il semble incapable de parler. Alors, je tente de l'aider :

— Je sais que tu me mens, Romain. Je sais que l'hôpital détient la clé de tes cachotteries. Je ne sais pas qui est Aline. Mais je veux le savoir.

— Aline, c'est l'infirmière.

Il a prononcé ces mots d'une voix inattendue, blanche et serrée.

— Enfin, l'infirmière… Disons plutôt le bureau

des infirmières. C'était Nathalie, lundi. Ça aurait pu être Solange, Marie, Bénédicte ou même Pierre.

Romain me regarde droit dans les yeux, puis baisse la tête. Il effleure son œil droit de sa main droite pour chasser une larme. Je suis prise d'une envie de l'étreindre, de le consoler. Je ne crois pas à un calcul pour déclencher chez moi la pitié. Je crois que la vérité, sa vérité, le fait vraiment souffrir. J'ai si peur de ce qu'il va dire.

— Qui est à l'hôpital, Romain ?

Il ne répond pas. Sa gorge retient-elle ses mots ? Ses forces semblent l'abandonner.

— À qui rends-tu visite ? Apparemment régulièrement, qui plus est.

Un silence secoué de sanglots me répond. J'ai l'impression d'être un bourreau qui torture son prisonnier pour lui extorquer des informations capitales. Je n'ai jamais eu envie d'en arriver là. Mais je dois savoir.

Tout à coup, je repense à mes doutes et aux éléments que j'ai pu trouver étranges depuis que je suis avec Romain. Et c'est comme si les pièces du puzzle que je ne voulais pas voir s'imbriquaient toutes ensemble. Comme si ma folle intuition ne s'était pas trompée.

— C'est Florence ?

Il éclate en sanglots. Ça veut dire oui. Et tout ce qu'on a construit ensemble s'écroule comme un château de cartes.

112

Le choc a été violent.

Mais je ne suis bizarrement pas mort. Amoché, dans un triste état, brûlé vif, mais pas mort.

La façon qu'elle a eue de prononcer ces mots d'une voix presque douce « C'est Florence ? » m'a surpris. J'étais abasourdi qu'elle ait deviné le fin mot de l'histoire.

— Ta femme est toujours en vie ? J'avais raison, tu es marié ! J'avais beau me convaincre du contraire, j'avais si fortement, parfois, l'impression d'être ta maîtresse !

À ce stade, il lui manquait des explications. Parce qu'après tout, j'aurais pu être un homme-marié-comme-les-autres, au début, et Florence aurait pu avoir eu son accident récemment. Or, l'essentiel de ce que je lui avais dit était vrai. Enfin, *l'essentiel…* façon de parler. L'essentiel était certainement que j'étais toujours marié. Mais marié à une femme en état végétatif depuis quatre ans, c'est un peu différent des situations classiques, non ? Je ne dis pas que ça ne compte pas. Je n'enlève pas à Florence ce qui lui reste d'existence. Évidemment. Sinon je ne serais pas à son chevet tous les jours. Mais voilà... Je suis un homme qui vit seul, qui sur le papier a pour statut marital *marié*, mais qui dans les faits ne vit plus rien d'une vie de couple depuis longtemps, et qui est tombé amoureux d'une autre femme, divine, un jour d'automne, d'une façon aussi imprévisible qu'involontaire. Est-ce que c'est vraiment tromper dans ces circonstances ? Je n'ai sincèrement jamais considéré Alba comme ma maîtresse. Mais ce n'était pas le moment de chercher à en débattre.

— Alba, Florence est en état végétatif depuis quatre ans à la suite d'une chute dans l'escalier.

Je suis parvenu à articuler cette phrase, en y mettant toutes mes forces. Le regard d'Alba s'est teinté d'horreur.

Elle ne savait plus quoi dire, ce que d'ailleurs elle a dit. Elle a pris son sac, et elle est partie. Comme ça. Comme l'autre jour, dans la rue. Mais je savais que c'était pire.

Cette fois, je l'avais perdue.

113

Je suis partie sonnée. La vérité m'avait asséné un uppercut dans la poitrine, me coupant le souffle, m'envoyant à terre.

J'ai préféré marcher plutôt que prendre le bus. J'allais devoir monter sur scène trois heures plus tard, et je m'en sentais incapable. Je ne parviendrais pas à porter ma voix assez haut. Je n'étais même pas certaine de pouvoir sortir un son. Ni de pouvoir jouer. Je n'étais pas d'humeur à JOUER la comédie. C'est drôle d'ailleurs, cette expression. Je n'avais aucune envie d'amuser, de réjouir ou d'émouvoir. Je me sentais d'humeur tragique. J'avais seulement envie de me cloîtrer chez moi, de m'enfoncer sous la couette en cherchant à oublier tout ce qui s'y était passé de bon, de doux, de fort, d'heureux. Que restait-il de notre amour ? Que reste-t-il d'un amour fondé sur un mensonge originel ? D'un amour qui n'aurait pas dû être ?

Tout était faux, aussi factice que du toc. C'est ce que je me disais avant de me rétracter l'instant d'après. Non, il y avait du vrai. Je sais que Romain n'a pas triché sur ses sentiments, je sais sa sincérité.

Mais voilà… Tout est gâché. La vérité nous a dépassés, elle a tué notre « couple ». Si tant est qu'il ait jamais existé. Au fond, nous n'avons jamais vraiment été un couple. Nous avons été ENSEMBLE, c'est différent. Pour un temps.

Je me remets à penser à certaines paroles de Romain. Quand il évoquait son incapacité à pouvoir donner plus. Finalement, il ne parlait jamais d'avenir. Ou plutôt il refusait, assez subtilement, de parler d'avenir. On n'a jamais bâti de projets communs, il ne m'a jamais promis d'intégrer sa famille, de me présenter ses enfants… Maintenant je comprends mieux, je comprends tout. Et tout est si net que je me trouve bien idiote de ne pas avoir saisi la vérité avant qu'elle n'éclate.

Je suis quand même montée sur scène, au prix d'efforts surhumains. J'ai été mauvaise. Leïla a tenté de comprendre ce qui n'allait pas. Je lui ai répondu : « Je n'ai pas envie d'en parler. » Et elle ne m'a plus posé de question. Elle m'a à peine adressé la parole. C'était un jour sans. Après la pièce, je ne l'ai pas suivie pour l'after. Et, au titre d'excuse pour mon absence inhabituelle, je lui ai lâché : « C'est fini avec Romain. » Elle m'a regardée, éberluée. « Mais c'est pas possible ! », a-t-elle crié. J'ai fait un « si » de la tête et j'ai tourné les talons.

Sur le trajet, je me répétais cette phrase que je venais de prononcer et que je trouvais si incongrue que j'allais devoir me la répéter souvent : « C'est fini avec Romain. »

114

J'étais anéanti.

Oui, je sais, je n'ai que ce que je mérite. Je peux retourner au fond de mon puits.

Il a quand même fallu que j'aille travailler. J'en avais autant envie que de me faire arracher une dent sans anesthésie. Je suis arrivé au restaurant les yeux encore rougis, je pense. Je me suis posé dans mon bureau, alors que le samedi en fin d'après-midi je n'ai rien à y faire. Je voulais reprendre mes esprits. Comme si c'était possible. Thomas a fini par réagir. Quand il a vu ma tronche, il a compris. Il m'a dit qu'il était désolé, que c'était prévisible, que je ne pouvais pas travailler dans cet état. Il ne m'a pas enjoint de me ressaisir. Il m'a conseillé de rentrer chez moi. J'ai protesté, pour la forme – car j'avais bien conscience que ma carcasse morose et moi ne serions ni utiles ni performants, et représenterions plus une gêne qu'autre chose. Il m'a tendu mon imperméable et m'a ordonné de partir. Il dirait à l'équipe que je suis malade. « Je t'appelle demain matin. Tâche de dormir. » Je lui ai obéi. J'aurais obéi à n'importe qui, de toute façon. J'ai l'impression d'être un pantin funambule qui trébuche à chaque pas et dont le salut tient du miracle.

Je suis rentré chez moi par un trajet aussi long que le tour de la ville alors que j'habite à deux pas du resto. J'ai erré. On aurait dit un fou.

Le fou amoureux est devenu fou tout court. C'est presque le même, le sourire niais en moins, le côté flippant en plus. J'ai fini par envoyer un texto à Alba : *Alors c'est fini ?* Je n'ai jamais posé une question aussi désespérée ni attendu une réponse aussi *en transe*. Le départ d'Alba, tout à l'heure, sitôt la vérité connue, son silence depuis et mon intuition – on sous-estime souvent l'intuition masculine – m'invitent à penser que nous, en effet c'est fini. Après trois mois, trois semaines, cinq jours et dix-huit heures environ. Alba a transpercé mon cœur d'une flèche rageuse et vengeresse. Je tiens à préciser cependant mon rôle objectif et décisif de sabotage en bonne et due forme dans cette fin d'histoire. Les torts me reviennent à 100 %. Qu'elle décide de me jeter est logique, cohérent, tout à fait recevable. Je ne la méritais tout simplement pas.

N'empêche… J'attends sa réponse pour confirmation de mon intuition masculine. Je vais l'attendre toute la nuit s'il le faut. Je dévalise donc mon congélateur à la recherche de denrées nocturnes savamment conservées pour les périodes dénuées d'insomnie productive. Je trouve des macarons. J'en passe une vingtaine au micro-ondes, quantité basse estimée pour la nuit à venir. Cette fois, je n'en fabriquerai pas. Je les ingurgiterai. En attendant que la belle Alba se manifeste.

Vers 2 heures du matin, rendu au score de (finalement) vingt-sept macarons nerveusement engloutis, je reçois le SMS tant attendu (enfin, *attendu…*) : *Comment pourrait-il en être autrement ?*

L'une des règles de la bienséance et du dialogue prétend qu'on ne peut répondre à une question par une autre question. Mais, j'avoue, ce serait de la mauvaise foi de feindre d'ignorer la signification de ce message, qui pourrait être traduit en ces termes : « Évidemment ». Sous-entendu (option facultative avec plus de caractères) : « Évidemment que c'est fini. »

J'ai tout à coup très mal au cœur, et ce n'est pas qu'à cause des macarons.

115

J'ai passablement mal dormi. Nuit courte, entrecoupée de pensées parasites tournant toutes autour de Romain, avec au bout, toujours, l'incrédulité. Je crois que je n'arrive pas à intégrer la réalité. Que Florence existe encore. Que c'est fini. Que cette jolie histoire n'était qu'un mirage. Que la passion nous a consumés. Qu'il n'en reste que des cendres amères.

Je l'ai cru quand il se disait veuf. Sa vie ressemblait à celle d'un père solo. Il s'occupait de ses enfants le matin, le soir, les emmenait à l'école, jouait avec eux, allait à la piscine… Tout avait l'apparence d'une vie « normale » de veuf « normal ». Mais voilà… il se rendait à l'hôpital presque tous les jours. Pour rendre visite à sa femme.

Tout s'éclaire à présent mais entache douloureusement tout ce qu'on a vécu. Je repense à son alliance. J'imagine aisément combien il a dû lui être difficile de la retirer POUR MOI… et aux yeux des autres. Je me demande ce qu'il leur a dit, comment ils ont réagi.

Je quitte mon lit, moins par énergie et envie de bouger que par souhait de ne pas rester dans ces draps chargés de trop bons souvenirs. Romain est sans doute l'homme avec lequel j'ai préféré faire l'amour et dormir, même, lovée au creux de ses bras, son ventre contre mon dos, son souffle sur ma nuque. Avant lui, je n'aimais pas dormir à deux serrés l'un contre l'autre. Je voulais mon espace, ma moitié de lit non négociable. Avec lui, je me suis abandonnée. J'ai réussi à lâcher prise. Jusqu'à ce que je le regrette. Parce que ses bras, tout chez lui, me manquent.

Il n'a pas répondu à mon message. J'ai honte que ça se soit passé ainsi. Rupture par texto. Comme les ados. Comme si cela n'avait été qu'une historiette sans importance. Alors que c'était une belle histoire, que cela aurait pu être une grande histoire, la dernière, et que c'est grave de la voir s'achever ainsi.

Il n'a pas cherché à me rattraper. Ni quand je suis partie du café ni par écrit. Je me demande ce qu'il pense, ce qu'il envisage. Cherchera-t-il à me revoir, à reprendre contact, à me reconquérir ? Ou bien s'est-il déjà résigné, parce qu'il sait pertinemment que je ne serai jamais sa maîtresse ? Déjà que je l'ai été à mon insu... Je réprime un frisson.

Comment vas-tu ? Tu veux qu'on en parle ?

Leïla m'a envoyé ce message à 4 heures du matin. Je ne sais pas si j'ai envie de tout lui raconter. J'ai plutôt l'impression de vouloir garder ma douleur pour moi. La blessure est trop fraîche, la plaie béante. Je vais devoir cicatriser un peu avant d'en parler. Peut-être aussi que conserver la vérité en moi sans l'officialiser est une manière factice de prolonger le rêve naïf qui m'a bercée pendant des mois.

116

Ce dimanche a des atours morbides.

Je me sens une fois de plus en deuil. J'ai perdu Florence il y a quatre ans, Alba il y a une poignée d'heures. Et je me sens seul comme un chien errant. Abandonné. Livré à moi-même, à mes remords, à mes regrets.

Heureusement que j'ai mes enfants. Je me raccroche à eux comme à une bouée de sauvetage tout en ayant bien conscience de les avoir négligés ces derniers temps, de ne pas les mériter. Présent ou non avec eux, j'étais absent, trop occupé à me libérer des moments pour vivre mon amour fou avec Alba. Quitte à leur mentir. À eux, à mes parents, à ma sœur… À qui n'ai-je pas menti ces derniers mois ?

J'ai eu une double vie pendant trois mois, trois semaines, cinq jours et dix-huit heures environ. Je n'en tire aucune fierté. Pourtant, je le sais, jamais je ne regretterai cette parenthèse enchantée. Même si je souffre atrocement, même si ça n'est que le début. J'ai aimé, passionnément aimé, une femme extraordinaire. J'ai saisi ma chance. Je m'en suis donné le droit, après bien des réflexions. Moi aussi j'avais droit au bonheur. Dans mes bons jours, je rajoutais : « Tu ne le voles à personne. » Après tout, c'était plutôt vrai. Ce qui aurait pu me retenir, c'est la bienséance sociale, les règles de la morale, les principes judéo-chrétiens, le qu'en-dira-t-on. J'ai donc assumé, intérieurement, parfois pleinement, ce droit au bonheur probablement égoïste. La tentation de me hisser hors de mon puits et d'atteindre les cieux par l'entremise d'une déesse maladroite était irrésistible. Et, je le redis, quitte à vous déplaire : j'assume. Attention, ne vous méprenez pas : j'assume d'avoir cédé à mon inclination, pas d'avoir blessé Alba, évidemment. Elle est une victime collatérale du tourbillon amoureux dans lequel j'ai été absorbé tout entier. Elle est ma victime involontaire. Triste constat, quand même, alors que je la portais aux nues.

Mais sur le droit que j'ai pris de m'octroyer ces temps de béatitude, j'assume, oui. Peut-être encore plus maintenant que c'est fini. Je serais même capable de le revendiquer, de défiler seul dans la rue pour manifester avec un panneau « Droit au bonheur ». Je crois que la vie m'a assez puni depuis quatre ans. Que j'ai assez payé. Par mon chagrin, par mes espoirs (que Florence *se réveille*) effondrés, par mes visites quotidiennes, par mon investissement auprès de mes enfants, par mon abnégation, par mes peurs… C'est peut-être pour toutes ces raisons que j'ai décidé que j'avais le droit de vivre autre chose. Une belle histoire au goût d'interdit. Et puis rien n'était prémédité. Jamais je n'ai voulu trouver *une autre femme* que celle qui gît sur son lit d'hôpital. Alba a surgi, emportant tout. La tempête rousse, rappelez-vous… Imprévisible, trop divine.

Depuis le début, je savais qu'il y aurait une fin. Comme pour tout, finalement. Je savais même que l'histoire serait courte. Je vous l'avais dit. Elle a cependant duré plus longtemps que je l'aurais cru. Il aurait fallu que je quitte Alba avant qu'elle sache. C'est ce que j'avais prévu…

Mais je n'ai pas su renoncer au bonheur, au goût délicieux du bonheur.

117

Leïla a essayé, conformément à ma demande, de me changer les idées. Elle n'y est pas vraiment parvenue. Alors, peut-être pour me convaincre que je n'avais pas tout perdu ou que je ne vivais, après tout, que la suite logique du processus amoureux, elle a tenté de jouer la philosophe. Assez mal, en vérité. Ce n'est clairement pas un rôle pour elle. Finalement, là où elle s'est montrée la plus persuasive, c'est lorsqu'elle a cité les Rita Mitsouko. « Les histoires d'a, les histoires d'a, les histoires d'amour finissent mal. » C'est bien connu. Elle a sciemment omis le « en général » qui suit. C'est mon amie.

Je suis rentrée chez moi. Je n'avais pas envie d'y rester, de coincer ma solitude entre les murs de mon quotidien. Mon appartement me semble tout à coup hostile. Il se rappelle sans doute comme moi certains épisodes drôles et heureux, et végète dans une sorte de tristitude amorphe. Il préférait sans doute entendre Romain hurler à cause des pierres chaudes, nos rires devant des vieux films ou les cris de nos ébats, ou sentir le brûlé de mon crumble raté. L'amertume habite chez moi, maintenant.

J'ai même pensé aller rendre visite à ma mère, c'est dire… Mon état moral est aujourd'hui parfaitement compatible avec ce qu'elle attend de moi. Il y a encore quelques jours, j'aurais été trop enjouée, trop heureuse, trop lumineuse, elle aurait trouvé ça louche. Là, avec mon absence totale d'énergie, mes poches sous les yeux, ma voix atone, je corresponds bien à l'image et au rôle qu'elle m'a destinés. Mais je n'avais pas le courage de les affronter, ses sempiternelles questions et elle.

Alors, je suis restée à me morfondre. Je n'avais pas envie de lire, ni de m'avancer dans mon travail, ni de prendre un bain. J'avais juste envie de m'enfouir sous terre et d'hiberner.

J'ai tellement cru à cette histoire ! Je m'en veux aujourd'hui. J'ai l'impression d'être tombée dans un piège. Plus ou moins volontairement. Je ne sais pas si Romain m'a tendu ce piège, si j'ai été la proie facile qu'il attendait. Je ne sais plus bien où se situait sa sincérité et si l'adoration qu'il affichait était réelle ou feinte, dès le début. Je me rappelle ses deux mails touchants, presque désespérés. Il semblait mettre tant d'attentes dans une histoire avec moi. Je m'étais sentie élue, portée… déesse.

Premier dimanche sans Romain, première journée sans messages… J'essaie d'interpréter son silence. Je penche pour une marque de respect. Il devine peut-être mon besoin de repli. Et mesure sans doute le risque de se faire jeter. Pour autant, je ne peux m'empêcher de m'interroger. Romain et moi, c'est fini, mais n'y aura-t-il plus jamais de message ? Notre rupture implique-t-elle forcément l'absence totale ? Est-ce qu'il est sorti de ma vie, est-ce que je suis sortie de la sienne, définitivement ? Comme ça, après cette question, « Comment pourrait-il en être autrement ? »

118

Thomas m'a appelé ce matin, comme prévu.

Il voulait prendre des nouvelles, en savoir plus, sans doute, et évaluer, j'imagine, si j'étais capable de le seconder en cuisine pour le repas dominical. Je dis bien *seconder*, parce que je ne me sens plus du tout l'âme ni les capacités du chef. Je serais peut-être même tout juste bon à endosser le rôle de commis, à vrai dire. Éplucher des légumes, hacher, découper… C'est tout. Je suis incapable de réfléchir. Mon cerveau a quitté ma boîte crânienne.

Je lui ai donc raconté mon bref entretien avec Alba, hier. Je n'ai pas eu besoin de m'étendre sur mon état, celui-ci parlait pour moi. Thomas, improvisé en docteur en psychologie, m'a prescrit quelques jours d'arrêt. « Repose-toi, ne t'inquiète pas, je vais gérer. » Pas sûr que Cathy apprécie s'il prend mes heures en plus des siennes. Mais je suis d'accord avec Thomas : je suis incapable de travailler dans cet état. Et puis il y va de ma réputation. Un chef démoli n'est plus vraiment crédible. Et c'est plutôt laid, un chef démoli.

Donc, voilà. Je vais aller chez mes parents, chercher mes enfants que j'ai hâte de serrer dans mes bras. Mes étoiles sont toujours là. Même l'ombre d'Alba ne saurait affaiblir leur rayonnement.

*

J'ai joué au mec qui ne va pas trop mal. Les talents de ma comédienne ont peut-être judicieusement déteint sur moi. J'ai justifié mon heure d'arrivée (midi et quart) par le fait que j'allais m'octroyer quelques jours de vacances. Ma mère m'a regardé d'un drôle d'air et m'a demandé, soupçonneuse :

— Tu vas prendre des congés, toi ? Hors vacances scolaires ?

— J'ai besoin de repos.

— À la bonne heure ! s'est-elle exclamée, mains jointes vers le ciel. Depuis le temps que je te le dis !

Puis elle a refusé que je reparte tout de suite avec les enfants. Le repas était prêt.

— Reste déjeuner avec nous. Pour une fois !

J'ai obtempéré, suis allé me chercher assiette, verres et couverts et me suis assis à table. Les enfants étaient ravis.

Ma mère avait préparé le repas traditionnel du dimanche : jambon-macédoine, poulet-frites et tarte (aux poires, cette fois, vous noterez l'effort d'originalité). Je n'avais pas faim. Le genre de phrase qu'elle ne cautionne pas, qu'elle n'entend même pas. J'ai été élevé au « Il faut manger ». On voit où ça m'a mené.

Alors, j'ai mangé. Je ne sais pas par quel miracle mon estomac a réussi à jouer la comédie, lui aussi. Il s'est montré étrangement coopératif.

Le repas s'est bien passé, au regard de mon moral

vacillant. Ally et Léo étaient heureux que, pour une fois, je sois là avec eux un dimanche midi. Leur plaisir m'a mis du baume au cœur et a réussi à me donner le sourire. Un peu. Juste assez.

Je me suis dit que je n'avais pas tout perdu. Il me restait quand même l'essentiel. À croire que j'ai totalement assimilé la méthode Coué.

119

Bonjour Alba. Je ne sais pas dans quel état d'esprit tu te trouves, mais je me dis que ça ne peut pas se finir ainsi. Du moins, je pense qu'il serait bien que je t'explique pourquoi j'ai fait ça. Voyons-nous… une dernière fois, si c'est ce que tu veux. Mais voyons-nous.

Je reçois ce message alors que je viens d'ouvrir mon placard à épicerie à la recherche de quoi grignoter, puisque je n'ai presque rien mangé depuis deux jours. Devant les conserves de légumes, les épices en pagaille, les boîtes de lentilles corail et les émiettés de thon, je n'ai pu réprimer un sourire. Romain a sensiblement amélioré mon quotidien culinaire et la variété de mon alimentation. Je l'avais presque oublié.

Son message me touche. En un sens, il a raison, il y aurait sans doute beaucoup à dire et ses explications seraient certainement les bienvenues. Au fond, même si j'ai échafaudé des suppositions, j'ai envie de comprendre. De savoir ce qui lui est passé par la tête, à quel moment il a pris la décision de mentir… tout. C'est important de comprendre une histoire, une rupture. Le deuil est plus complexe à endurer lorsqu'on reste avec des questions sans réponse, avec des pourquoi.

Romain me propose de s'expliquer. Pour se rattraper ? Je ne peux pas le lui refuser, j'en ai besoin aussi.

*

Nous nous retrouvons dans le parc du château. Le soleil d'avril joue à cache-cache avec les nuages en cette belle journée de printemps. Je ne trouve pas cela logique, il aurait dû pleuvoir, les oiseaux n'auraient pas dû chanter.

C'est étrange, lorsqu'on revoit pour la première fois son « ex », de ne plus se presser contre lui, contre sa bouche, pour un baiser tendre ou fougueux. Romain et moi laissons entre nous une distance encore incongrue. Je me demande instantanément si c'est la dernière fois que nous nous voyons.

Il me remercie d'être venue, et nous commençons à marcher. Là encore, impression étrange de se retrouver ainsi, à arpenter les allées de notre amour, l'un des lieux de nos heureux souvenirs à présent déchus. Drôle de décor pour une explication. Mais, au moins, nous ne nous faisons pas face. Et il n'y a pas de lit ou de canapé tentateur. Il n'y a que les buissons et les haies derrière lesquels il nous est arrivé de nous cacher, que nous ignorons savamment.

— Je ne sais pas trop par où commencer, m'avoue-t-il.

— Par le début, peut-être, ce serait bien ?

Ma proposition n'est pas dénuée d'ironie.

Alors, il m'explique tout. L'accident de Florence,

son traumatisme crânien, le coma dans lequel elle s'est enfoncée et duquel elle est sortie sans triomphe, les espoirs qu'elle redevienne « comme avant » qui fondent et s'anéantissent, la vie sans elle, le père dépassé, les enfants à protéger, le quotidien malheureux, la conscience que cela peut durer encore longtemps ainsi. Et mon irruption dans sa vie. Mais ça, est-il besoin de me le rappeler ? Son coup de foudre, son envie de lutter, mais son incapacité à y parvenir, son désir de me revoir... tout ce que je sais déjà. Je lui demande alors, sur le ton du reproche :

— Mais pourquoi tu m'as dit que tu étais veuf ?

— Pourquoi ? Mais parce que j'allais te perdre avant même que notre histoire commence ! Je ne voulais pas passer à côté de toi. Tu étais le miracle que je n'attendais pas, Alba. J'étais sûr que tu allais me rendre heureux... Pour un temps, en tout cas. J'ai vécu des jours, des mois d'enchantement avec toi. Ça n'avait pas de prix.

— Même pas le prix de mon sacrifice ?

Il reconnaît son égoïsme, revendique un droit au bonheur et ose me dire qu'il ne regrette rien. Même s'il s'est enfoncé dans les mensonges, même s'il a bafoué certaines de ses valeurs, même s'il m'a fait souffrir, m'a sacrifiée en m'offrant un bonheur que lui savait voué à l'éphémère... Il ne regrettera jamais l'histoire qu'on a vécue ensemble.

— Je sais que j'ai mal agi et que je suis sans doute inexcusable. Ne crois pas que je cherche à te faire changer d'avis... J'espère seulement qu'un jour tu sauras me pardonner.

Je baisse la tête. Une chose est certaine, même si

j’en sais plus à présent, je ne suis pas sur la voie du pardon.

Déjà nos chemins se séparent. Avant de nous dire au revoir, Romain ajoute :

— Quoi que j’aie pu faire, ou dire, je t’ai aimée comme jamais je n’avais aimé. Et rien que pour cette raison, crois-moi, ça en valait la peine.

Un triste et maigre sourire se dessine sur ma bouche, puis je pars de mon côté. Seule et songeuse.

120

Voilà. C'est fini.

Alba m'a écouté dire la vérité. Je n'ai pas cherché à me justifier, c'était inutile et malvenu, j'ai simplement expliqué pourquoi. Pourquoi je m'étais octroyé cette parenthèse heureuse, pourquoi j'avais été obligé de mentir, pourquoi je n'avais pas eu le courage d'avouer… Je savais que j'allais la perdre. Autant que ce soit le plus tard possible. Je savais que ma situation n'était pas compatible avec sa droiture.

En rentrant chez moi, j'étais anéanti… Las, vidé de toute force, mais paradoxalement plein. Plein de regrets et d'oublis. Je me suis rendu compte que j'aurais pu, ou dû, ajouter d'autres vérités, tout aussi essentielles que celle que je venais de lui asséner… Peut-être qu'un jour j'aurai le courage ou l'occasion de lui dire que j'aurais aimé vivre avec elle un amour au grand jour, l'embrasser devant tout le monde, la présenter à ma famille, à mes enfants, vivre avec elle… Tout ce qui aurait été possible dans une autre vie, une vie où je ne serais pas marié à Florence, une vie sans Florence…

Parfois, j'ai de mauvaises pensées, des pensées coupables que je tais et garde au plus profond de moi. Je ne souhaite pas la mort de Florence, et pourtant je ne peux pas m'empêcher de me dire que si elle n'était pas entre vie et trépas, Alba et moi aurions eu une vraie chance d'exister pour de vrai.

J'ai le sentiment de me sacrifier, de sacrifier Alba, de sacrifier notre bonheur et peut-être celui de mes enfants sur l'autel d'un dieu qui n'a pas su choisir entre la laisser vivre pleinement ou la laisser mourir, qui l'a gardée sur un lit aux portes de l'au-delà et nous a figés dans la glace. Nous vivons finalement dans une demi-vie, immobiles. Sans avenir, sans projets, dans une attente inconfortable et stressante. Quand et comment cela finira-t-il ? Où *cela* désigne le peu de vie qui reste dans le corps de Florence. Corps auquel je rends visite presque tous les jours et auquel je parle, auquel je fais écouter de la musique, auquel je raconte les derniers événements de notre vie de famille amputée. Au début, j'y croyais. J'écoutais ce que les soignants disaient : « Il faut la solliciter. » Alors, je m'exécutais. Avec assiduité et foi. Avec courage et ténacité. Et beaucoup d'amour. Mais peu à peu, son état s'est encore dégradé. Je continuais de lui parler, de la toucher, de masser son corps pour la soulager des escarres… mais plus dans l'espoir qu'elle se *réveille*. Simplement par amour et par habitude. Et quatre ans après, j'en suis encore là. À fixer son corps inerte et l'absence totale de réaction. Et tous les jours ça me fait mal de la voir ainsi et de constater cette réalité finalement absurde : on garde son corps en vie alors qu'elle est morte. *Morte*, dans son cerveau et dans son cœur, qui sont devenus imperméables, imperturbables, insensibles. Inertes. Florence, pour moi, ne vit plus. Elle ne porte plus ses yeux sur le monde qui l'entoure, elle n'interagit plus, elle ne rit plus, ne travaille plus, ne marche plus, ne part plus en vacances, ne porte pas ses enfants, ne les emmène pas à l'école ou au cinéma. Elle ne partage plus rien avec personne, ne s'émerveille plus de rien, elle n'est plus avec nous. Elle est seule dans son corps.

Et parce que, bon gré mal gré, elle loge encore dans son enveloppe corporelle, notre vie à nous est suspendue à la sienne.

J'ai envie de hurler.

121

Plusieurs jours se sont écoulés depuis l'explication de Romain, jours pendant lesquels je me suis évertuée à me concentrer sur mon travail. Le hasard a décidé de me choyer : je croule sous les projets, enregistrements divers, castings voix, représentations du soir... Je suis très peu chez moi, cela m'arrange. Je ne m'y sens toujours pas mieux.

Évidemment, je pense à Romain. Il reste quelque part en moi, ses paroles, sa voix, flottent encore autour de moi. Je suis imprégnée de notre histoire. Un peu perdue, aussi.

Je peux comprendre son point de vue. Cela ne signifie pas pour autant que je le cautionne. Encore moins que je lui pardonne. J'ai tenté de me mettre à sa place, mais le peut-on vraiment ? J'ai essayé de m'extraire de cette histoire pour être moins prompte au jugement. J'ai vaguement réussi à répondre « Je n'en suis pas sûre » à « Et si tu étais dans sa situation, n'aurais-tu pas eu, toi aussi, envie d'être un peu égoïste au bout de tout ce temps ? » Mais quelles que soient mes contorsions, je suis dans cette histoire, je suis l'autre, je suis celle à qui on a menti, qu'on a trahie, celle avec qui, d'une certaine manière, on a joué (avec ses sentiments, sa naïveté, son bonheur, au moins). Je suis trop impliquée pour ne pas le juger. Le juger lui, ou plutôt ses actes… ce que je tiens à distinguer.

De toute façon, même si un jour j'arrivais à le comprendre vraiment et à lui pardonner… rien ne serait résolu. L'histoire resterait gâchée, pardonner ne serait pas oublier, la confiance serait difficile à retrouver, et surtout, SURTOUT, sa femme, quoi qu'on en dise, serait toujours là, entre nous. Autrement dit, c'est sans issue. Romain a raison, dès le départ, c'était une histoire impossible. Une histoire qui n'aurait pas dû commencer. Trop de bonheur, trop vite achevé, qui me laisse exsangue. L'histoire de trop pour moi.

J'en suis à ce stade affreux où je dors très peu, ne m'alimente que pour tenir, pleure pour un rien, me trouve nulle, ne crois définitivement plus en l'amour. Où je me dis : « Cette fois, c'est sûr, on ne m'y reprendra plus. » Où je suis plus que jamais certaine que je finirai ma vie toute seule. Où, comble du comble, je pourrais même admettre : « Maman avait raison. »

Au final, je ne suis pas d'accord avec Romain : moi, je regrette. J'aurais préféré ne jamais le rencontrer.

122

Je souffre le martyre.

Je découvre ce qu'est survivre à une rupture. Finalement, c'est la première fois, de ma vie d'adulte j'entends, que j'en vis une. Une vraie rupture, pas une cassure nette comme me l'a infligée Dieu, le ciel ou une sorte de destin diabolique lorsque Florence a quitté notre vie sans vouloir me quitter moi. J'ai évidemment eu des chagrins d'amour quand j'étais jeune (je me remets à parler comme un vieux, à croire que le retour à mon puits me condamne à la vieillesse des gens tristes). Mais ça ne compte pas vraiment. Enfin, sur le coup, oui. Je suis sûr que j'ai souffert, que j'ai pleuré, que j'ai ruminé… temporairement. Du moins c'est ce dont je crois me souvenir : des histoires d'ado, pas très sérieuses en somme. Les années ont peut-être érodé ma mémoire. Quoi qu'il en soit, je n'étais pas vraiment amoureux.

Là, c'est une autre dimension. Je suis dans les bas-fonds de l'après-rupture-qui-fait-suite-à-la-plus-belle-histoire-d'amour-de-ma-vie. Je suis au trente-sixième dessous, enfermé dans un gouffre labyrinthique et sans issue, empêtré dans le magma de mes regrets et de mon désespoir. Je suis une loque. J'ai le cheveu gras, la barbe en friche, si je n'avais pas les enfants à emmener à l'école, je passerais mes journées en pyjama. La vaisselle s'accumule, le bazar aussi. J'ai dit à Natacha de ne pas venir, j'avais trop honte.

Tout cela me rappelle l'après-accident de Florence. J'étais dans le même état. À ceci près que je passais mes journées à l'hôpital. Et que j'étais donc, malgré moi, très actif. Je m'étais donné pour mission de tout mettre en œuvre pour que Florence *récupère*, et d'être un père très présent pour tous les temps hors nounou (pour Léo) et hors école (pour Ally). Du temps, j'en avais : j'ai déserté le restaurant pendant plusieurs mois. Thomas a été remarquable, à tous points de vue. Cathy aussi. J'ai été très entouré par ma famille et mes amis de l'époque.

Là, je ne le suis pas. Je suis désespérément seul. Et pour cause. Hormis Thomas, qui sait ce que j'endure ? Je ne sais même pas si c'était une bonne idée, cette semaine de *congé*. Vous m'auriez vu, affalé dans mon canapé, à regarder en boucle tous les épisodes du dessin animé dans lequel Alba joue Mindy la peste… Ça braillait un peu trop, mais niveau intellectuel, ça convenait bien à mon cerveau ramollo… Et quel plaisir d'entendre mon aimée s'amuser comme une petite folle. Par moments, j'avais les larmes aux yeux, alors que c'est tout sauf émouvant, ces petits personnages montés sur pile électrique… J'ai même pleuré quand Mindy a dit : « Adieu, Jonas. »

Ma semaine s'est donc résumée à ça : m'occuper de mes enfants tant bien que mal et me laisser complètement aller. Je n'ai pas réussi à me reposer. Évidemment. Je dors très peu et très mal – mais sans fournées nocturnes. Je cogite toute la nuit, je me repasse le film de mon histoire avec Alba, j'imagine des scènes bonus. Des scènes où je serais un peu plus héroïque, beaucoup moins lâche et moins stupide. Des scènes où Romain Piveteau dirait à Alba Grangier : « J'ai été con, mais je vais me rattraper. » Avec beaucoup de sérieux, et l'émotion à son comble. J'ai toujours une imagination foisonnante, hein. À la limite de l'optimisme idiot. Car c'est irrattrapable, je le sais bien.

En conclusion de cette semaine off : j'aurais sans doute mieux fait d'aller travailler. Au moins pour m'occuper l'esprit.

123

J'ai l'impression de m'enivrer de travail. C'est toujours mieux que de sombrer dans l'alcool ou la dépression… Je n'arrête plus. Je vole d'un projet à l'autre, d'un studio à l'autre, d'un théâtre à l'autre, dans une frénésie illusoire. Je tente de remplir le vide.

Cela m'empêche de penser. Quand je travaille, lis, joue, du moins. Dans les transports, les moments creux, les nuits vides, c'est plus difficile. Pour être honnête, c'est quand même toujours là, dans un coin de ma tête. Romain, nous, notre histoire. Ces mensonges, ce bonheur raté, cette déconvenue de plus, ce gâchis total. Tout ça pour ça. Tout ça pour rien.

J'alterne entre une tristesse abyssale et la colère. Je passe de l'une à l'autre en traversant toutes les nuances possibles entre les deux. Ma colère elle-même change de camp et se dirige tantôt vers Romain, tantôt vers moi. Dans ces moments, je m'en veux, je me déteste presque… d'être tombée dans un piège amoureux. Malgré ma méfiance habituelle, mes alarmes intérieures, je me suis laissé prendre par un mirage trop beau pour être vrai.

Après l'explication de Romain dans le parc du château, je n'ai pas eu de nouvelles pendant quelques jours. Je ne savais pas trop comment interpréter son silence. Est-ce qu'il me laissait totalement à ma vie ? Est-ce qu'il se résignait si tôt, si vite, à en être sorti ?

Et puis, finalement, j'ai reçu un message. Le jeudi suivant, je crois. *Alba, je te demande pardon… Je suis désolé de t'avoir fait du mal. Tu ne le méritais pas. Je ne te méritais sans doute pas. Pardon pour tout le mal que je t'ai fait. J'espère qu'un jour, malgré tout, tu me pardonneras.*

Son message m'a émue aux larmes. Mais je n'y ai pas répondu. Je ne savais pas quoi dire. Je n'avais pas les mots. Pas la foi, surtout.

Je sais que Romain n'a jamais voulu me blesser. Finalement, son tort initial a été d'être égoïste. Ce n'était pas CONTRE moi. Ce qui me blesse, c'est le sentiment d'avoir été dupée, d'avoir été un moyen de bonheur, d'avoir été fauchée en plein amour et de souffrir maintenant, alors que l'horizon était dégagé et prometteur. J'y ai cru. Je L'ai cru. Et je n'aurais pas dû.

124

J'ai repris le travail.

Il fallait bien. De toute façon, mon moral ne pouvait pas empirer au contact du monde extérieur. Le plus compliqué serait de faire semblant. Je suis très fort comme comédien, dans ma tête. Dans la vraie vie, c'est une autre affaire. Sans compter que, même si j'ai repris forme humaine en taillant ma barbe et en me lavant les cheveux, je ne vais physiquement pas bien : je suis livide, j'ai les joues creuses. J'ai perdu trois kilos en une semaine. « Tu n'auras qu'à dire que tu as chopé un sale virus qui t'a mis K.-O. », m'a dit Thomas, en tant que praticien décidément très polyvalent.

L'accueil de mes employés a été chaleureux. Ils étaient visiblement contents de revoir leur chef… Comme si j'étais parti trois mois, comme si je leur avais manqué. Ils sont sentimentaux ou quoi ? N'empêche, ça m'a fait plaisir.

J'ai tourné en rond, un peu. J'avais en quelque sorte perdu mes marques. Je ne savais pas par quoi commencer, ce qui pourrait me motiver. L'envie de cuisiner est totalement retombée. J'ai perdu le désir, le goût du beau et du bon… comme avant Alba, comme après l'accident de Florence. Je pourrais proposer des pâtes au gruyère, tiens. Alba, sors de mon corps, tu m'as contaminé. Je pense ça, et je souris bêtement.

Je me demande où elle est, ce qu'elle fait, là, en ce moment, comme à peu près tous les instants. J'essaie de l'imaginer. Je la vois au studio, sur un plateau de doublage ou sur les planches d'un théâtre. Je la vois travailler, lire, déclamer… Je l'entends, même. Je me demande si elle parvient à sourire. Ne serait-ce qu'à l'évocation d'un souvenir avec moi. Je me demande si elle arrive à rire. Moi, non.

Elle n'a pas répondu à mon message. Ce qui signifie très clairement: « Non » (je ne t'ai pas pardonné, je ne te pardonnerai sans doute jamais). Elle n'a pas répondu par une question, genre « Comment pourrait-il en être autrement ? » Mais ça veut dire la même chose.

J'ai souvent envie de lui écrire. De décrocher mon téléphone. Mais la vanité de la chose m'en empêche. Je voudrais tellement lui dire que je l'aime, qu'elle me manque, que j'ai besoin d'elle. Je m'en empêche. Je suis certain qu'elle sait déjà tout ça, alors à quoi bon. C'est inutile. Je me sens impuissant. Inerte, passif, englué. Malheureux résigné. Condamné à la douleur éternelle.

*

Il faut quand même que je reconnaisse un aspect positif à tout ce marasme. Il m'est apparu très récemment. Je me suis rendu compte d'un fait étrange: j'éprouve une forme de soulagement depuis notre rupture. Oh, il n'y a pas de quoi sortir les cotillons. Mais tout de même, un poids s'est allégé en moi, et quand j'y pense, c'est d'une logique imparable : j'éprouve la presque sérénité de celui qui a avoué la vérité et qui n'aura plus à mentir. Moi qui dévalais la pente dangereuse du mensonge, qui étais prisonnier d'une spirale infernale, j'en suis sorti. J'ai l'impression d'avoir remis les compteurs à zéro. D'être en quelque sorte *lavé*, propre et libéré.

Sur ce point, donc, je me sens mieux.

Sur le reste, peut mieux faire.

125

Ma carrière dans la synchronisation s'envole. Il y a quelques semaines, j'ai passé un casting voix, et j'ai appris peu après que j'étais prise pour mon premier rôle dans un long-métrage américain, une comédie, qui va passer au cinéma en France. Il s'agit d'un rôle secondaire, mais non négligeable : la meilleure amie de l'héroïne. J'ai des scènes très variées, beaucoup de dialogues avec plein de personnages. Il nous reste encore quelques jours d'enregistrement. J'ai hâte d'y retourner. C'est la première fois que j'enregistre avec autant de comédiens. Nous sommes jusqu'à quatre à converser ensemble sur une boucle. L'ambiance est extra. Le film, drôle et énergique, avec deux stars d'Hollywood. Moi, je double une nouvelle actrice. Peut-être aurai-je la chance de la doubler à nouveau si elle tourne dans d'autres films… Peut-être vais-je devenir SA « voix française » ! Je suis ravie de cette expérience. Même si, comparée à d'autres, je suis une débutante, je sens que je progresse. Je suis de plus en plus à l'aise avec la bande rythmo, avec le jeu. Pas évident, évident, les halètements (hhhhhh sur la bande rythmo), notamment… Parallèlement, je me rends compte qu'il peut être efficace de mimer la scène et de réaliser les gestes de l'acteur à l'écran, pour avoir la bonne intonation, le bon jeu. Par exemple, j'ai beaucoup mieux réussi à parler en faisant du jogging en courant moi-même, à la barre. Bon, pour la scène chaude au lit, c'était moins évident avec le comédien à côté de moi… et assez embarrassant, j'avoue. Ça m'a rappelé ma lecture du livre audio érotique. Mais en moins gênant, cette fois. Comme quoi, cette expérience un peu douloureuse m'a prouvé son utilité.

*

Comme tous les soirs, en rentrant du plateau de doublage, je passe par ma boîte aux lettres avant de monter à mon appartement. Pas de courrier, comme presque tous les jours, mais cette fois, un petit colis m'attend. Je n'ai pourtant rien commandé. Intriguée, je l'attrape et le soupèse. L'écriture ne me dit rien. Il y a une petite étiquette rouge « FRAGILE » dessus. Je prends l'ascenseur, me demandant ce que ça peut être et de qui ça vient. Il y a tellement de scotch qu'une paire de ciseaux sera nécessaire pour l'ouvrir.

Sitôt arrivée dans mon appartement, je me livre à cette tâche avec application et fébrilité. Je parviens finalement à ouvrir le colis, au prix de quelques efforts. Du papier bulle en grande quantité enveloppe un objet. Je le déroule avec précaution – je suis la mieux placée pour connaître ma maladresse légendaire. Je comprends vite de quoi il s'agit… et qui en est l'expéditeur. C'est une boule à neige. Personnalisée. Avec la photo d'un ex-joli couple heureux et ces mots : « Je t'aime, pardonne-moi » gravés sur le plastique, en bas. Kitsch et émouvant à la fois. Je secoue la boule par réflexe et contemple les flocons qui dansent en retombant. Je souris, les larmes aux yeux. Je souris, pour le cadeau, pour l'attention, pour le souvenir du jour où Romain a découvert ma collection, pour celui du moment où nous avons posé devant la grande roue. C'est la première fois qu'il m'offre une boule à neige. J'en suis émue… mais c'est trop tard. Puisque tout est fini.

Au fond du petit carton, il y a une carte. Avec simplement écrit : « J'ai trop besoin de toi. »

Je me mets à pleurer parce qu'il me manque, parce que moi aussi j'ai besoin de lui, parce que nous sommes tous les deux malheureux, chacun dans notre coin, et ça n'a pas de sens.

126

Le joli mois de mai n'a vraiment rien de joli.

Trois jours seulement de passés et je peux déjà vous l'assurer. Je ne sais pas qui est le con qui a inventé cette expression idiote. C'est peut-être pour le ciel… Peu importe, mon ciel à moi est gris-noir. Quel que soit le temps dehors. Avec Alba, c'est fini depuis un mois. L'un des plus longs mois de ma vie.

Je suis retombé dans un quotidien morne d'automate, dans une routine tristement connue qui se résume en trois mots : restaurant-hôpital-enfants. Je tente de sourire, j'essaie de jouer le rôle du super papa très fort. Mais Ally et Léo ne sont pas dupes. Ce sont des enfants. Et on sait tous que les enfants sont des éponges. Ils voient bien, même si je m'efforce de n'en rien laisser paraître, que je dépéris moralement. Ally me demande souvent « Ça va, papa ? » Je réponds « Oui », juste pour la rassurer. Et puis parfois, parce que je voudrais ne plus lui mentir, je lui avoue : « Pas vraiment. » Alors, elle me demande pourquoi je suis triste, et j'ai toujours cette réponse type, vraie mais fuyante : « J'ai des soucis d'adulte. » J'essaie de la protéger, mais en définitive, je l'angoisse peut-être plus encore, je ne sais pas… Il m'est arrivé de lui dire: «Tu es trop petite pour comprendre.» Auquel cas elle ne manque pas de rétorquer: «C'est pas vrai, je suis grande!» Et alors, j'acquiesce. Parce qu'elle a raison, elle va avoir huit ans dans quelques jours, et elle a déjà une maturité certaine pour son âge. Comme tous les enfants confrontés au drame, j'imagine. Je regarde ma grande fille dont les cheveux foncent. Elle sera sans doute comme Florence: enfant blonde, femme brune. Et je ne peux pas m'empêcher de sourire quand je l'imagine dans dix ou vingt ans… Même si mon sourire s'éteint vite quand je pense à sa maman qui n'aura pas la chance de la voir grandir.

127

Ce soir, on se fait un petit resto avec Leïla. Avec l'arrêt des représentations de *La Mastication des morts* et nos engagements respectifs, nous nous voyons moins. Nous avons du temps à rattraper pour nous remettre à jour dans le récit de nos vies respectives.

Elle est en plein tournage de son premier long-métrage. Elle a été prise dans le rôle de la jeune fugueuse ! Son tempérament de feu et son visage juvénile (elle semble avoir dix ans de moins qu'en réalité) lui ont ouvert les portes du cinéma. Elle découvre, bien plus que lorsqu'elle n'était que figurante, les coulisses du tournage, tous les métiers, les à-côtés, les petits coups bas, le réalisateur qui s'énerve et retouche le scénario à la dernière minute, l'acteur montant qui se la joue déjà star, ceux qui ne connaissent pas bien leur texte (ce qui n'arrive jamais au théâtre), les prises qu'on réitère quinze fois pour garder la première… Mais elle aime l'effervescence qui règne, le brouhaha, les allées et venues des accessoiristes, être entre les mains d'une maquilleuse, le trac, entendre « Moteur », jouer dès qu'on crie « Action ! », tout.

Je la regarde et je suis fière d'elle. Elle touche son

rêve du bout des doigts. Elle va l'avoir, son nom sur l'affiche. « Si le film arrive en salle », s'esclaffe Leïla. Elle préfère en rire mais n'ignore pas les possibles déconvenues. Combien de films tournés n'aboutissent pas sur le grand écran ?

Je la découvre plus confiante. Enfin. Son agent a d'autres projets pour elle. Elle essaie de garder les pieds sur terre et la tête froide, mais son sourire en dit long.

Professionnellement, nous allons nous retrouver ensemble en juillet, pour le Festival d'Avignon. Cette perspective nous enchante.

Leïla m'interroge sur Romain. Ce qui est rare. La plupart du temps, je ne souhaite pas en parler. J'ai le chagrin solitaire. Donc, là encore, j'écourte le sujet.

— J'ai envie de me changer les idées, dis-je en guise de diversion.

Leïla réfléchit quelques instants. Son visage s'illumine, sa voix explose :

— Si on partait en vacances toutes les deux ?

128

Le restaurant est fermé pour une semaine.

C'est la deuxième partie des vacances de printemps. Ce soir, je suis invité chez Thomas et Cathy avec les enfants. Une éternité que ça n'était pas arrivé. Je suis plutôt content. Un mois que je ne suis pas sorti…

Cathy m'accueille chaleureusement. Les enfants nous filent entre les jambes pour retrouver leurs copains. On ne les verra qu'à l'apéro et au dessert, comme d'habitude. On s'installe au salon, on ouvre une bonne bouteille. Titulaire d'une mention complémentaire en sommellerie, Thomas a des goûts très sûrs en la matière.

— Tu n'as pas trop mauvaise mine, remarque Cathy avec son tact légendaire qui signifie « je m'attendais à pire ».

Je souris, un peu gêné. Je me vante de ma minceur en plaquant ma main sur mon ventre et j'ajoute :

— J'ai fait mon max pour te plaire.

Elle rit, pose une main sur mon épaule et me regarde avec compassion. Thomas lui a tout raconté. Aucun problème pour moi. Au contraire. Déjà parce qu'il m'épargne le fait de devoir m'adonner à un résumé d'une histoire *irrésumable*, ensuite parce que nous sommes amis depuis si longtemps que nous n'avons pas vraiment de secrets les uns pour les autres. Ils ont toujours été là pour moi. Et ce soir, là, chez eux, leur accueil et leur soutien me font déjà du bien. J'ai l'impression de mieux respirer. Ce qui me rassure un peu, parce que je ne voulais pas endosser trop le rôle de l'ami-dépressif-de-mauvaise-compagnie. Celui qui met mal à l'aise, qui flingue le moral de tout le monde et l'ambiance d'une soirée, je suis sûr que vous voyez bien le genre…

On parle d'Alba. Évidemment. Et c'est insolite en soi. Il n'y a qu'avec eux que je le peux. L'évoquer, mettre des mots sur elle, tout à coup, lui redonne de la consistance, comme si je n'avais pas vécu un rêve, comme si elle avait vraiment existé. Je sens sur moi les yeux compréhensifs de Cathy, une absence totale de jugement négatif, son empathie réelle.

— C'est vraiment fini, tu crois ? me demande-t-elle.

— Je suppose, oui…

— Pas de nouvelles, depuis la boule ? m'interroge Thomas.

— La boule ?

Cathy a les yeux écarquillés. Thomas lui explique la surprise que j'ai réservée à ma chionosphéréphile préférée – ça y est, j'arrive à le dire – mais ne se souvient plus de la fin de cet épisode :

— Elle t'avait répondu quoi, déjà ?

— Elle m'a répondu par SMS trois jours plus tard (trois jours interminablement longs, vous imaginez bien) : « Laisse-moi du temps… »

— Alors, ce n'est pas mort ! me coupe Cathy trop vite. Si elle veut du temps, c'est que ce n'est peut-être pas fini. Tu peux entrer en phase « reconquête » !

— Tu m'as interrompu… Après, elle disait : « … De toute façon, même si j'arrivais à te pardonner, le problème serait toujours le même. »

Les épaules de Cathy s'affaissent avec un « Ah » déçu. J'engloutis trois grandes gorgées de vin pendant qu'elle réfléchit.

— Le « problème », c'est Florence ?

— Oh, sans doute… Pas que… C'est tout un ensemble… suis-je forcé d'admettre. Mais le nœud est là, oui.

— C'en est vraiment un ? Je veux dire… C'est si insoluble que ça ?

J'explique le point de vue d'Alba sur la question, sa position de *maîtresse*, son refus de vivre cachée. Et ma propre culpabilité aussi, évidemment. J'appuie sur le caractère impossible de notre histoire d'amour, à la fin écrite dès ses prémices. C'était tracé, tragique, la faute à la fatalité. Les oracles l'avaient prédit. Nous étions Roméo et Juliette, Tristan et Iseut, Orphée et Eurydice. Au moins aussi maudits.

— Tu n'exagères pas un tout petit peu ? Dis-moi, tu vas t'empêcher de vivre encore longtemps ?

Je m'attendais à ce qu'elle comprenne, se lamente avec moi, me reconnaisse un statut de victime du destin, de martyr, me dise que oui, c'est terrible d'être l'objet d'une machination aussi barbare. Mais non, rien de cet ordre : elle préfère me regarder d'un air sévère de maîtresse d'école qui signifierait *Copie à revoir.*

129

Je suis chez moi, dans mon canapé, je m'entraîne à lire à voix haute des poèmes du XIXe siècle, pour une lecture qui doit avoir lieu dans quelques jours sur une scène parisienne. Musset, Verlaine, Lamartine, Hugo ou encore Baudelaire, pour ne citer qu'eux, y rivaliseront. J'aime ces vers, ces alexandrins, la musicalité qui s'en dégage, et la beauté des mots. Ce n'est pas moi qui les ai sélectionnés, mais pour beaucoup, ils évoquent, comme par hasard, l'amour, la passion, le désamour, la douleur. L'écho m'est douloureux.

Car aimer, c'est agir et s'exalter sans trêve ;
Ô toi, dont la douceur baigne mon cœur altier,
À quoi bon soupeser l'or pur de notre rêve ?

Je t'aime tout entière, avec mon être entier, semble me souffler Romain par l'intermédiaire d'Émile Verhaeren. Mon regard se pose souvent sur sa boule à neige. Elle n'a pas rejoint ma collection. Elle est trop spéciale, je l'ai posée sur ma table basse. Elle me répète, chaque jour : « Tu as été heureuse, lui pardonneras-tu ? »

Je lui ai demandé du temps. Du temps pour quoi ? Pour cicatriser ? Pour anéantir les derniers feux de ma colère ? J'imagine que oui. Ma colère s'est apaisée et tend à se tarir. Je n'en veux plus autant à Romain. J'aimerais lui en vouloir, mais j'y arrive de moins en moins. C'est ma nature, je n'ai jamais réussi à garder très longtemps les motifs de rancœur ou de colère. Je suis née dépourvue de la tendance à m'entêter dans le reproche ou la détestation, je ne sais pas ne pas pardonner. Peut-être par opposition à ma mère, la reine du ressentiment par excellence. Je fonctionne différemment. Chez moi, tout finit toujours par s'apaiser. Avec le temps.

Je crois que j'ai admis l'essentiel quant aux raisons qui ont poussé Romain à agir ainsi. Ça n'a jamais été contre moi. Il n'a, d'une certaine façon, pas eu le choix. C'était la condition pour que notre histoire existe. Je glisse petit à petit vers une forme d'acceptation de ce qui a été, vers moins d'amertume et moins de regrets.

Ces derniers jours, j'ai aussi compris un point important : je n'ai pas été une proie, je ne suis pas une victime. Romain et moi nous sommes aimés. Passionnément, avec sincérité. Certes, il en savait plus que moi, certes, il m'a blessée, certes, il n'a pas été complètement honnête avec moi, mais cela ne fait pas de lui un monstre pour autant. Surtout quand on pense à ce qu'il a vécu et vit encore.

Parfois, il me vient des idées bizarres. J'aimerais par exemple me rendre à l'hôpital, dans la chambre de Florence. Pas pour vérifier, non. Pas pour lui parler non plus… pour lui dire quoi ? Juste pour la voir, me rendre compte de mes propres yeux. Mais ça n'a pas de sens. C'est sans doute idiot.

Je lis des poèmes d'amour et je pense aux bras de Romain, à sa bouche, à ses baisers. À ma chute sur talons hauts, à ma mousse au chocolat liquide et à mon massage aux pierres trop chaudes. À mes maladresses qui le faisaient rire, à l'humour qui prenait part à notre passion. À tous ces petits riens qui font un grand tout.

130

Reconquérir Alba ?

Elle est bien bonne, celle-là. Du Cathy tout craché, idéaliste, irréaliste. Faut qu'elle arrête de regarder des comédies romantiques à deux sous. La vie n'est pas une comédie romantique, que je sache.

Concrètement, faudrait que je m'y prenne comment ? J'étais plutôt fier de ma trouvaille et de mon idée de boule à neige à message, mais quand je vois le résultat… C'est sûr, si j'étais optimiste et en forme, je serais capable de me lancer dans des actions un peu folles pour montrer à Alba tout mon amour et tout mon désir de la retrouver, comme on peut voir dans le journal ou à la télé, genre un message sur les panneaux publicitaires ou les bus de la ville, lui envoyer un bouquet de fleurs par jour, chanter avec une guitare sous sa fenêtre, ou que sais-je encore. Si j'étais optimiste et en forme – et si je ne chantais pas faux, aussi. Mais ce n'est pas le cas. Je me traîne, je n'y crois pas. Qu'est-ce que ça changerait ? C'est comme la boule à neige, c'est comme sa réponse : « Ça ne changera rien au problème. » Voilà. C.Q.F.D. Pas besoin de se lancer dans ce qui pourrait ressembler à du n'importe quoi. Au mieux, je la ferais rire. Au pire…

Le pire, on y est déjà. Elle me manque tellement. Je n'ai pas envie de vivre sans elle. Je voudrais lui crier : « Ne me quitte pas *complètement* » – puisqu'elle l'a déjà fait. Je pense à Brel. J'écoute sa chanson, très fort, pour achever mon moral déjà bien amoché et me désespérer un peu plus. C'est ce qu'on appelle soigner le mal par le mal. Question guérison, je repasserai. La preuve : moi aussi, je crois que je voudrais bien être réduit à devenir l'ombre de son chien. Sauf qu'elle n'en a pas.

Plus sérieusement, j'ai déjà réfléchi à lui demander qu'on devienne amis. Comme si c'était possible. Comme si je pouvais me tenir près d'elle et la regarder sans avoir une envie insurmontable de l'embrasser. Je suis passé maître en la matière « trouver des idées à la con ».

J'ai envie de lui envoyer un message, là, tout de suite. Comme toutes les heures de tous les jours, mais là encore plus. Un message qui la frapperait par son originalité. Qui la ferait sourire, au moins. Un genre de déclaration d'amour décalée qui lui ferait penser « Ah, mon Romain, il est unique. » Ce qui est et sera toujours une vérité. Sans vouloir tirer la couverture à moi, on est tous uniques, mais je le suis peut-être plus que les autres. On se rassure comme on peut, quand on est désespéré.

131

Alba, tu me manques. Tout me manque. Même ta cuisine, même tes massages. Je voudrais manger d'autres crumbles à la pyrolyse, être encore brûlé au second degré par tes pierres chaudes, tomber par terre avec toi. Je voudrais revivre ces moments et en inventer plein d'autres… même pires.

Comment ne pas sourire et fondre devant cette déclaration un brin maso ? Parce que j'ai pu lui prouver ma maladresse parfois dangereuse, Romain m'amuse en amoureux prêt à tous les risques.

Il me manque aussi. Je l'avoue. Nous étions si heureux ensemble. Quand je me dis ça, j'ai aussitôt envie de pleurer.

Je dois admettre que j'ai fini par lui pardonner. De là à le lui dire, n'exagérons pas. De là à reprendre notre histoire là où elle s'est arrêtée, non plus. Je lui ai pardonné ses mensonges. Mais sa situation est la même, sa femme est toujours là, sa culpabilité vis-à-vis d'elle aussi et son incapacité à assumer au grand jour, intacte. Nous sommes donc au même point.

Sauf que j'ai envie de l'appeler. Je n'écoute que ma

spontanéité, je m'exécute. Il décroche sans tarder. Son « allô » dénote l'étonnement et une vague inquiétude.

— C'est Alba.

Je précise, comme oublieuse d'un temps où dans son répertoire j'apparaissais comme « ma déesse » accolé à mon prénom. Mais je n'en mène pas large. Je tremble même un peu.

— Je ne savais pas trop comment répondre à ton message, et puis j'ai eu envie de t'appeler.

— Tu as bien fait, dit-il sobrement.

— Je ne sais pas. Ça fait bizarre…

Il dit « Oui » et un silence passe, qu'il rompt assez vite :

— C'est bon de t'entendre.

— Qu'est-ce que tu fais ?

— Je suis dans mon bureau. Je réfléchis à la carte des desserts de la semaine prochaine. Il commence à y avoir des fraises.

— Mmmmh…

— Je ne suis pas spécialement inspiré. En tout cas, pour innover. J'ai du mal à me concentrer depuis plusieurs semaines, va savoir pourquoi. Et toi, le boulot ?

— J'ai terminé le doublage de mon premier long-métrage. C'était une super expérience. Sinon, rien de très neuf.

— Et Leïla, son tournage se passe bien ?

Il m'écoute. Peu à peu, à parler d'une autre que nous, le dialogue devient plus naturel, moins gauche. Jusqu'à ce que le sujet soit épuisé. Le malaise revient se placer entre nous. Trop de questions qu'on n'ose pas poser, trop de flou. Au bout de quelques phrases banales, Romain ose me dire :

— J'aimerais beaucoup te revoir.

Je laisse passer un blanc.

— Moi aussi, finis-je par avouer. Mais je ne suis pas certaine que ce soit une bonne idée.

132

Pas une bonne idée ?

Je n'en ai jamais eu de meilleure. Elle brille même par sa supériorité au milieu de ma collection d'idées débiles.

Je joue à l'idiot, mais je sais bien ce qu'entendait Alba par là. La vérité, c'est qu'elle a peur de me revoir. Elle a peur de succomber à mon charme et à la tentation. Je manie l'humour, mais en réalité je suis très sérieux. Je crois, j'espère, mais je crois, de ce que j'ai perçu dans notre conversation, qu'Alba ne serait pas opposée à ce qu'on se revoie. Elle m'a semblé plutôt en paix, comme si elle m'avait pardonné, au moins en partie. Sa voix est redevenue douce et claire. Néanmoins, et elle m'avait prévenu, ça ne change rien à ma *situation*.

L'autre soir, Cathy s'était montrée assez fine sur ce sujet : « Le problème, c'est ta situation, ou toi vis-à-vis de ta situation ? » Elle m'a dit qu'il était peut-être temps que j'admette certaines choses et que je me donne le droit de vivre pleinement. Pas que je vive à demi, par loyauté envers Florence, morte à demi. Thomas avait approuvé sa femme, puis m'avait lancé : « Tu crois que tu vaux mieux par ton sacrifice ? C'est des foutaises, tout ça. Tu crains le qu'en-dira-t-on, mais ça se joue entre toi et toi. Si tu assumes, personne ne te jugera. »

Je me dis qu'ils ont peut-être raison, que j'ai élevé des montagnes pour tout compliquer, mais que les gens, finalement, auraient compris. Les gens, oui, les personnes lambda, la société, d'accord, mais ma famille ? Mes parents, mes enfants ? Et les parents de Florence ?

Après toutes ces réflexions, je me penche de nouveau sur ma carte des desserts. Et là, une sorte de génie me souffle une idée géniale : je vais créer un dessert en hommage à Alba. Je pense aux ratés culinaires de ma déesse romaine, et je note sur ma feuille : « Crème façon Alba ». Un joli nom pour ce qui sera ma version revisitée de la crème… brûlée.

133

Ce n'est pas que je n'ai pas envie de voir Romain. Évidemment que j'en ai envie. Qu'il me manque. Que je voudrais retrouver nos discussions, nos rires. Mais cela n'irait sans doute pas sans une étreinte. J'ai trop peur du désir. Je ne crois pas que j'y résisterais. Et, comme je l'ai dit, ce ne serait pas une bonne idée. Mon corps serait plus fort que mon esprit et m'ôterait toute volonté. Ce serait replonger. Alors que je commence tout juste à m'habituer au manque, à me sevrer.

Une fois, Romain a émis la possibilité qu'on devienne amis. Amis, vraiment ? Comment peut-il y croire ? Voilà qui relève de l'impossible. Ou alors, dans très longtemps… quand il n'y aura plus ni enjeux ni désir ni restes d'amour. Quand il n'y aura plus rien. Dans très très longtemps, donc. Peut-être jamais.

J'ai pourtant l'intuition très forte que Romain et moi, nous nous reverrons. Après tout, il n'est pas sorti de ma vie. J'attrape ma boule à neige, je la secoue. Je contemple les petits flocons qui se dandinent devant nos visages souriants et nos yeux brillants.

Je pense à Florence entre la vie et la mort depuis si longtemps. Je frémis d'effroi à l'idée que si elle disparaissait, Romain serait libre. Et disponible. Et sans doute prêt à vivre un amour au grand jour. Le nôtre, j'imagine. C'est horrible, mais je ne peux m'empêcher d'y penser. Notre avenir ne dépend-il que de la mort de Florence ? Cette question me glace. Je ne la souhaite pour rien au monde et je serais bien incapable de bâtir notre relation sur des cendres encore chaudes. Ce serait bizarre et malsain. J'aurais encore plus l'impression de prendre sa place, d'être vue comme celle qui attendait ce triste événement pour s'accaparer le veuf.

Je ne suis pas comme ça.

134

Juin n'est pas plus joli que mai.

Je vous le dis comme je le pense. Même s'il faudrait que j'arrête de me lamenter sur mon sort, je sais. Ruminer ne sert à rien. Se poser en victime non plus. D'autant que je suis l'unique responsable de tout ce qui m'arrive. « Il faut que tu avances », me tance régulièrement Thomas. Comme si c'était facile ! Il m'a rappelé ce à quoi je devais me raccrocher, mes enfants, leur bonne santé, nos prochaines vacances, le restaurant qui se porte bien et qui fête ses dix ans cette année. J'avais oublié. Dix ans, oui, déjà. Je me revois, si heureux à la concrétisation de ce projet, le choix du local, du nom, du concept, la première carte, les débuts... Un sacré challenge. C'était un peu notre premier bébé à Florence et moi. Je n'ai pas envie de fêter cet anniversaire. Je n'ai pas le cœur à ça. Pas l'énergie. Tant pis. Ce n'est pas une obligation après tout.

Alba et moi, nous nous donnons des nouvelles de temps en temps. Pas comme des amis, mais plus comme des amants. Dans un entre-deux quelque peu étrange, à mi-chemin. Peut-être simplement comme deux ex qui n'ignorent pas ce qui les lie et qui gardent une tendre estime l'un pour l'autre. Un respect mutuel. Un lien indéfinissable qui subsiste sous une autre forme. Un *truc* vaguement persistant. J'ai arrêté les déclarations d'amour et les supplications. La banalité de nos échanges, parfois, m'afflige. J'essaie de me rassurer en me répétant que, au moins, nous ne perdons pas le contact. Alba n'est pas complètement sortie de ma vie. C'est l'essentiel. Même si j'ignore où cela va nous mener. Peut-être n'est-ce qu'une manière de faciliter le sevrage. Peut-être n'est-ce qu'un temps de transition entre le tout et le rien, avant de couper le cordon définitivement. Parfois je me pose mille questions à l'heure. Parfois, je me contente d'une certitude. Celle, par exemple, qu'Alba ne m'en veut plus vraiment. Elle l'a sous-entendu il y a peu. Elle m'a avoué n'être pas assez rancunière, j'ai souri. Pour le reste, on en est au même point. On ne se dit pas nos douleurs, elles existent en chacun de nous, certainement. Ce que j'aime dans notre pseudo-relation amicale à distance, c'est qu'Alba continue de me faire rire. Notamment quand elle me raconte ses gaffes. La dernière en date ? Elle a terminé une conversation téléphonique avec un producteur qu'elle ne connaissait pas – la discussion hyper sérieuse, vous voyez le genre – par un « gros bisous ! » débordant d'enthousiasme. Encore un grand moment de solitude dont elle a le secret. Elle est vraiment redoutable à ce jeu-là.

Mes enfants sont devenus fans du dessin animé dans lequel elle joue Mindy la peste. Comme par hasard. Je ne sais pas si je dois m'en réjouir. J'entends désormais tous les jours ou presque la version suraiguë de la voix d'Alba. Je préfère de loin *sa* voix… la vraie, et sa variante sensuelle, repenser à « tarte Tatin » et à sa langue sur ses lèvres. Tellement plus émoustillant. Tellement plus Alba.

10 juin, 15 h 56. Un SMS d'Alba. *Coucou Romain. J'espère que tu vas bien. Je voulais juste te prévenir que je pars en vacances avec Leïla dans trois jours. Au Sri Lanka ! Je t'embrasse.* Son enthousiasme et sa joie me donnent presque la nausée. Elle va partir. Très loin. À plusieurs milliers de kilomètres. Et si elle ne revenait pas ? Je pense crash d'avion, je pense piqûre mortelle, je pense attaque terroriste, je pense intoxication alimentaire, chute dans un ravin, accident de la route. Et même coup de foudre à l'hôtel.

Je pense que j'aurais dû partir avec elle.

135

Nous sommes en escale à Doha, dans cet aéroport complètement fou, géant, luxueux, futuriste, avec ses impressionnantes œuvres d'art contemporain. Nous attendons l'heure de l'embarquement. Encore neuf heures et nous serons à Paris. Je regarde Leïla qui s'est assoupie près de moi sur son siège. Il est 3 heures du matin, mais je suis incapable de dormir. Et j'aurais trop peur de rater l'avion.

Je passe en revue les centaines de photos accumulées dans mon smartphone. Je voulais changer d'air, je n'aurais pas pu rêver plus dépaysant. Leïla et moi sommes allées de surprise en surprise tout au long de ce voyage fabuleux. Le climat, les paysages, l'architecture, la culture, la langue, les gens, la nourriture, les animaux, tout est tellement différent de chez nous…

Durant le vol aller, Leïla m'avait confié en riant : « Je suis très curieuse de voir ce que cela donnera, Alba au Sri Lanka. » Elle avait dit cela comme elle aurait parlé des albums de Martine – *Martine à la ferme*, *Martine à la plage*… Cela signifiait simplement qu'elle attendait beaucoup des exploits dont j'ai le secret pour agrémenter ce voyage culturel et le transformer en divertissement. Je ne l'ai donc pas déçue : j'ai évidemment eu mon lot de petits moments de solitude. Quand je ne comprenais pas ce que nous disait notre guide soi-disant francophone, quand j'ai hurlé en posant mes pieds nus sur les dalles des temples chauffées à blanc, quand je me suis fait draguer par un autochtone très insistant, quand je suis entrée dans une chambre d'hôtel qui n'était pas la mienne, quand j'ai dû payer pour une toute petite information que je n'avais pas demandée et que je n'avais pas d'argent sur moi, quand j'ai oublié de couvrir mes épaules pour entrer dans un temple, quand j'ai approché d'un peu trop près un éléphant sauvage, quand un singe a fouillé dans mon sac pour voler notre pique-nique, quand je me suis baignée au milieu des méduses, quand j'ai glissé sur des viscères au marché aux poissons de Negombo, quand j'ai vomi juste après à cause de l'odeur pestilentielle des thons et des raies séchant par cinquante degrés au soleil…

Nous avons donc beaucoup ri. Mais pas seulement. Nous nous sommes cultivées, régalées, nous avons été émues, charmées, subjuguées, déçues… Nous avons eu peur, aussi – surtout en voiture.

J'ignore si c'était l'effet du climat tropical, des temples bouddhistes, de nos marches dans la jungle ou des massages ayurvédiques, mais là-bas tout était propice à la réflexion et à la méditation (tout, sauf les klaxons intempestifs à toute heure du jour et de la nuit, dans les villes).

Il m'a semblé qu'avec ce voyage toutes les conditions étaient réunies pour que je me reconnecte avec moi-même. Que je me recentre. Que je fasse le point. Que je reconsidère ma vie.

Évidemment, j'ai pensé à Romain… et pas seulement lors de nos découvertes culinaires (même si je suis certaine qu'il serait revenu avec de nouvelles idées pour sa carte). J'ai réfléchi à notre histoire, je l'ai revue de bout en bout, j'ai pris du recul, bien plus qu'en France. Est-ce la sérénité des lieux ? Il m'a semblé que j'allais rentrer plus « en paix ». Même s'il reste des incompréhensions, des points de rancœur. Il m'est par exemple apparu ce fait dont je n'avais pas pris conscience avant : Romain avait finalement décidé de tout, au départ. Ou presque. Il avait peut-être même choisi à ma place. Je m'étais laissé porter par ses envies et son amour, par les miens aussi… mais quel choix aurais-je fait s'il m'avait avoué sa situation dès le début ? Est-il si sûr que j'aurais fui ? Pourquoi a-t-il cru savoir à ma place, alors qu'il me connaissait à peine ? Pourquoi n'a-t-il pas donné sa chance à la vérité ? Toutes ces questions m'ont assaillie là-bas. Et je vais rentrer, je crois, avec l'idée que ma vie ne doit plus m'échapper, qu'il est temps que je m'affirme et que je cesse de subir le choix des autres. Moi seule dois savoir ce qui est bon pour moi. Ma mère ne l'a jamais su et s'en contrefichait certainement. J'ai pensé à mon père qu'elle a exclu de notre vie. Et si je prenais un jour, enfin, la décision de tenter de le retrouver ?

Je regarde mes photos aux mille couleurs… Je revisite les temples grandioses, j'entends le cri des oiseaux tropicaux, je sens encore l'odeur suave des fleurs du frangipanier, l'air moite sur ma peau, de ce pays si beau où je souhaite déjà retourner.

136

J'ai revu Alba.

J'avais trop mal vécu son séjour au Sri Lanka. Je sais que je ne vais pas spécialement bien vivre ses trois semaines à Avignon, même si c'est plus près, même si c'est moins dangereux (entre nous, ce n'était pas délirant d'imaginer le pire, au vu des mésaventures qu'elle m'a racontées).

Elle avait à peine posé le pied sur le sol français que je lui ai envoyé un : *J'aimerais bien te voir*, le *bien* et la phrase étant bien en deçà de la mesure de mon espoir. C'est toujours mieux qu'un : « Il faut qu'on parle », non ? Elle était fatiguée du voyage, je lui ai laissé le temps de récupérer. Nous nous sommes vus deux jours après.

Elle avait bronzé, son teint avait pris la couleur d'un caramel doux, faisant ressortir ses adorables taches de rousseur – des éclats de nougatine. Elle se tenait là devant moi, en chair et en os, bien vivante, resplendissante. Elle n'avait pas refusé de me voir. J'en avais été surpris. Agréablement surpris, vous imaginez bien. Je n'en ai tiré aucune conclusion hâtive.

J'avais simplement envie de la voir, et qu'elle me

parle de son voyage. Et elle aussi, j'imagine, pour m'accorder cette faveur, ne serait-ce que pour le simple plaisir de revivre un peu ses vacances en me les racontant. En tout bien tout honneur. En *amis*. Pour une fois, je ne me suis pas fait des films.

On s'est retrouvés dans un café. On a mis entre nous la distance d'une table. Ces retrouvailles, les premières depuis notre rupture, ont été un peu gauches. Bizarres. Mais très vite la discussion a porté sur son voyage, et Alba s'est métamorphosée. J'ai adoré la voir s'illuminer, s'enflammer, même. Elle avait les yeux pétillants, les mains bavardes et emphatiques, la voix si vivante à mesure qu'elle égrenait ses souvenirs. J'ai adoré la regarder, l'écouter – parfois je ne l'écoutais plus vraiment, tout à ma rêverie. J'ai adoré regarder les photos qu'elle me montrait – surtout quand elle était dessus… surtout celles où elle était en jolie robe ou en maillot de bain, sur lesquelles elle passait vite, par une espèce de pudeur déroutante. J'ai adoré tout son récit, entre émerveillement et anecdotes. J'ai adoré être contaminé par son enthousiasme. J'ai moins adoré me dire que ça aurait été merveilleux si on y était allés ensemble.

À un moment, en voulant attraper son téléphone qu'elle me tendait, ma main a touché la sienne. J'ai presque sursauté, nous nous sommes regardés et avons esquissé un sourire, gênés. Je l'ai laissée s'attarder un peu plus que nécessaire. Encore deux secondes. Deux secondes d'un contact d'une saveur inouïe. C'est à ce moment-là que j'aurais voulu pouvoir lui avouer : « Alba, je t'ai dans la peau »… cette phrase *apoétique*, ultra tarte, complètement clichée, mais si vraie ! Je l'ai pensée très fort, mais je l'ai gardée pour moi. Je sais exactement quel ton j'aurais employé, quelle tête j'aurais faite. Je voyais la scène, les comédiens, l'émotion. Mais je ne voulais pas qu'elle croie qu'il était impossible de nous voir sans ambiguïté. Je voulais, au contraire, lui prouver qu'on pouvait se revoir encore. Comme des amis qui veulent croire qu'ils en sont. Comme des amis qui rêvent secrètement de quitter cet entre-deux sans nom, peut-être un jour, à la faveur d'un coup de pouce du destin.

137

C'était curieux de le revoir. Il a perdu du poids, cela lui va bien. Je l'ai trouvé encore plus beau. En dépit de cette tristesse au fond de ses yeux, c'était lui.

Je lui ai raconté mon voyage et me suis enquise de sa vie. J'ai également demandé comment allait Florence. Elle n'est ni mon ennemie ni ma rivale. J'éprouve, depuis que j'ai appris son existence et son histoire, une forme de respect et d'admiration pour elle, outre la compassion évidente que l'on peut ressentir pour ces personnes qui ont à lutter dans une bataille qui n'aboutira à aucune victoire. À l'égard de Romain, hormis ce que j'éprouve encore au fond de mon cœur, je ressens ces mêmes impressions de profond respect, d'empathie et d'admiration pour celui qui s'est engagé courageusement aux côtés de la combattante. Je me demande combien de temps cette guerre chimérique, ces efforts vains dureront encore, ainsi. Il m'arrive de penser que nous nous sommes trompés tous les deux, que nous avions droit à notre histoire, que rien ne l'interdisait vraiment. À part une sorte de devoir moral ou une conception dogmatique du « jusqu'à ce que la mort vous sépare ». Pour moi, il ne l'a pas « trompée ». Je peux le dire en ces termes aujourd'hui car je ne l'ai compris, admis, que très récemment. De même que je suis en mesure de comprendre aujourd'hui qu'il ne m'a jamais considérée comme sa maîtresse. Il ne se donnait tout simplement pas le droit d'aimer.

L'année scolaire touche à sa fin. C'est bientôt la fête de l'école d'Ally et Léo. Puis ils partiront en vacances tous les trois. Ils seront sur la côte basque pendant que je serai à Avignon. Nous ne nous reverrons pas avant un mois.

Globalement, je vais mieux. Je remonte la pente. Le voyage m'a fait du bien. Je me sens étrangement plus sereine. J'attends la suite, en quelque sorte.

Mes sentiments n'ont pas changé. Mon désir de lui non plus. Même si je n'en ai rien laissé paraître et que je n'ai pas eu à lutter quand nous nous sommes revus. La situation ne se prêtait pas à la moindre équivoque ni au rapprochement. On avait simplement l'air idiots au moment de se dire au revoir. Hésitants, maladroits. On a fini par s'enlacer, je l'ai embrassé sur la joue, lui dans mon cou. Et c'est tout.

Chacun est parti de son côté, non sans un pincement au cœur. Fallait-il encore une preuve de ce monumental gâchis ?

138

Quelque part, non loin de Biarritz.

Ces vacances avec Ally et Léo sont finalement nos premières vacances tous les trois. Jusque-là, j'étais trop mal et eux étaient encore trop petits (surtout Léo) pour que je me lance dans ce genre d'aventure. On partait avec mes parents ou avec ma sœur, ou avec Thomas et Cathy. Aujourd'hui, c'est différent. Je me suis dit que j'en étais capable cette année. En même temps… J'ai réservé en mars, à un moment où je me sentais pousser des ailes. Depuis, je me suis lamentablement vautré, mais bon.

Le camping n'est pas mal, le bungalow s'est avéré plutôt confortable. Les enfants profitent de la piscine et se sont déjà fait des copains. C'est la formule idéale pour des vacances en famille mais pas en vase clos entre quatre murs. Nous voyons du monde.

Les enfants sont visiblement ravis. Je me plais à les regarder s'amuser, grandir. Un peu moins à les écouter, parfois : Ally passe son temps à chanter à tue-tête la chanson de leur fête de l'école, je n'en peux plus. Elle accompagne les paroles de la chorégraphie une fois sur deux. Le pire, c'est quand elle me demande de l'imiter. Je m'y prête de bonne grâce, une fois sur dix, et bien caché dans notre logement. Heureusement que Léo ne me réclame pas d'endosser le rôle de Papa pingouin…

Il y a beaucoup de familles ici. Logique, mais assez déprimant. Ce bonheur en Cinémascope est parfois indigeste à regarder. Je dis ça, mais le rose des apparences cache aussi des couleurs moins enviables, à voir la tête renfrognée de certains, ou à entendre les disputes de mes voisins d'emplacement.

Je croise également des femmes seules avec leurs enfants. Et là, c'est différent. Par moments, il y a des regards en coin qui pourraient laisser imaginer un possible intérêt à mon encontre. Le plus souvent, j'ai surtout l'impression qu'on porte la même étiquette sur le front « Familles monoparentales solidaires », qui installe entre nous un début de complicité sur le mode *tous dans la même galère.*

*

Je pense à Alba. Je l'imagine à Avignon, sur scène et dans tous les moments où elle n'y est pas. Les pires, sans doute. Ce doit être festif et joyeux, beaucoup trop festif et joyeux. Elle est avec sa compagnie, avec plein de gens, elle rencontre du monde. J'imagine bien dans le lot des comédiens faussement torturés, et d'autres un peu trop beaux gosses, des beaux parleurs qui roulent des mécaniques et se croient en route pour un Molière.

Je suis jaloux. Oui, je l'admets. *Ma* comédienne est là-bas et c'est pire que le Sri Lanka et ses dangers.

Je pense tellement à elle que je suis parfois pris d'une envie de parler d'Alba à mes enfants. J'ai déjà essayé d'imaginer cette scène. En réalisateur confirmé, j'ai échafaudé plusieurs scénarios.

La veille de notre départ, on était sur la plage et on parlait de Florence. Et c'est sorti tout seul, j'ai demandé à Ally et Léo ce qu'ils penseraient si un jour je tombais amoureux d'une autre femme. Léo a pouffé de rire (il est à la période où il cache ses yeux quand deux personnes s'embrassent en disant « C'est dégoûtant »). Ally a haussé les épaules.

— Et maman, tu l'aimes toujours, papa ?

— Bien sûr que je l'aime toujours, ma chérie.

Sa question n'admettait que cette réponse. Et je ne me suis pas forcé, puisque d'une certaine façon, évidemment, j'aime toujours Florence. Même si nous ne partageons plus rien, même si nous ne vivons pas dans le même monde. Je suppose que j'aime surtout la Florence d'avant, celle de mes souvenirs. Je ne vais pas expliquer à ma fille qu'on peut aimer deux personnes en même temps, d'une façon différente (surtout dans ces conditions), un peu comme je l'aime, elle, et j'aime son frère d'une façon différente. N'empêche… Sa question m'a plutôt refroidi.

J'en suis resté là.

139

Avignon, son festival, le théâtre, l'effervescence, la vie. Tout est réuni pour trois semaines folles. On dort peu, on se nourrit de pièces et de scène, on boit un peu trop. La fatigue s'accumule. Je vais en ressortir épuisée, mais heureuse. Étonnamment heureuse. Ou sereine… Ou les deux.

Nous rentrons après-demain. Déjà. Nous avons vécu des moments forts, très forts parfois, avec la compagnie. Personnellement, j'ai vécu deux moments moins glorieux.

Le premier, sur scène. Un trou noir. Un trou noir abyssal, duquel je n'ai pu me sortir seule, et dans lequel j'ai entraîné mes compagnons. Je me suis arrêtée net dans une longue réplique. J'ai cherché mon texte, tenté de combler le vide comme si de rien n'était, en prenant le relais avec force déambulations et gestes éloquents… mais quand le texte est revenu, j'étais bien trop loin, à peu près trois pages trop loin, et je n'étais pas entourée des bons comédiens ! Difficile de rattraper une erreur aussi grossière. Pour un peu, j'aurais pu voir notre metteur en scène prêt à manger son chapeau aussi nettement que s'il avait été sous mes yeux… Mes camarades sur scène, les yeux exorbités, essayaient de trouver une impossible solution pour s'extraire du bourbier où je les avais jetés. Une catastrophe qui entre directement dans le top 5 de mes pires moments sur scène.

Le deuxième moment moins glorieux, c'est lorsque je me suis retrouvée, bouche contre bouche et à moitié nue, dans la chambre de Bastien.

Bastien est un comédien lyonnais que je croise régulièrement à Avignon. Il y a quelques années, nous avons eu une petite aventure qui a duré le temps du festival. Rien que de très banal.

On s'est revus plusieurs fois depuis, presque chaque année. Il a pris l'habitude de jouer un peu avec moi, de me draguer gentiment. Rien de trop lourd, néanmoins. Je l'avais averti qu'il ne se passerait plus rien entre lui et moi. J'avais passé l'âge de m'« amuser » ainsi. Il respectait.

Cette année, il n'a rien tenté du tout pendant les deux premières semaines. Tant mieux, je n'avais pas envie de me faire draguer, même par lui, même gentiment. Jusqu'à ce soir où nos compagnies ont festoyé ensemble, en after. L'alcool aidant, ma prudence était de plus en plus relative, ma maîtrise aussi. J'étais un peu trop désinhibée, plus du tout sur la défensive. Je trouvais Bastien follement drôle et participais volontiers à son petit jeu de drague « fuis-moi, je te suis ». C'est ainsi que je l'ai suivi à son hôtel, qui était aussi le mien… puis jusque dans sa chambre. En mauvaise posture, ou du moins prête à franchir le pas que je m'étais juré de ne pas franchir. Je n'en tiens pas rigueur à Bastien, attention : il a tenté sa chance, je me suis montrée encline à aller plus loin. Consciente et consentante.

Jusqu'à ce moment où j'étais sur le point de m'étaler sur son lit. Tout à coup, une lumière s'est allumée dans mon cerveau, un éclair de lucidité. Romain, peut-être. Je ne sais pas. Je me suis rendu compte de ce que j'étais en train de faire, de ce que j'ALLAIS faire, et je n'en avais pas envie. J'ai arrêté Bastien dans son élan, j'ai attrapé ma robe, que j'ai enfilée à toute vitesse, près de la porte. J'ai bafouillé des excuses assez minables et je suis sortie de la chambre. Penaude, désolée pour lui, honteuse, mais satisfaite d'avoir réagi à temps.

140

Le quotidien a repris, version estivale.

Après les vacances, j'ai déposé les enfants chez les parents de Florence, comme chaque deuxième quinzaine de juillet. Mes congés finis, j'ai repris le travail. J'étais content de notre séjour et pas mécontent de retrouver le restaurant, Thomas ainsi que le reste de l'équipe.

Ma motivation culinaire est revenue. Pas encore au beau fixe, mais honorable. J'ai repris du poids, aussi. La faute au gâteau basque et à la charcuterie dont j'ai abusé pendant les vacances. Et j'ai bronzé. D'où le « Tu as bonne mine ! » que j'entends partout, de la bouche de mon ami comme de ma mère. À croire que les stigmates de la rupture ont disparu et que je suis un homme refait à neuf. Extérieurement, on pourrait le croire. Mais pour qui vit à l'intérieur de moi, moi-même donc, c'est une autre affaire. Je vais mieux, je ne le nie pas, mais je ne vais pas *si bien que ça*. Et pour cause.

Je souffre encore d'insomnie. Et c'est le grand retour de la pâtisserie *by night*. En ce moment, votre noctambule préféré a une passion pour les mousses de fruits et les meringues.

Je continue d'écouter Alba. J'ai enfermé Mindy dans la télé, mais je me suis remis à écouter ses pubs sur mon smartphone. Sa page sur le site de voix off a été mise à jour et je découvre un monologue didactique qu'elle a réalisé pour l'Urssaf. Je ne pensais pas, un jour, prendre plaisir à m'entendre expliquer les démarches administratives les plus déprimantes au monde… Je me suis mis aussi à écouter certains livres audio. Moi qui ne lisais pas de romans, je me suis converti à ce mode de lecture, et j'aime beaucoup qu'on me raconte une histoire : pas d'efforts à produire, simplement profiter, comme quand j'étais petit. Et pour m'endormir, j'ai trouvé une méthode imparable et plutôt inattendue : son livre sur le e-commerce. Il est parfait : je décroche au bout de cinq minutes.

J'attends qu'elle rentre d'Avignon. Demain, normalement.

J'ai envie de la voir.

La vie sans elle n'a aucun sens.

141

Je trouve le trajet interminable. Peut-être parce que ce n'est pas moi qui conduis. La conversation est animée dans la voiture. Leïla est en pleine forme. Je ne sais pas comment elle fait.

Je feins de somnoler pour ne pas avoir à participer au dialogue. Je préfère penser… à ces trois semaines et à Romain.

Je reviens différente. Et c'est peut-être grâce à Bastien. Indirectement, certainement. J'ai failli coucher avec lui. Non que ça aurait été dramatique en soi. Je n'aurais pas trompé Romain puisque nous ne sommes plus ensemble depuis presque quatre mois. Mais… ça m'a servi d'électrochoc. J'ai pris conscience le lendemain matin, une fois mes idées plus claires, que je n'avais pas envie d'être avec un autre. Que c'était lui. Qu'il n'y avait qu'avec lui que je voulais passer du temps, rire, faire l'amour, respirer. Lui, et pas un autre. Lui, ou personne. Quoi qu'il ait pu dire, ou faire. Et quelle que soit la complexité de sa situation.

Je rentre avec l'envie de le voir vite, de lui sauter au cou. De le surprendre. Romain m'a manqué… énormément. Même si je ne voulais pas l'admettre.

142

Je suis un homme heureux.

Laissez-moi vous raconter ce qui m'est arrivé, à moi qui croyais avoir le monopole des surprises… La vérité, c'est que c'est faux. Alba sait s'y prendre, elle aussi. Elle me l'avait déjà montré un peu, mais dans un autre temps qui me paraît déjà lointain… Et puis jamais je ne l'aurais pensée capable de ce coup de maître.

Je savais qu'elle était rentrée d'Avignon, elle savait que j'étais chez moi. Seul. Elle est venue. Comme ça, sans prévenir. Chez moi ! Et bizarrement je n'ai pas paniqué. J'étais plus heureux et agréablement étonné que paniqué. Peut-être aussi (et il était temps) que j'ai passé le stade de au-secours-et-si-ma-sœur-arrivait. Quand j'ai ouvert la porte, et que je m'attendais à voir mon voisin qui a toujours besoin d'un dépannage en sucre, en farine ou en œufs, ou ma voisine âgée qui est en panne de télé toutes les semaines, c'était elle. Belle et inattendue comme un mirage dans le désert ou un joli rêve. J'ai retrouvé sa frimousse, ses yeux noisette et ses taches de rousseur-éclats de nougatine, et son petit sourire qui semblait l'excuser d'être là, d'avoir eu cette audace, d'avoir bravé le règlement. Et moi, j'étais immobile de stupeur. Je devais avoir l'air idiot. Je lui ai dit d'entrer. Je ne lui ai pas sauté au cou, je ne l'ai pas prise dans mes bras, même si j'en mourais d'envie. Je crois que mon étonnement m'a rendu particulièrement passif. Il fallait que je réalise. Alba, ici, chez moi, pour la deuxième fois. Ça n'était pas prévu, et c'était bien ainsi. Même si c'était très dangereux parce qu'il pourrait être très tentant de céder à la tentation.

Le temps de traverser le couloir, j'ai pu me réjouir de l'état de mon appartement. Natacha était passée. Heureusement… Sans quoi j'aurais été mort de honte. Si Alba avait vu mon appartement il y a deux mois, elle serait repartie en courant.

Je lui ai proposé un café. Ma troisième parole, navrante de banalité, après un « Alba ?! » complètement exagéré et un « Mais entre » à l'enthousiasme dérouté. Il fallait que je trouve mieux. Pendant que je préparais les tasses et que je faisais chauffer la machine, je l'ai regardée du coin de l'œil. J'essayais de voir si elle avait changé. Elle observait mes livres de cuisine dans ma bibliothèque. En a attrapé un, puis deux, qu'elle a feuilletés avec une curiosité anormale.

— Tu veux cuisiner ?

— Maintenant ? Avec toi ?

— Ça dépend. Tu fais quoi, ce soir ?

— Je n'ai rien de prévu, a-t-elle dit en prenant place en face de moi.

— Moi non plus, je n'avais rien de prévu. Mais… puisque tu es là, on pourrait peut-être joindre nos deux solitudes ?

Elle a souri et fait mine de réfléchir.

— Pourquoi pas… si je ne te dérange pas. Et je suis d'accord pour cuisiner, si tu me guides.

— Formidable, alors.

J'ai dit ça, *formidable*, et je me suis admonesté. C'est nul, tellement en dessous de la réalité de mes pensées, et trop démodé – ce n'était pas un truc qu'on disait dans les années quatre-vingt-dix ?

143

Je me suis invitée par surprise et je ne le dérangeais pas. Voilà qui m'a plu. Intérieurement, derrière la réserve que j'affichais sciemment, j'exultais. Honnêtement, cette arrivée inopinée, c'était aussi une façon de le tester. Je voulais voir sa réaction, observer son attitude, constater une évolution dans sa perception de notre situation, avoir quelques éléments de plus pour savoir s'il était prêt. S'il avait montré la moindre réserve, eu un quelconque mouvement de recul, je ne serais pas restée. Je me serais dit : « Rien n'a évolué, ce n'est pas la peine d'aller plus loin. »

J'ai aimé son étonnement plein de joie et son accueil spontané. Il n'avait pas l'air contrarié. Au contraire. Il m'a proposé un café. Pas comme la première fois. Je ne venais pas pour une visite expresse. Je venais avec l'intention de le voir (et de le surprendre, par la même occasion). Et il n'avait pas l'air pressé que je parte. Au contraire. Quand il m'a proposé de cuisiner avec lui et de passer la soirée ensemble, j'ai été agréablement surprise. Très. Même si je craignais de commettre des maladresses culinaires. Même si j'avais peur d'un rapprochement autant que je le désirais.

Après le café, nous nous sommes mis en quête de recettes pour notre dîner. Son frigo était plein, il y avait de quoi y puiser de l'inspiration. Nous nous sommes vite accordés sur du saumon grillé avec une ratatouille et une tarte aux abricots. J'ai pris le rôle du commis. Laver, éplucher, tailler les légumes, dénoyauter les abricots, c'était dans mes cordes. Je me suis appliquée. Tant et si bien que Romain n'arrêtait pas de me répéter : « C'est bien », avec un brin d'étonnement dans la voix. Il y a quelque chose qu'il ignore, mais que je me garde bien de lui avouer pour l'instant : cela fait quelques semaines que je m'intéresse à la cuisine. Rien que cette phrase est insolite. La cuisine et moi, ça a toujours fait deux, mais j'ai décidé qu'il fallait que ça change, qu'il n'était pas trop tard. Pour moi, au quotidien, pour épater un jour Romain (ou un autre), j'ai commencé à regarder des vidéos sur Internet, des tutos de cuisine. J'ai préféré commencer par les bases, notamment la taille des légumes. Je sais maintenant réaliser des cubes uniformes, ce qui était loin d'être le cas. Et j'ai appris à cuisiner quelques recettes. Notamment le dahl, parce que je suis tombée en amour, au Sri Lanka, pour ce plat de lentilles corail épicées au lait de coco. Ça n'a rien de compliqué. Et c'est délicieux.

J'ai aimé cuisiner avec Romain. C'était mieux qu'avant. Nous nous étions déjà adonnés à deux ou trois tentatives, mais sans grand succès. Je dois admettre que j'y mettais une mauvaise volonté certaine. Et pourtant, j'aimais partager du temps avec Romain, ça aurait dû être plaisant. Je ne sais pas…

Peut-être n'étais-je pas prête à ça, ou encore trop complexée par ma nullité de l'époque.

C'était étrange d'être là, dans sa cuisine, à ses côtés. On ne parlait pas beaucoup. Je le regardais du coin de l'œil, concentré sur sa pâte, et je me sentais déborder de tendresse pour lui. J'étais simplement heureuse de le retrouver.

Pendant le dîner, nous avons bavardé. Il m'a raconté ses vacances dans le Sud-Ouest, je lui ai parlé de mon séjour à Avignon, sans omettre mon trou noir géant sur scène, mais en omettant Bastien.

C'était vraiment très réussi. Il m'a rappelé notre premier dîner dans la cuisine de son restaurant. Sans les défis, mais avec cette peur et cette envie de succomber à l'autre. Là, nous laissions nos yeux s'interroger, dans un dialogue muet. Mais aucun de nous deux ne souhaitait prendre la responsabilité d'un baiser. Il ne devait pas oser. Après tout, c'était moi qui avais mis un terme à notre histoire, c'était moi qui avais tenu à ce qu'il ne se passe plus rien, qui avais dit que c'était impossible, qui avais mis une barrière entre nous. Était-ce donc à moi de lui signifier que j'étais prête à revenir sur tout ça ?

Il se faisait tard. Nous étions en train de siroter un digestif sur son canapé, à distance raisonnable. J'allais bientôt partir, mais tout à coup, j'ai lancé à Romain :

— Il faut que je te dise quelque chose…

144

Je ne veux pas savoir ce qu'il s'est passé à Avignon.

Elle m'a avoué avoir failli *faire une connerie.* C'est comme si j'avais avalé une goutte du poison de la jalousie : j'ai ressenti un frisson parcourir mon dos, une sueur glacée, la peur de ce qui aurait pu arriver. Donc je n'étais sans doute pas très loin de la vérité, quand je l'imaginais entourée d'hommes pas désintéressés. Forcément, c'est une déesse ! Elle ne m'a pas fourni trop de détails, et tant mieux : je crois que j'aurais détesté. J'aurais détesté savoir à quoi le mec ressemblait, ce qui s'était dit et passé, comme je déteste l'imaginer se faisant draguer ou, pire, avec un autre… Mais j'ai compris le sous-entendu, et j'ai senti un clou me transpercer le cœur, le début de la douleur de la perdre encore plus et pour de bon. Mais en même temps qu'elle m'inoculait le poison, elle m'administrait l'antidote, puisqu'elle en arrivait rapidement à l'essentiel : son électrochoc, sa prise de conscience. Elle m'aime toujours, elle a envie d'être avec moi, même si forcément la situation n'est pas simple. Elle souhaiterait bien sûr que cela soit différent, plus facile, mais elle m'aime au-dessus des complications. Tout entier, avec mes casseroles et mes défauts. Mais sans mes mensonges. C'est tout ce qu'elle demande : plus de mensonges entre nous. Je l'ai écoutée, et j'avais l'impression d'être dans un songe. Alba voulait encore de moi, je ne rêvais pas ? J'avais tout à coup l'impression d'être l'homme le plus chanceux de la terre. Alba me revenait quand je croyais l'avoir perdue, quand j'aurais pu la perdre définitivement.

Elle a ajouté qu'elle aurait aimé pouvoir se passer de moi, mais qu'elle en était incapable – j'ai souri, un peu jaune. Qu'elle était heureuse avec moi et bien trop malheureuse sans moi. Comme moi. J'ai repensé au destin qui l'a mise sur ma route, à mon intuition initiale, à ma croyance chevillée au corps que nous étions *faits* pour nous rencontrer. Et, à présent, pour nous retrouver.

Après ces aveux et ces déclarations, nos vêtements ont volé. Nous nous sommes jetés l'un sur l'autre avec un appétit exacerbé par plusieurs mois de famine.

Après ce câlin-de-juillet-la-vie-est-encore-plus-belle (je sais, ça ne rime pas comme avec Noël, mais il n'y a rien de plus vrai), je n'avais plus envie qu'elle parte. Mon appartement et moi ne voulions plus nous mentir ni nous cacher la vérité : elle pouvait, elle devait rester dormir ici. Nous avons élu domicile dans le canapé pour une nuit qui s'annonçait aussi courte que torride.

145

La passion a eu raison de nous. De ma volonté de lutter contre mes sentiments et de résister à Romain, surtout. Les mois l'un sans l'autre avaient été si douloureux… Nous les avons rattrapés en quelques jours de bonheur intense. Nous avons passé tout le temps possible tous les deux en journée et toutes les nuits, jusqu'à ce que ses enfants reviennent de vacances. Nous ne pouvions plus vivre l'un sans l'autre. Nous avions bien trop de mal à nous « déscotcher », à nous quitter le matin. Chaque retrouvaille était une fête. Nos corps étaient à l'unisson de nos esprits. Je ne doutais pas de vivre le plus bel amour de ma vie. Et nous l'avons vécu cachés. Encore une fois.

Les premiers jours, les premières semaines, nous les avons vécus sur un nuage, au jour le jour, au gré des vents porteurs. Nous rattrapions le temps perdu, nous assouvissions nos désirs, c'était doux et fort à la fois. Et derrière ces apparences de relation passionnelle se dessinaient de plus en plus nettement les contours d'un véritable amour.

Mais… il y avait toujours un MAIS. Les premiers temps, on s'est employés à ne pas le voir et à ne pas en tenir compte. Nous étions trop pris par notre frénésie, notre amour fou qui s'émancipe de tout le reste. Mais la vie normale a repris, avec la rentrée scolaire, et peu à peu le MAIS (mais il y a Florence, mais il y a les autres, mais il y a le qu'en-dira-t-on…) est revenu.

Romain et moi avons aimé vivre comme des amants lors de ce mois d'août enchanteur, mais la parenthèse était en train de se refermer, notre bulle menaçait d'éclater.

Car même si Romain était en paix avec lui-même vis-à-vis de Florence et semblait s'être défaussé d'une part de sa culpabilité, il n'était toujours pas prêt à assumer notre relation et ses sentiments au grand jour, notamment devant sa famille et devant ses enfants.

Romain sait bien qu'arrivera un moment où je serai lasse de tout ça, où je voudrai plus. Mais sera-t-il alors capable de me le donner ?

146

C'était peut-être trop beau pour durer ainsi.

Le *ainsi* a une importance capitale. Car entendons-nous bien : évidemment que ça pourrait durer, Alba et moi, dans l'absolu. On a tout pour être heureux – hormis peut-être certains aspects particuliers de ma vie à moi. Mais il est évident que notre histoire ne pourra pas durer éternellement sans évoluer sur ces aspects, justement.

Quand la passion s'empare de nous et nous dévore, on se fiche bien de sortir, de se montrer, on vit en retrait du monde, cachés comme des amants. Ce qui ne manque pas de saveur, à vrai dire. Et même si nous ne nous considérons pas comme tels. Alba et moi savons bien qu'elle n'est pas ma maîtresse. Dans ma tête, elle ne l'a jamais été, mais elle est maintenant, en quelque sorte, ma deuxième femme… J'ai fini par accepter cette idée, cette évidence. Je ne peux plus vivre, je ne peux plus rien vivre avec Florence, c'est un fait. Cathy m'a aidé à prendre conscience de ça, sans me traiter en égoïste bigame. Intérieurement, donc, j'assume tout.

Mon problème se situe ailleurs. Au grand jour.

Dans la sphère sociétale, d'une part. J'ai trop peur de ce que penseraient les gens. Ces mêmes gens qui jugent sans savoir, qui pourraient croire que j'ai abandonné Florence, alors qu'il n'en est rien : je continue d'aller la voir plusieurs fois par semaine, autant que possible… Et dans la sphère familiale, plus encore. Que diraient mes parents, mes beaux-parents, ma sœur, mon frère ? Que penseraient mes enfants ? Pourraient-ils accepter Alba ? Lui laisseraient-ils un rôle, lui accorderaient-ils une vraie place ?

Quand je pense à tout ça, je vois une montagne et je m'écroule avant même de tenter son ascension.

147

Début octobre, déjà. Bientôt un an que Romain et moi nous sommes rencontrés. Un cycle... Des hauts, des bas, des hauts très hauts, des bas très bas. Déjà plus de deux mois que nous sommes à nouveau ensemble. C'est à la fois comme avant et différent de la première fois. Même emploi du temps, même façon de vivre. Nous nous voyons surtout l'un chez l'autre, parfois à l'extérieur mais plus discrètement. Différent, car je sais la vérité, il ne me cache plus rien. Je n'ai plus de doutes ou de soupçons, je me sens plus légère, plus en paix. Ce qui a changé surtout, c'est qu'il m'a présenté Cathy, et que nous nous voyons de temps en temps, tous les quatre, et même parfois à cinq avec Leïla. Notre vie sociale s'enrichit, à pas de tortue, donc.

Mais je ne connais toujours pas sa famille. Je n'ai pas envie de mettre la pression à Romain et pourtant je voudrais bien le secouer un peu. Je déteste son côté passif, son manque de courage. Quand osera-t-il assumer enfin aux yeux de tous sa vie réelle, son amour pour moi ? Je sais bien que tout n'est pas si simple, qu'il n'est pas encore prêt à franchir cette étape, qu'il culpabilise vis à vis de Florence et des siens, je peux le comprendre, cependant j'en ai assez parfois. Je suis peut-être égoïste, mais je ne me suis pas relancée dans notre histoire pour qu'elle ne mène à rien. J'ai passé l'âge de me cacher comme la maîtresse que je ne suis pas. Je veux pouvoir lui tenir la main dans la rue, l'embrasser, sortir et me permettre des gestes tendres. Je veux pouvoir me montrer comme son « officielle », être présentée comme telle à ses parents, être vue comme l'amoureuse de papa par ses enfants… Je veux une vraie existence. Libre et non entravée.

J'oscille souvent entre deux mouvements contraires, entre compréhension, soutien et velléités de changement et de revendication. Florence et moi n'appartenons plus au même monde, nous vivons sur des pans différents de l'existence. Alors, ce que je croyais impossible m'apparaît aujourd'hui possible et juste : nous pouvons avoir chacune une place dans le cœur de Romain, dans sa vie et aux yeux des autres. Il m'est arrivé de le sous-entendre auprès de Romain. J'attends que l'idée, en lui, trace son chemin.

148

Je comprends Alba.

Je sais qu'elle a raison. Et je n'ai pas envie de prendre le risque de la perdre. De la perdre à nouveau. Je l'ai vécu, non merci : ma vie sans elle n'a aucun sens. Donc j'ai pris mon courage à deux mains. J'ai appelé ma sœur. « J'ai quelque chose à te dire », l'ai-je prévenue. Comme ça, je ne pourrai pas me dégonfler au dernier moment.

Je suis chez Faustine. C'est dimanche, après le service. J'irai récupérer Ally et Léo juste après. Nos parents habitent à deux pas.

— Alors, tu voulais me parler de quoi ?

Elle est du genre direct. Je suis sûr qu'elle s'entendrait bien avec Alba. Je parle au conditionnel alors que je devrais employer le futur.

Je sens la chaleur me monter aux joues, je suis gêné, je bafouille, et j'entame un discours un peu décousu. Je rappelle à ma sœur mes états d'âme fluctuants de l'année qui vient de s'écouler. Chaque fois qu'elle me voyait, j'avais le droit à un rapport : « Tu as l'air bien en ce moment », « Oh, toi, ça ne va pas… », « Qu'est-ce que tu es pâle ! », « Mais tu te nourris au moins ? »,

« Tu as des soucis ? »… En général, j'esquivais, je trouvais une phrase passe-partout, j'accusais la fatigue et mon surmenage, des excuses faciles à placer dans la conversation, et très plausibles. Finalement, le plus difficile, c'était de me justifier lorsque j'allais *trop* bien.

— Oui, en effet, j'ai bien vu que ça allait plus ou moins. Comme tous les jours depuis l'accident de Florence, mais en plus fort. En dents de scie. Tu semblais aller étonnamment bien, et d'autres fois, comme au printemps, pas du tout du tout. Mais tu n'étais pas très loquace sur le sujet…

Je serais tenté d'applaudir l'analyse sans talent de ma sœur, rien que pour la taquiner un peu. Comme lorsque nous étions petits, que nous nous disputions comme chien et chat (il faut dire que ma petite sœur était vraiment collante).

— En fait, j'ai rencontré une femme.

Je me surprends à parler comme Léo, avec ses *en fait* intempestifs.

Faustine écarquille les yeux et me regarde comme si j'avais un truc géant sur le visage.

— Tu as rencontré une femme, répète-t-elle comme pour intégrer l'information.

— C'est ça.

— Mais où ? Quand ? Comment s'appelle-t-elle ?

Je reconnais bien là ma chère sœur. Une fois la machine à questions lancée, elle est intarissable. Je lui raconte l'histoire d'Alba et moi avec le plus d'objectivité possible. Je n'omets rien. Pas même mon mensonge initial et comment j'ai sombré. Elle m'écoute avec un grand intérêt. Et sans jugement. J'arrive au terme de mon récit, avec nos retrouvailles et notre vie depuis. Et mon dilemme, et mes peurs qui durent depuis trop longtemps.

— Eh, frérot, tu es un grand garçon… Alors, tu vas me faire le plaisir de te bousculer un peu !

Elle développe son avis sur la question, me dit que je n'ai à attendre ni le décès de Florence ni la bénédiction de ses parents, que je suis libre, malgré tout… que je dois arrêter d'avoir peur du regard des autres et de vivre à moitié – ça me rappelle quelque chose –, que je ne dois pas m'inquiéter pour mes enfants, et que surtout, surtout, je dois lui présenter Alba le plus vite possible.

— Je suis si heureuse pour toi, Romain ! conclut-elle en me prenant dans ses bras.

149

Un lundi après-midi presque comme un autre. Romain et moi nous promenons en forêt. L'automne est là, les feuilles nous le signifient chaque jour un peu plus. Elles se parent de couleurs chatoyantes et s'envolent au gré des rafales de vent. Il fait plutôt doux aujourd'hui.

Nous discutons de tout et de rien. Je lui raconte la meilleure nouvelle depuis la rentrée scolaire : je viens de décrocher un rôle récurrent dans une série originale Netflix. Avec un peu de chance, il y aura plusieurs saisons. Nouvelle expérience, nouveau challenge, je suis ravie.

Romain me parle de sa discussion avec sa sœur. J'ai l'impression que les lignes commencent à bouger. Thomas, Cathy, Faustine à présent. Tous le soutiennent et m'ont bien accueillie, au moins dans l'idée. Peut-être faut-il juste que je sois patiente. Après tout, ça ne fait qu'un an…

Le portable de Romain retentit dans son blouson. Il le sort de sa poche.

— C'est l'école.

Il décroche rapidement. Son visage devient soucieux. Il raccroche, m'explique qu'Ally a de la fièvre et qu'il doit la récupérer au plus vite à l'école avec Léo. Nous pressons le pas, sa voiture est à environ un kilomètre. La mienne se trouve en bas de chez lui. Je me demande comment il compte procéder. Va-t-il me déposer à l'arrêt de bus le plus proche ? Je lui pose la question. Il s'arrête, se tourne vers moi.

— Tu es sérieuse ? Tu crois vraiment que je vais te larguer comme un paquet encombrant ?

Je souris. J'ignore ce qu'il a en tête. Nous reprenons notre marche.

— Tu viens avec moi chercher les enfants.

Il dit ça comme si c'était normal, alors qu'il me propose de vivre un événement. Je dois mal comprendre.

— Mais je croyais que tu ne voulais pas que…

— C'est l'occasion. Je te demanderai juste de ne pas me couvrir de baisers langoureux devant eux. Ça pourrait être gênant. Même si je sais que tu vas avoir beaucoup de mal à t'en empêcher…

Je pouffe de rire. Je n'arrive pas à y croire : je vais rencontrer ses enfants.

*

Je suis restée dans la voiture le temps que Romain passe dans les deux classes et signe l'autorisation de sortie. Je l'ai vu revenir avec un enfant à chaque main. Image nouvelle et émouvante. Je ne savais pas si je devais sortir du véhicule. Je ne voulais pas paraître trop solennelle, en faire trop. Alors, j'ai attendu qu'ils entrent dans la voiture. Le temps que Romain attache Léo sur le rehausseur, je voyais les yeux curieux de ses enfants posés sur moi. Je ne savais pas ce qu'il leur avait dit…

— Tu dois être Ally. Et toi, Léo ? Enchantée de vous connaître, moi c'est Alba.

— Bonjour, a dit Ally d'une voix manifestement fatiguée.

Elle a les joues rouges de fièvre. Romain téléphone au médecin. Il n'y a pas de place avant deux heures, mais ils ont la chance d'avoir leur généraliste en bas de leur immeuble, ils n'auront pas à ressortir. Romain démarre et file jusque chez lui. Le trajet ne dure pas longtemps. Nous descendons de la voiture. La mienne se trouve à quelques mètres. Je m'apprête à leur dire au revoir.

— Tu montes avec nous ?

Sa question m'étonne et me ravit à la fois.

— Tu es sûr ?

Romain approuve de la tête. Il est souriant et détendu.

— On va préparer du chocolat chaud et faire des crêpes, d'accord les enfants ?

— Oh, ouiii !

La perspective de ce goûter a visiblement des vertus magiques, Ally retrouve une énergie qui m'amuse.

Nous prenons l'ascenseur tous les quatre pour la première fois. Et je me demande si nous vivrons beaucoup d'autres premières fois, ensemble. Je me plais à le croire enfin.

— T'es trop belle, me lance Ally avec un sourire complice.

Sa spontanéité de petite fille de huit ans me réchauffe le cœur. Les enfants sont tellement moins compliqués que les adultes.

150

Je ne cherche pas à me comprendre.

J'étais bloqué, en mode psychorigide, sur certains principes – ne rien dire à personne, ne pas présenter mes enfants à Alba, rester campé sur mes positions, même idiotes – et voilà que je me mettais à agir dans le sens contraire. Genre, le mec lâche tout. Il s'aligne avec les planètes, il fait confiance au destin, les dieux sont de son côté… Je me suis surtout dit que j'étais finalement hyper influençable. Quelques mots de ma sœur, et hop. Soit c'est une magicienne, soit j'accorde trop d'importance à son avis. Comme si elle avait la science infuse et détenait la vérité universelle. Bon… En même temps, elle rejoignait en tout point l'avis de Thomas et de Cathy, ce qui était plutôt rassurant : tous me donnaient leur assentiment. Pour que j'avance, néanmoins, il fallait que j'aie en moi assez de force et de conviction, que j'aie cheminé intérieurement et mûri ma réflexion. C'est ce qui s'est passé, plus ou moins consciemment. Petit à petit, il faut croire que j'évolue. Enfin.

C'est vrai que, bizarrement, quand l'école m'a appelé, après deux secondes de panique, j'ai réfléchi quelques instants et l'idée de présenter Alba à Ally et Léo s'est imposée naturellement. Comme une évidence. C'était le bon moment. L'occasion toute trouvée. Rien d'officiel ni de trop solennel. Une rencontre intégrée à notre quotidien. Quand je suis sorti de l'école, j'ai simplement dit aux enfants : « Alba est avec moi, elle nous attend dans la voiture. » Comme si je leur en avais déjà parlé. Je ne voulais pas lui coller d'étiquette. Je ne voulais pas la présenter comme mon amoureuse ou une amie. C'était *Alba*. Un prénom suffisamment signifiant à lui tout seul, de mon point de vue en tout cas. Et la rencontre a eu lieu ainsi, dans ma voiture. Pas du tout comme je l'avais imaginée, pompeuse ou didactique. Avec une Ally toute rouge de fièvre et un Léo muet aux yeux curieux.

Et c'est tout aussi naturellement aussi que j'ai proposé à Alba de se joindre à nous pour un goûter festif comme j'aime leur proposer, surtout quand on a besoin d'un petit remontant.

La montée dans l'ascenseur, l'arrivée dans l'appartement, la perspective de ce premier goûter à quatre m'ont semblé aussi émouvantes qu'insolites.

J'ai failli me pincer pour être sûr de ne pas rêver.

151

J'ai tout aimé dans ce bout de journée qu'on a passé ensemble. C'était à la fois étonnant et étrangement normal. Comme si cet événement n'en était pas un. Alors que je l'avais attendu, imaginé tant de fois.

Sitôt arrivés dans l'appartement, les enfants ont tenu à me montrer leur chambre. J'ai feint de n'y avoir jamais mis un pied. Je me suis extasiée devant leurs jouets et leurs dessins. Ally m'en a donné un. « C'est pour toi. » Léo m'a présenté son doudou fétiche. Si notre rencontre avait été prévue, je serais venue avec un petit cadeau pour chacun d'eux.

Nous avons rejoint Romain qui avait déjà mis à chauffer le chocolat et réalisé la pâte. Nous nous sommes livrés à un concours de sauts de crêpes sur la poêle. J'ai été évidemment, logiquement, complètement nulle. Les crêpes ne se retournaient pas, ou seulement à moitié, ou finissaient par terre. Mais les enfants riaient aux éclats, et c'était bien le plus important.

Les crêpes étaient délicieuses. Nous nous sommes régalés. Après le goûter, en attendant le rendez-vous chez le médecin, les enfants se sont mis dans le canapé pour regarder la télé. Mindy la peste était justement à l'œuvre sur France 4. Et j'ai eu mon quart d'heure de gloire :

— Savez-vous, les enfants, que c'est Alba qui fait le personnage de Mindy ?

Léo m'a regardée d'un œil dubitatif. Je ne ressemble pas du tout à Mindy. Ally a remarqué :

— Tu n'as pas du tout cette voix.

— Non, c'est sûr. Dans la vraie vie, je ne parle pas comme Mindy, et heureusement d'ailleurs. Mais quand on est comédien et qu'on fait du doublage (ça s'appelle comme ça), on peut modifier sa voix pour coller à un personnage.

— Alors, montre-nous ! s'est exclamé Léo, tout content.

Ally m'a regardée d'un air aussi perplexe qu'invitant au défi, qui pouvait signifier : « Prouve-le. »

Je ne me suis pas fait prier. J'ai retrouvé le timbre suraigu et les intonations de Mindy, et je leur ai dit :

— Comment ça, vous ne me croyez pas ? Mais bien sûr que Mindy, c'est moi ! Jonas, c'est mon copain, mais j'adore me disputer avec lui. Et même que j'adore lui crier dans les oreiiiiiiilleeees !

Les deux enfants avaient les yeux exorbités. Romain a éclaté de rire.

— Mindy est sortie de la télé et a mangé des crêpes avec nous. Alors là, tu viens de marquer des points !

— Encore, encore, encore ! a crié Léo qui risquait de ne pas se lasser de sitôt.

Je me suis prêtée de bonne grâce à sa demande. Romain est venu à mon secours, ou pas vraiment, en expliquant à ses enfants que je savais faire plein d'autres voix, que c'était même mon métier. On peut vraiment avoir un métier si amusant ? Sacrée découverte ! Romain est allé me chercher leur album fétiche, et je leur ai lu l'histoire en changeant de voix à toutes les phrases dans une sorte de *medley*. Ally et Léo riaient à s'en tenir les côtes. Ils m'ont tous les trois applaudie chaleureusement à la fin de ma prestation.

J'avais tout donné. J'étais rincée.

Il était l'heure d'emmener Ally chez le médecin, de descendre les quatre étages. J'ai proposé à Romain de garder Léo en attendant. Il m'a répondu par un sourire qui en disait long. J'ai ensuite passé une demi-heure à jouer à Halli Galli, au Memory et à SOS Oustiti.

Après le rendez-vous, j'ai jugé préférable de partir. Nous avions déjà passé un moment fabuleux. Il ne m'apparaissait pas souhaitable de le prolonger. Je les ai donc laissés tous les trois, après une bise à chacun… et un « merci » d'un Romain visiblement ému.

152

J'ai encore rêvé de Florence.

Ça n'était pas arrivé depuis un certain temps. En général, je la vois dans mon rêve, elle est là, parmi nous. C'est un mélange de souvenirs et de réalité d'aujourd'hui, dans une sorte de superposition anachronique. Elle fait une apparition comme si c'était normal, puis repart comme elle est venue.

Là, c'était différent. Elle s'adressait à moi, vraiment. Nous étions seuls. Comme pour l'alliance, la dernière fois, quand elle m'avait accusé d'avoir osé la retirer, renforçant par là même ma culpabilité (culpabilité que j'éprouvais déjà suffisamment pour que mon esprit invente ce rêve).

Cette fois, elle voulait me parler. « Je sais tout », me disait-elle. Mais sans crier et sans reproche. Avec une certaine douceur, même. Elle cherchait à me rassurer : « Tu as le droit d'être heureux », « Je suis d'accord », « Merci pour tout ce que tu as fait pour moi », « Il faut que tu vives pour nous deux, deux fois plus, puisque je ne le peux plus ».

J'entendais ces phrases, incrédule, je buvais ces paroles. J'étais ému, au bord des larmes, mais ça me faisait un bien fou. Même si je n'arrêtais pas de lui demander, un peu perdu : « Tu es sûre ? »

Je n'ai pas osé l'interroger sur ce qu'allaient en penser ses parents. Mais nous avons beaucoup discuté tous les deux. Elle m'a remercié de venir si souvent la voir, de m'occuper d'elle, elle m'a félicité pour nos enfants. Elle était fière de nous, de ce que nous avions réussi à accomplir tous les trois.

Ensuite, Florence m'a embrassé, elle m'a demandé de serrer fort dans mes bras Ally et Léo pour un câlin de sa part. Elle m'a redit de ne pas attendre qu'elle *parte* complètement pour vivre pleinement, et elle s'est éloignée, dans sa robe vaporeuse en mousseline bleu ciel, avant de disparaître.

Je me suis réveillé en sursaut, vers 3 heures du matin, incapable de me rendormir après ce rêve étrangement réel. Je me suis demandé s'il était simplement l'œuvre d'un esprit qui cherche à se donner raison, ou si Florence avait cherché à communiquer avec moi pour de vrai. Je ne le saurai jamais.

Peu importe, au fond. L'essentiel se situe peut-être ailleurs.

153

Le mois de novembre pointe déjà son nez. Je croule à nouveau sous les projets. Mes journées sont très chargées, entre répétitions d'une nouvelle pièce, séances de synchronisation et enregistrements de voix off. La série Netflix m'occupe beaucoup. Pourtant, cela va assez vite, puisque la production préfère enregistrer des pistes individuelles : je suis seule sur chaque boucle. Même si je suis censée échanger avec un tas d'acteurs dans les dialogues, je me trouve seule à la barre. On n'enregistre que mes phrases. C'est une autre façon de travailler, mais je préfère lorsque l'équipe est réunie. C'est plus plaisant et, à mon avis, plus concluant, côté rendu. Je découvre aussi le rythme d'enregistrement pour les séries. Cela va plus vite, on lit moins la bande originale, on réalise moins de prises. Le temps est compté. Question de financement. Question de timing avec la parution sur la plateforme, aussi. Les délais sont plus courts.

Cela dit, j'aime cette série. Suspense et humour forment un joli mélange. J'espère qu'il y aura d'autres saisons.

*

Avec Romain, tout se passe à merveille. Tout semble facile, agréable, évident, léger, plus que jamais. Je n'ai pas revu ses enfants depuis le goûter improvisé. J'aurais bien aimé. Il me semblait que nous avions fait un grand pas en avant, mais rien n'a vraiment changé depuis. Comme quoi, je n'aurais peut-être pas dû me réjouir trop vite.

Malgré l'insistance de Faustine, nous ne nous sommes pas encore rencontrées. Romain met cela sur le compte d'un manque de disponibilités, de part et d'autre, d'emplois du temps difficiles à coordonner. Pour sa défense, c'est vrai que nous avons du mal à nous voir en ce moment, même à deux.

Je me demande combien de temps cela va durer. Je pense à Noël. Je me revois l'an dernier avec mon plateau télé Picard et je n'ai pas du tout envie de revivre la même soirée. Pas après tout ce qui s'est passé. Pas comme si rien n'avait changé.

Je ne me berce pas, pour autant, d'espoirs illusoires. Je pensais qu'il aurait un déclic… mais ça n'est pas arrivé. Alors, je reste lucide. Je ne cherche même plus à imaginer les circonstances qui l'amèneront à me présenter à sa famille. J'attends… jusqu'au jour où, peut-être, je renoncerai.

154

Sacré Thomas !

Heureusement que je ne voulais pas fêter cet anniversaire. Heureusement que je n'avais pas l'énergie de l'organiser… Heureusement qu'il s'en est chargé. Sournoisement, perfidement, comme le félon qu'il est ! Je plaisante : par surprise, en douce, généreusement, tel l'ami qu'il est.

Il m'a fait venir au restaurant. Un mardi soir. Un certain 14 novembre. Je ne me suis pas méfié. Notre échange de SMS particulièrement nourri a donné :

Thomas : *Tu peux venir ?*

Moi : *J'ai les enfants.*

Thomas : *Pas grave, viens avec eux.*

C'est ainsi que je me suis retrouvé avec Ally et Léo à *La Toque romaine*, dix ans tout rond après l'ouverture, et sans que je me doute de quoi que ce soit. Le naïf ! J'ai trouvé l'établissement étonnamment calme et sombre. Il y avait un écriteau : « Exceptionnellement fermé en raison d'une soirée privée ». Bizarre. On avait pourtant pris des réservations pour le soir. Je l'avais encore constaté au déjeuner. Je suis entré derrière mes enfants. Après tout, c'est chez moi. Et le chef du soir m'avait demandé de venir.

Le restaurant est vide. Il ne se passe pas beaucoup de secondes avant que ça ne remue dans le couloir et qu'une clameur n'explose : « SURPRIIIIIIISE ! » Les lumières s'allument. Il y a des lampions, des fanions, des banderoles « Joyeux anniversaire ».

— Il fallait au moins ça pour les dix ans de ta *Toque romaine* ! s'exclame ma mère, sortie de la cuisine comme par magie.

Mes enfants se jettent dans ses bras, et moi, j'hallucine.

Ils sont tous là. L'équipe au complet, bien sûr, Thomas, Cathy et leurs enfants, les amis de la première heure, les copains, les confrères, les clients les plus fidèles… et ma famille. Même mon frère et sa femme ont fait le déplacement.

— Tu es fou, je glisse à Thomas. Mais depuis quand tu mijotes un truc pareil ?

Il sourit, fier de son coup. Il n'y a eu ni gaffe ni fuite. Je suis tombé dans le piège les deux pieds dedans. Et avec bonheur, je l'avoue.

— On ne pouvait pas ne pas fêter ça, voyons…

— Certes.

— En revanche, j'ai une mauvaise nouvelle pour toi : tu ne vas pas couper au discours.

Il rit, il sait que je déteste ça.

— Laisse-moi le temps de me remettre d'abord, le supplié-je en attrapant une coupe de champagne.

Je regarde autour de moi. Les gens attendent visiblement mon discours avant de trinquer. Je suis pris d'un petit vertige. J'ai peur de ne pas trouver les mots, de craquer en évoquant Florence que je vais forcément mentionner. Comment pourrait-il en être autrement ? Elle était partie prenante de ce projet, elle m'a soutenu, épaulé, forcé à ne pas baisser les bras, parfois. Mais elle n'est pas là. Évidemment. Même si nous pensons tous à elle.

« Un discours, un discours ! » L'assistance scande ces mots en applaudissant. Je vais me poster au fond de la salle, pour être vu de face et de tous. Ally se tient à côté de moi, Léo est resté avec ma mère. Je me racle la gorge. Il n'y a pas de micro, je vais devoir porter haut ma voix.

Je me lance donc dans un discours, hésitant et décousu à souhait. Je suis vraiment un piètre orateur, mais après tout c'est la sincérité qui compte, alors je remercie les gens d'être venus si nombreux, je leur dis – au cas où ça ne se verrait pas – que je suis très ému, que je me rappelle l'avant, l'ouverture et les premiers temps du restaurant, que ça avait été, avec Florence, notre premier bébé, que je pense particulièrement à elle, que je dois aussi énormément à Thomas pour sa conscience professionnelle, son implication et son amitié indéfectible (la preuve en est ce soir) ; je cite ensuite chacun des employés, que je remercie pour leur travail et leur bonne humeur... Je sais gré à tous ceux qui m'ont soutenu quand j'étais au fond du trou et que je pensais ne jamais m'en remettre, et je remercie mes enfants, mes deux étoiles, pour m'avoir permis de garder la tête hors de l'eau grâce à l'amour qui nous lie tous les trois. Je ne suis pas le roi des transitions, et je ne sais pas comment clore mon discours.

— À Romain ! Et longue vie à *La Toque romaine* ! crie Thomas en levant son verre.

Il me sauve avant que je cale. Je lève haut ma coupe et lui lance :

— À nous !

Les applaudissements et les bravos retentissent. Mes employés partent en cuisine pour revenir avec des plateaux pleins d'amuse-bouches plus tentants les uns que les autres. De petits groupes se forment et bavardent. Je contemple cette scène avec émotion. Ils sont tous là.

Vraiment tous ? Non. Il manque Alba. Tous les gens que j'aime sont ici, autour de moi, sauf ma déesse romaine. Et ça me frappe en plein cœur, là, tout de suite. Parce que ça n'a pas de sens, son absence, que ce n'est pas possible plus longtemps.

Je m'approche de Thomas, je lui demande si Alba est au courant de cette surprise. Il me dit que non. Entre nous, j'aurais dû m'en douter… Vu le talent qu'elle a en termes de gaffes, j'aurais été au courant de la *surprise*…

155

Alba, s'il te plaît, peux-tu me rejoindre à La Toque romaine *le plus vite possible ?*

Romain a parfois l'art de me désarçonner d'un message. Il me demande de le rejoindre dans son restaurant, un mardi soir, alors qu'il n'y travaille pas et qu'il s'occupe normalement de ses enfants. Comme ça, sans plus d'explications. Je m'inquiète soudain. Et s'il avait un souci ? Mais mon intuition optimiste penche rapidement pour un motif qui, bien que mystérieux, soit plus positif.

Désireuse d'obtempérer sans plus de questions et intriguée, j'enfile mes bottes, attrape mon manteau, noue mon écharpe autour de mon cou et je mets mon bonnet. C'est une soirée glaciale pour une mi-novembre. Je sors, je me rends compte que j'ai oublié mes clés de voiture, je remonte, je redescends. Je suis en stress. Je prends le temps de lui répondre un : *J'arrive.*

Je me demande la raison de son message. Il y en a forcément une. J'échafaude toutes les hypothèses. Peut-être cela a-t-il un rapport avec sa sœur. Peut-être dîne-t-il avec elle et les enfants et souhaite-t-il que je me joigne à eux. Je ne sais pas…

Je me rends dans le quartier du restaurant un peu vite, cherche une place avec une nervosité grandissante, ce qui n'aidera pas pour le créneau. J'en trouve une à deux rues de *La Toque romaine*. Je me gare sans accrochage, mais au bout du cinquième essai. Je pose évidemment mon pied dans une grosse flaque en sortant de ma voiture. Tant pis. Je marche vite, mais je ne cours pas de peur de tomber. J'en serais tout à fait capable.

Je parviens presque essoufflée sur le trottoir en face du restaurant. Il y a plein de monde à l'intérieur, pas les tables habituelles et les gens qui mangent tranquillement. On dirait une fête. Romain ne m'en a pas parlé. Je ne comprends pas. Je suis invitée ? Qui sont ces gens ? Pourquoi sont-ils là ?

J'envoie un texto à Romain pour lui demander si c'est normal, s'il peut sortir pour m'expliquer, ou si je dois entrer comme ça. Pas de réponse. Il doit y avoir trop de bruit. Je me décide à traverser la rue et à ouvrir la porte. Je me sens affreusement gênée de pénétrer ainsi dans ce lieu animé sans y avoir été invitée dans un délai normal. « Joyeux anniversaire », « 10 ans ». Soudain, je comprends. Je me demande aussitôt si Romain a organisé ça dans mon dos en n'ayant pas l'intention de m'inviter et qu'il vient de changer d'avis, ou si c'est une fête surprise dont il n'était pas au courant.

Quoi qu'il en soit, je ne vois pas Romain. Et, brusquement prise par le trac, je suis tentée de ressortir aussi vite.

156

Elle est là.

Comme une apparition divine. Avec son bonnet turquoise. Celui du premier jour dans le bus.

Je ne sais pas vraiment comment je vais m'y prendre. Entre le moment où je lui ai envoyé mon message et celui où elle est entrée, j'ai à peine eu le temps d'y réfléchir. J'hésite entre une version solennelle un peu folle devant toute l'assistance et une version intime avec les plus proches. J'ai d'ailleurs prévenu mes parents : « Je vais vous présenter quelqu'un. » Ils ont eu l'air étonnés, mais ouverts. Faustine a écarquillé les yeux en criant : « Alba ? », et Ally lui a demandé : « Tu la connais ? » Je crois que maintenant je ne peux plus reculer. La montagne s'est écroulée, pas moi.

Je m'avance vers ma belle. Je sens des yeux qui me suivent. Elle me sourit, paraît soulagée de me voir. J'appuie ma bouche sur sa joue pour une *bise* très tendre, puis pose ma main dans son dos et la fais glisser jusqu'à sa taille. Gestes pudiques mais révélateurs d'un lien plus qu'amical. Je l'entraîne ainsi vers les membres de ma famille. Stressé, mais déterminé.

Je me rappelle mon rêve et les mots de Florence. Je les fais miens et me répète intérieurement : « J'en ai le droit. » Et c'est la première fois que je ressens vraiment la vérité de cette pensée, que je suis sûr d'être dans le vrai, d'avoir raison, d'agir en toute légitimité.

Je me poste juste devant mes parents et c'est non sans une certaine solennité que je leur annonce :

— Papa, maman, je voudrais vous présenter quelqu'un de cher à mes yeux… et de cher à mon cœur, Alba.

— Enchantée, dit la femme à mes côtés en s'inclinant avec respect.

Le visage de mes parents est imprégné d'une surprise immense. Un léger flottement s'immisce entre nous, aussitôt interrompu par un « Je suis tellement ravie de faire ta connaissance ! » lâché par ma sœur à l'attention d'Alba. « C'est ton amoureuse ? », enchaîne ma fille avec une curiosité non dénuée de sérieux. Je murmure un « Oui » un peu fort, que tous entendent bien l'absence d'ambiguïté. Léo me regarde avec une moue écœurée. « Alors vous vous faites des bisous sur la bouche ? » Sa question a le mérite de détendre l'atmosphère en laissant le rire s'inviter parmi nous.

Alba me regarde et je lis dans ses yeux un amour infini.

157

Je n'en reviens pas. Romain m'a réservé ce soir la plus belle des surprises. En quelques heures, presque en un claquement de doigts, je suis passée de la femme de l'ombre à l'amoureuse officielle aux yeux de tous. Mon homme a accompli un pas de géant. Je suis si fière de lui ! Car j'imagine combien cela n'a pas dû être facile, que ce claquement de doigts est certainement l'aboutissement d'un long processus. La preuve qu'il a totalement accepté l'état de Florence, déjoué ses propres blocages, fait la paix avec sa conscience et qu'il est prêt à aller de l'avant sans pour autant rien renier de son passé, de leur histoire, de la présence de Florence dans sa vie qui n'est finalement pas incompatible avec notre amour.

Après les présentations à sa famille, à laquelle se sont joints Thomas, Cathy et leurs enfants, Romain est monté sur une chaise et a réclamé le silence.

— Voilà. Excusez-moi de vous faire subir un deuxième discours… J'aurais adoré vous épargner ce second opus, mais je n'avais pas vraiment fini. Vous allez comprendre pourquoi. Je n'étais pas, comme vous le savez, au courant de cette supercherie et, tout à l'heure, il manquait quelqu'un. Je me suis permis de l'inviter parce que je me suis dit que cette personne ne pouvait pas ne pas être là parmi vous, ce soir, à mes côtés. Alba, tu peux venir, s'il te plaît ?

À ce moment-là, j'ai cru défaillir de gêne, mais je suis montée sur la chaise que Thomas a placée près de celle de Romain. Je ne savais plus où me mettre.

— Voilà. Comment vous dire ça ? Vous savez tous que la vie nous a fait un sale coup, à Florence et moi, il y a quelques années et combien j'ai été malheureux depuis. Elle m'a pourtant réservé un cadeau inattendu, lorsque j'ai rencontré cette femme merveilleuse, il y a un peu plus d'un an. Tout n'a bien sûr pas été facile… Je l'ai tenue bien cachée…

— Avoue que tu avais peur qu'on te la pique ! a crié Thomas.

— C'est tout à fait ça. Ou plutôt pas du tout. Je ne vais pas plomber l'ambiance avec mes affres et ma culpabilité, mais récemment plusieurs personnes m'ont dit que je n'avais plus le droit de vivre à moitié. J'ai retrouvé le bonheur en la personne d'Alba, et j'ai décidé, ce soir, de vous le dire et de l'assumer enfin. Je sais, au fond de moi, que Florence m'a donné son assentiment, et je lui ai promis de vivre pour nous deux, deux fois plus. Donc, voici Alba. Merci à tous de lui réserver le meilleur des accueils, pour cette soirée de fête et pour toutes les années à venir. Merci.

Romain a posé sa main sur son cœur, puis a pris la mienne et m'a embrassée devant tout le monde. Devant les petits yeux dégoûtés de Léo, devant les yeux ébahis de sa famille. Et sous les applaudissements.

Après, nous sommes allés de groupe en groupe, me présenter un peu plus, papoter ici et là. J'avais l'impression que nous étions deux jeunes mariés pendant leurs noces. Prise dans un tourbillon, je flottais. Tout me semblait surréaliste et pourtant si parfaitement réel.

Cette soirée restera pour toujours dans mon cœur. C'est ici, dans son restaurant, que Romain a osé officialiser enfin notre couple aux yeux de tous ses proches, aux yeux du monde entier.

158

Parfois, vous vous croyez au fond du trou…
Parfois, vous l'êtes vraiment.
Et puis plus du tout.

REMERCIEMENTS

Septième roman, déjà !

C'est tout d'abord vous, lecteurs, que je souhaite remercier. Sans vous, il n'existerait pas. Merci, donc, pour votre soutien, votre fidélité, vos mots touchants qui me vont droit au cœur. Chaque nouveau roman est un défi. Un pari, même. Une aventure… Alors, évidemment, à ce stade, j'ai le trac, mais je nourris l'espoir que vous aurez pris autant de plaisir à lire celui-ci que j'en ai pris à l'écrire. J'espère que vous avez aimé suivre Romain dans ses affres et ses délires, et Alba sur sa route semée d'embûches. J'espère qu'ils vous auront plu, émus et amusés. Moi, je me suis simplement laissé porter par eux. Ils m'ont dicté leurs mots et leur histoire, ils ont choisi leur vie en toute indépendance. Je n'ai été qu'une sorte de scribe habité par deux voix.

Je voudrais remercier Camille qui, un soir il y a au moins deux ans, m'a dit une phrase qui a *fait tilt* et m'a aussitôt donné l'idée de ce roman.

Je voudrais remercier les personnes qui m'ont éclairée sur le métier de comédien, le monde de la voix off et du doublage : Audrey, Lara, Xavier et Stéphane. Grâce à vous, j'ai appris bien plus que ce qu'il en reste dans mon roman ! Merci aussi à Audiolib pour m'avoir permis d'assister à une séance d'enregistrement de mon précédent roman, *Le Sourire des fées*. C'était bluffant !

J'aurais aimé pouvoir remercier des restaurateurs, mais malheureusement ce n'était pas l'année pour oser les importuner… Fan de cuisine et de gastronomie, maman d'un apprenti en cuisine, je veux leur dire tout mon soutien. Il me tarde de franchir à nouveau les portes des restaurants, pour y retrouver la convivialité qui nous manque tant, et le plaisir des yeux et des saveurs.

Je remercie toute l'équipe de ma maison d'édition pour leur soutien, leur travail et leur confiance, notamment Michel, Elsa, Laurent, Frédéric, Anaïs, Anne, Margaux, Julie, Marion, Yann… Je remercie tout particulièrement ma chère éditrice, Maïté, avec laquelle c'est un grand plaisir de travailler, toujours. Nous formons une bonne équipe, je crois.

Je remercie également toute l'équipe du Livre de Poche, qui donne une seconde vie à mes romans, avec en tête : Béatrice, Audrey et Zoé.

Je veux dire à ces deux belles maisons toute ma gratitude. Vous avez concrétisé mon rêve d'enfance en éditant mes romans, en leur donnant une place en librairie.

Je voudrais aussi, logiquement (quelle transition !), remercier les libraires qui commandent, installent et conseillent mes livres. Je vous suis très reconnaissante de leur donner une place et une visibilité. Vous êtes le lien entre mes livres et les lecteurs. J'ai une pensée émue pour vous, plus encore en cette fin d'une année difficile… Amis lecteurs, n'oubliez pas de toujours privilégier vos achats en librairie.

Je voudrais remercier les journalistes et les blogueurs qui auront envie de lire et de parler de mon roman. Vous aussi êtes des intermédiaires de premier choix pour le faire connaître grâce à vos articles et vos chroniques.

Je voudrais remercier mes amies Gwen, Christelle, Isa et Sonia, pour leur lecture et leur avis éclairant, alors que j'étais aux trois quarts de l'écriture. Merci aussi d'être simplement dans ma vie !

Je voudrais remercier celles qui m'ont relaté quelques moments de solitude sur Facebook et inspirée pour les maladresses d'Alba… mais surtout Sophie, dans la vraie vie, pour son crumble de courgettes à la pyrolyse testé cet été (je te l'avais bien dit qu'il aurait une place toute trouvée dans mon roman) !

Je voudrais enfin remercier mes proches, ma famille, ma mère, mon chéri et mon fils pour leur soutien sans faille et leur amour.

Je fais le vœu que 2021 nous permette de tous nous retrouver, que les dédicaces puissent reprendre un jour, dans les librairies comme dans les Salons… Je vous donne, quoi qu'il en soit, rendez-vous en 2022 pour une année qui s'annonce très riche.

À bientôt.

Laure
Décembre 2020

DE LA MÊME AUTRICE :

La Délicatesse du homard, Michel Lafon, 2017
La Mélancolie du kangourou, Michel Lafon, 2018
L'Ivresse des libellules, Michel Lafon, 2019
L'Embarras du choix, Michel Lafon, 2019
Histoire d'@, Le Livre de Poche, Michel Lafon poche, coédition, 2020
Le Sourire des fées, Michel Lafon, 2020
La (Toute) Dernière Fois…, Le Livre de Poche, Michel Lafon, coédition, 2021
Les Dominos de la vie, Michel Lafon, 2022

Retrouvez l'autrice sur

Facebook
Laure Manel-Auteur

Instagram
lauremanel

et son site officiel
www.laure-manel.com

PAPIER À BASE DE FIBRES CERTIFIÉES

Le Livre de Poche s'engage pour l'environnement en réduisant l'empreinte carbone de ses livres. Celle de cet exemplaire est de :
450 g éq. CO_2
Rendez-vous sur www.livredepoche-durable.fr

Composition réalisée par MAURY-IMPRIMEUR

Achevé d'imprimer en avril 2022 en Espagne par
Liberdúplex - 08791 Sant Llorenç d'Hortons
Dépôt légal 1re publication : mai 2022
LIBRAIRIE GÉNÉRALE FRANÇAISE
21, rue du Montparnasse – 75298 Paris Cedex 06

73/2549/5